新詩三百首

百年新編

五四時期．域外篇

張默　蕭蕭　主編

百年系譜・草擬地圖

——《新詩三百首》百年新編版序

蕭蕭

一九一七年一月由陳獨秀、錢玄同、胡適、沈尹默、劉半農、魯迅等人所主導的《新青年》（一九一五年九月—一九二二年七月）已經出版到第二卷第五號，一月刊行一號，六號合稱一卷，將近一年半的歲月，累積了許多新能量，特別是一九一七年一月這一期，胡適（一八九一年—一九六二年）所發表的《文學改良芻議》，完全改變了華文世界的語文書寫習慣，文言與白話逐漸走向分離的路向，筆尖與舌尖卻轉而彙整、會合而趨於一致。緊接著的第二卷第六號，胡適發表了八首正式以白話寫作的新詩，成為震古鑠今，新詩最早的啼聲。《新詩三百首》作為華文世界最早、最完善而周全的新詩選集之一，特別選擇二〇一七年二月推出《新詩三百首》百年新編版，即是忠於歷史的真誠，追求詩作的美善，所施所為的負責任表現。

俯瞰這百年新詩發展軌跡，一九一七—一九四九年歷經嘗試派、創造社、新月派、象徵派、現代派、九葉詩派的慘澹經營，此一篳路藍縷的草創期計有三十二年歲月，可以視為世界各地所有華文新詩的共同源頭、共同瑰寶。舊版《新詩三百首》將此一時期稱之為「大陸篇．前期」，此次回歸歷史中性真相，稱之為「五四時期」，可以讓漢語新詩界一起珍惜、一起享有這份資源。

「五四時期」的新詩浪潮，在日據下的台灣詩壇偕同中文、日文、台語漢字，各自展現出不同的風采，追風（謝春木，一九〇二—一九六九年）的〈詩の真似する〉（詩的模仿），這是一首以日文撰寫包括四首短詩的組詩，發表於一九二四年四月十日的《台灣》雜誌第五年第一號，稍晚於胡適首作七年又兩個月，若此，由日文翻譯輸入的西方思潮，日文短歌、俳句的傳統蘊含，漢文、漢詩的古典思維，五四新文化運動的便捷白話，成為影響台灣新詩寫作最早的四股暖流，藉以彰顯台灣宋元以來的多元文化形貌。

在大陸本土，「五四時期」的新詩反而沉潛而成為伏流幾近三十年，台灣則在紀弦（一九一三—二〇一三年）「橫的移植」的橫衝直撞下開滿異色的花，存在主義、意象主義、象徵主義、現代主義、現實主義、超現實主義，識或不識，囫圇或細研，自由的風因而吹遍美加、菲律賓、泰國、馬來西亞、新加坡諸國，五四加台灣，成為東南亞地區華文世界的新文化傳統、新文化養分。因此，新版的編輯將「五四時期」加「域外篇」都為一冊，紮紮實實的一百年新詩發展，如實呈現，但其空間則涵蓋了全球華文新詩出現的山海天地。

「台灣篇」則自日治時期蒐羅，以迄於二十一世紀的今天，資料最為豐碩，全新一書已無法承載，分裝二帙，積累一千頁的皇皇選集，可以支撐一部持平的台灣新詩史。

依往例，入選詩人一律按出生年月先後編排，每家詩後附作者小傳及編者鑑評；卷前有余光中先生序文及編者導言（寫於一九九五年），歷述中華新詩發展史實、詩潮演化、系譜歸類及其他；卷末附張默先生〈跋〉，概述本書編選之苦樂點滴。本書入選詩人橫跨台灣、大陸、港澳、東南亞、美加各地，上下縱貫一百年（一九一七—二〇一七年），所以，以西元紀年為標誌，依然標舉「清明有味、雅俗共賞」，希望入選詩作大體均能貼近此一水平，俾使當代新詩佳作，歷久彌新，為海內外廣大華文讀者所共享。

新詩發展一向以兩股交錯的力量糾結而行，如「**X**」。**X**之後又有**X**，**X**之旁也有**X**，固結成網，牢而不可破，如《老子》所言：「有無相生，難易相成，長短相較，高下相傾，音聲相和，前後相隨。」（第二章），這二股力量相對衡而不相對立，相對立而不相對峙，相對峙而不相對抗，或分或合，時緊時鬆。「**X**」在數學符號的使用上，往往有著「不可解」的意涵；在日常生活中，「**X**」則是網結的最基本形制，也是從簡約走向複雜的第一步，相繫相連，互有進退，卻也不一定要以輸贏相品論。何況，大「**X**」之下有小「**X**」，細密網絡，情趣理趣皆可覓取。

從孔子《詩三百》到清朝蘅塘退士的《唐詩三百首》，自有其足資信賴的標準，本書也採三百之數，選擇略為寬鬆的數字，期望能為百年漢語新詩留下佳作，無愧於詩三百此一珍貴傳統，可以為過去的百年留下系譜，可以為未來的歲歲年年草擬想像的地圖。

蕭蕭　寫於二〇一七年一月　明道大學

一九九五年初版序：

當繆思清點她的孩子

——跨海跨代的《新詩三百首》

余光中

1.

二十七年以前，正當文革亂世，古中國罹患了空前的惡疾。我雖然隔岸觀火，卻感同共焚，悲痛之中，寫了一首詩，叫〈讀臉的人〉，開頭是這樣的：

有客自遠方來，眉間有遠方的風雨
我要他講一些可驚的事情
「那些面孔！沒有什麼比那些更可驚」

他說。「一張臉是一個露體的靈魂
敏感如花，陰鷙如盾，猙獰如傷口
或美，或醜，讀一張，就一次顫抖
終於每一個夢都用臉，那些臉，組成
那些臉，臉的圖案，不，臉的漩渦
在我四周瘋狂地旋轉」

受驚的主人憂懼之餘，只覺夜長夢多，患得患失，經歷了一整部險惡的現代史。幸好詩末是這樣的結局：

就這樣，惡夢延長，直到卯辰
一轉身，就出現那孩子的臉
晶亮的眼睛流溢著驚異
可笑，可愛，不怎麼耐看
新得像一朵雛菊，一個預言
我看見那張臉向我仰起
似乎在慶祝一件事要過去

我看見那張臉舉起了信仰
像一朵雛菊自一畝荒田……」
說著，他眉間透出了陽光
我認出失蹤的，很久以前
我認出自己失蹤的兄弟
有客自遠方來，自遠方的風雨

從一九四九年起，這兩兄弟互為「失蹤」達三十年之久；兩岸的作家當然也在其列。直到一九八一年底，我才在香港見到了前輩作家辛笛與柯靈，並在中文大學主辦的研討會上發表了一篇論文：〈試為辛笛看手相〉。近十多年來，兩岸的文藝交流日頻，詩人們不但在對岸刊詩、出書，甚至還隔水唱和、越峽論詩，大陸詩人甚至獲得台灣的詩獎，而台灣詩集居然在大陸銷暢。這一切，在文革的黑暗時代全然不可思議。當時的大陸作家，肉體與靈魂都在劫火裡煎熬，自顧之不暇，怎麼會想到台灣有沒有文學的這種閒事？彼此的印象大概不外乎：台灣無詩，即有，也無非蒼白頹廢之作；大陸無詩，即有，也無非政治宣傳。當時，誰想得到會有這樣一部跨代跨海的中國新詩「通選」呢？

史家縱論歷史的發展，常說什麼「分久必合，合久必分」，其間似乎十分玄妙。其實簡而言之，當可發現，使人分開的，是政治，而使人融合的，是文化。所以兩岸交流，最自然的是文化，而最複雜的是政治。像《新詩三百首》這麼一部鉅著的編選與出版，若無藝術上的共識與默契，而斤斤計較意識形態的正誤，將全不可能。不要說在文革期間了，就算早在五〇年代初期，要把這兩百多位詩人並列在同一張封面之下，都是不可思議的事。例如王瑤在五〇年代初編寫又再修訂的《中國新文學史稿》，出版之後就屢遭北京大學中文系「集體寫作」的嚴厲批評，其理由有四：「第一，把新文學運動的性質描寫成資產階級領導的舊民主主義性質的運動，否認社會主義因素是新文學運動中起決定作用的因素。第二，把文學事業描寫成個人的事業，而不是黨的事業，階級的事業。第三，混淆了、取消了兩條道路的鬥爭……感覺不到無產階級文藝思想在與資產階級文藝思想的鬥爭中所取得的一次又一次的勝利，而只看到一些個人與個人之間的爭吵糾紛。第四，否認黨對文學事業的組織領導作用。」[1]理由雖然冗贅其詞、列了四條之多，其實只有一條，就是沒有把文學當作政治的工具。兩岸文化交流，如果有一方還未脫政治工具論的舊調，那無論分得多久，恐怕也難見其合。

2.

《新詩三百首》把一九一七到一九九五之間中國新詩的發展，分為四卷，即「大陸篇前期」、「台灣篇」、「海外篇」、「大陸篇近期」。這樣的區分以地域為準，不但方便，而且清楚，頗為高明。大陸篇再分前期和後期，並且分置於台灣與海外之前後，則於地域之外更照顧了年代，顯示新詩不但發軔於大陸，而且從五〇年代以迄七〇年代，在大陸上遭受政治壓迫而近於中斷者，凡三十年。

大陸前期（一九一七—一九四九）從劉大白到綠原，選了三十七位詩人，其中已故者二十五人，現存者最年輕的也已七十三歲了。這三十七位前輩，有的天不假年，有的早封詩筆，有的改寫舊詩，有的熱中政治，更多的是才入壯年就「解放」了，像馬雅科夫斯基那樣，與新社會格格不入，總之很少能像杜甫或葉慈那樣得竟其詩人之全功。新詩的根基未能深廣，政治的壓力當為一大原因。

大陸前期的三十二年，外國思潮紛至沓來，國內政局波動，戰亂頻仍，詩壇變化自多。大致而言，三〇年代是一條顯然的分水嶺。在這以前，無論是白話詩要取代舊詩，格律詩要整頓自由詩，或是古典、浪漫、象徵等等風格的相激相盪，西方詩歌、日本俳句、印度哲理的多般啟發，其進展大多以文學為本。但是進入三〇年代之後，前有「中國左翼作家聯盟」成立於一九三〇年，後有抗日戰爭爆發於一九三七年，於是意識形態與社會生活都傾向集體主義，而詩，正如左聯的理論綱領所謂，必須為「無產階級的解放鬥爭」服務。也就是說，以前的詩人是文壇的個體戶，不妨自我言志，從此卻入了文壇的公社，必須為某一階級，其實是為某一政黨，去載道了。這樣的轉變對於詩人何止是言不由衷，其結果往往無補於政治，卻有損於繆思：郭沫若、何其芳，甚至卞之琳的某些後期作品，便常有這種「變而不化」的現象。

不過在「後左聯」或抗戰的時期，詩壇仍然有一些真實的聲音。綠原、曾卓、牛漢等「七月」派的詩人風格樸素，有寫實的精神；穆旦、杜運燮、鄭敏、陳敬容、袁可嘉等「九葉」派的作者受西方現代詩的影響，流露主知甚至玄想的風格。辛笛的《手掌集》頗能融合古典與現代，有清新之氣，是《九葉集》的主力。馮至的《十四行集》師承里爾克，將靜觀冥想的風格約束在十四行的紀律之中，開啟了四〇年代中國新詩明淨主知的新途，可謂九葉之先導。這兩本薄薄的詩集至今猶曳著大陸前期新詩美好的尾聲，只可惜在隨後的國共內戰與政治變局裡，這清音不得播揚。

一九四九年，正當現代與當代交替，《九葉集》的九位詩人都在盛年，最長的辛笛才三十七歲，最幼的還不到三十。歷史無情的手指突然將他們點了穴，熱血的脈搏有不得跳者三十二年，直到一九八一年他們的合集才得見陽光，而這時，穆旦已歿，餘人也都已過了六十。一群老詩人集體的「處女作」，這歷史的嘲謔說明了，大陸新詩近期（一九五〇——一九九五）的前三十年，詩運在政治的高壓下沉淪了多久，多低。

另一顯例，是所謂「胡風集團」的「七月」派詩人，一九五五年因涉「胡風案件」而入獄、流放、勞改，直到一九八〇年才獲平反。綠原、曾卓等的年紀與「九葉」詩人相仿，但在徒耗青春之際卻比他們多受折磨。儘管「七月」和「九葉」的部分作者在復出之後還可以重揮詩筆，但是三十年的浪費卻無可補償。

在那三十年間，文學完全淪為政治宣傳的工具，很少耐久的藝術價值，即使有才有志的作家不甘人云亦云，寫出了一些獨創的作品，也難逃什麼個人主義、形式主義，甚至反動之類的批判。儘管表面上也曾有新民歌、政治抒情詩等的盛況，其實那種詩往往失之誇大、抽象、淺顯、粗糙，只是把口號草草修辭加工而已。至其極端，竟有江青揠苗助長的所謂「小靳莊詩歌」，更是不淘自汰。

當然，在那三十年間，嚴肅的詩人並不缺乏，但是在教條與批判之間既然動輒得咎，詩的生命不是被壓抑便是被扭曲，也就難以自然成長、盡情發揮。例如邵燕祥的〈賈桂香〉，流沙河的〈草木篇〉，蔡其矯的〈紅豆〉、〈霧中漢水〉、〈川江號子〉等詩，由於批評甚至只是暗示了現實，刊出之後莫不遭受嚴懲。[2]這一輩的詩人，和稍早於他們的「七月」、「九葉」等的作者，在台港與海外讀者之間，較為陌生，因為他們沒有機會像徐志摩、聞一多、郭沫若、艾青那樣成名於「解放」以前，更沒有自由能像朦朧詩的作者那樣擺脫了普羅文學的重擔，而發軔於「開放」之始。無情的政治大磨，磨盡了他們寶貴的壯年。

在《新詩三百首》裡，大陸後期的篇幅有三分之二都配給了「崛起的詩群」，其重視可見。十年文革像惡夢幢幢的長夜，直到一九七六年清明節的天安門詩歌運動，才一線破曉，但是還要再等兩年半，到一九七八年底《今天》詩刊出版，天才大亮。反諷的是，北島、顧城、江河、舒婷、楊煉等新人的新作，反而以朦朧詩為名，而且引起文壇正統的質疑、非議。這些青年大多出生於「解放」之後，而且在文革的劫火中歷經狂熱與幻滅，對於當前的現實有切膚之感，發為「後文革」的新詩，自有一股反叛傳統、肯定個人自尊的銳氣。在開放以前，詩人在政治的漩渦裡只能扭扭捏捏，跟藝術暗暗偷情，但是在「新詩潮」中，這些青年就不再敷衍政治，公然追求起繆思來了。

朦朧詩引起了爭議，卻也因此擴大了影響，而開明的評論家及時聲援，也助長了新詩潮的澎湃。謝冕的〈在新的崛起面前〉、孫紹振的〈新的美學原則在崛起〉、徐敬亞的〈崛起的詩群〉環繞著這些爭議先後發表，雖然也不免遭受到政治的批判，卻在文壇引起更大的關懷，尤令海外甚至國際的同道注目：抑之適足以揚之，倒成了反效果。同時在開放的氣氛下，繼朦朧詩而起的更年輕的一代，所謂新生代，面對後文革漸趨開放而多元的社會，紛紛組織詩派，標榜主義，各行其是，甚至揚言要推翻前面的一代。[3] 大陸後期所選的四十六位詩人之中，自于堅、韓東以下，幾近三分之一都屬新生代，其中頗有幾位顯然有才，但是尚待時間的考驗。

七十年代末期詩壇的另一現象，便是為數頗多的中、老年詩人，以前為了種種政治的糾葛，或早或晚地被迫停筆，這時終獲平反，紛紛復出而再度創作。其中老一輩的包括艾青、蘇金傘等，中年一輩包括公劉、流沙河、邵燕祥、昌耀，加上受害最深的「七月」派和養晦最久的「九葉」派，重新拾筆的固然不少，但是新的現實應如何入詩，而舊的詩藝又應如何重振，都是難題，所以真能超越故我的並不太多。[4]

3.

不同於〈大陸篇〉前後兩期的斷層安排，〈台灣篇〉是一氣呵成的通選。在〈大陸篇〉前後兩期，新詩的發展判然可分，但是在〈台灣篇〉裡，由於政治的變遷，語言的消長，詩運卻大盛於五〇年代以降。看得出，在入選的一〇七位詩人之中，只有從賴和到水蔭萍這六位是光復以前在五四的召喚之下創作新詩的，民初的語言和詩體顯然可見。但是緊接著從覃子豪起，台灣的新詩壇便加速向現代詩推進了：從五〇年代中期一直到七〇年代早期，可謂現代詩的全盛期。論述現代詩發展的文章已多，以詩社的此消彼長為其經緯者亦復不少，凡此種種，都無須在此贅述。我只想指陳下列數點：

首先，所謂現代詩有廣、狹二義。狹義的現代詩以追求西方的現代主義為目標，凡波特萊爾以降的西方詩派均為其取法的對象，至於詩體，則強調用散文來寫自由詩。其間心靈用力的方向，早期則強調反浪漫的主知主義，後期卻轉而熱中解放潛意識的超現實主義。至其末流，不幸每淪於晦澀與虛無。廣義的現代詩則無意自囿於如此的「橫的移植」，卻想在現代與古典、主知與抒情、超現實與寫實之間有所取捨，並加融合。廣義的現代詩似乎欠缺「前衛性」，但今日回顧，卻也較少「後遺症」。

其次，歷來對台灣現代詩的評斷，千篇一律，幾乎不假思索，逕稱其為全盤西化。其實廣義的現代詩從來沒有否定中國文學的古典傳統，無論在主題或語言上均有相當繼承，及其後期，甚至還有新古典的繼起。

至於當年的詩人何以如此熱中於向西方取經，其原因也不能簡化為純然「崇洋」。台灣地促島孤，當時的政局蹇困、社會保守、資訊閉塞，詩人們易患文化恐閉症，自然想追求世界潮流。加以當局只解鼓吹反共文學，尤其是所謂「戰鬥文藝」，青年詩人乃引「外援」以為對抗。同時對岸的意識形態所厲行的那種普羅文學，強調什麼階級鬥爭，更令人感到莫大的壓迫，那威脅對於剛剛渡海過來的外省青年詩人，尤為真切。至於本省詩人熟悉的日本現代詩，原就深受西方現代主義的影響。一迎一拒之間，西化自有其心理背景。

現代詩曾經帶來晦澀與虛無，但是它在語言和意象上的創新，對其他文類，尤其是散文的影響，不容低估。現代詩人對現代畫的鼓吹，現代詩對民歌的提升，也有其貢獻。

現代文學焦慮眼前的時間，鄉土文學關懷腳下的空間：鄉土文學是傾向寫實的，應無疑義。從六〇年代底到七〇年代初，台灣的逆境逼人而來，使作家在自我之外更感到群體的處境，而有反思自省認真寫實之必要。先是保釣運動激起了海外華人的民族主義，繼而退出聯合國，又與美國、日本斷交，在在都逼迫作家深切思索政治認同的問題，於是鄉土文學應運而起。

其實在這名稱確立之前，台灣文學之中早有鄉土寫實的成分，例如黃春明描寫小人物的小說早在七〇年初就已出現，而一九六四年創立的《笠》，在即物主義的探索、現實人生的批評之外，已倡導鄉土精神的維護了。他如《龍族》、《大地》、《後浪》等等詩社成立於七〇年代之初，亦多以鄉土為標榜。不過在鄉土文學論戰之初，正如呂正惠所言，鄉土一詞的含義與民族頗有重疊，而其立論之中也曾有「明顯的左翼色彩，強調文學的社會功能與階級性。」[5]

所以一開始，鄉土文學所謂的「鄉土」在空間上並不確定，可指台灣，亦可泛指中國，而其中的民族主義可指中國的傳統文化，亦可僅指五四以來的反帝國主義。幾經辯論以後，左翼的色彩消失，鄉土的空間確定，民族調整為族群，於是鄉土文學終於定調為台灣文學。

不過鄉土文學的主力多在小說，不盡在詩，所以在文學本土化的運動之中，鄉土詩的激盪不如鄉土小說。還有一點，現代詩崛起於六〇年代，當時台灣的社會還未及工業化，所以現代詩抒發什麼現代人在工業社會的孤絕感等等，不免顯得早熟。反之，鄉土文學鼓吹於七〇年代後期，當時台灣倒是工業化了，再回頭去寫農村，卻有點懷古戀舊的意味。不久，純情的鄉土詩轉化為較具知性的社會詩、政治詩，也有人採用台語來寫。但是進入八〇年代的後工業社會，新聞詩、都市詩，甚至環保詩相繼出現，於是現代詩也進入了後現代。

八〇年代以降，台灣的社會開發而多元，已趨近西方的資本主義社會，表面的進步下更露出人文的、自然的各種病態，現實之複雜弔詭也已經不是鄉土文學所能處理。加以解嚴之後言論百無禁忌，資訊潮湧而來，旅遊則無遠弗屆，台灣被推入地球村裡，國際化之勢日益顯著，鄉土之關何能久守？

所謂後現代詩也是百無禁忌，無論政治的、道德的、隱私的、美學的任何「大限」都可以突而破之。問題在於破後是否能立。其實今日在後現代名下寫的詩，無論其語氣是低調、謔調、反調，跟六〇年代的老現代詩之間，往往分別不大。文學在多元的民主社會裡，甚至連小眾化也不一定能把握。但是後現代的作品無論如何翻案出奇，對以前的典範諧擬也好，反諷也好，顛覆也好，其互文的背景常會困惑讀者，難處不下於僻典冷經。這現象也見於對岸「新生代」的詩人，也許這不過是一過渡，終有一天會破而能立，將現代詩帶上二十一世紀的大道。

4.

〈海外篇〉的時間始於一九四九年，也就是當代之初。這樣的畫分不無爭議，我想兩位編輯也有其苦衷，因為「海外」的定義不明，而「海外」的身分也會變化。例如大陸前期的李金髮，後半生客居他鄉長達三十年，歿於紐約，可謂海外詩人了，卻未列入〈海外篇〉。北島旅居歐洲，去國多年，顧城甚至死在南半球，卻仍名列大陸篇的後期。編輯的安排是對的，因為李金髮的名字應該和戴望舒排在一起，才有意義，而北島、顧城也不應和舒婷分開。既然如此，紀弦又何以排在海外呢？紀弦到台灣，已入中年，而晚歲定居美國也已經很久，但他的詩人生命和影響卻在台灣，而「美國居」的意義並不重要。他的名字天經地義應在覃子豪、鍾鼎文之間。問題是將他歸位之後，方思、夏菁、林泠等又怎麼辦呢？他鄉之客若皆召回國來，〈海外篇〉雖不至於取消，恐怕也只剩下周粲等幾個人了。鄭愁予、葉維廉、楊牧、張錯、非馬等又不同，因為他們的美國經驗與後期作品不可分割。

但丁三十七歲流放國外，終老他鄉，《神曲》是在國外寫成。我國的屈原、賈誼、韓愈、柳宗元、蘇軾等等，也都是流放詩人。這些詩人都是見逐，但是〈海外篇〉的多數作者卻是自放，其中不少已經多年不寫或寫得很少，令人懷念。可見近八十年的新詩壇上，繆思的笑靨並不常開：大陸詩人的彩筆屢在政治運動裡繳械，海外的詩人卻常在寂寞之中自己擱下彩筆。也因此，迄今仍未擱筆的一群，更值得我們珍惜。

〈海外篇〉的三十四位作者之中，三分之二是從台灣出國去的，有的是在島上出生，更多的是原本來自大陸、香港、新加坡而在島上成為詩人；無論來龍去脈有多少差異，台灣這塊詩之沃土對他們孕育培養之功，無可否認。這四十多年來台灣一島詩人之多、詩藝之盛，對海外華人詩壇影響之深遠，在中國文學史上確為一大壯觀。

5.

書以《新詩三百首》為名，令人無可避免地聯想到也是三百篇的《詩經》和《唐詩三百首》。非常巧合，英國詩的經典選集《詩歌金庫》（*The Golden Treasury of Songs and Lyrics*: **selected and arranged by Francis T. Palgrave, 1861**），所選作品是三三九首，而《英格蘭與蘇格蘭民謠集》（*The English and Scottish Popular Ballads*: **collected by F. J. Child**）所選的民謠，恰為三〇五首，與《詩經》首數相同。《詩經》之作成於周朝初年到春秋中葉，為時約五百年，平均每年約得〇．六首。《唐詩三百首》實為三〇三首，分配給唐朝的二八七年，平均每年約得〇．九五首。英國的《詩歌金庫》三三九首分配給一五二六到一八五〇的三二四年，每年約得一首。也就是說，英詩之盛，從莎士比亞到華滋華斯，抒情詩歌的傑作每年只得一首；中國古典詩歌在周朝與唐朝之盛，每年選得出來的佳篇還不到一首。

反之，從一九一七年迄今，不到八十年間，本書卻選出了三三六首，每年平均超過四首，似乎新詩佳作出現的頻率簡直要四倍於唐詩了，未免自負了一點。問題在於這部《新詩三百首》

選入的作者多達二百二十四人，而《唐詩三百首》只選七十六人，英國的《詩歌金庫》只選八十六人。《唐詩三百首》和《詩歌金庫》只選古人，但是《新詩三百首》的二百多詩人裡，已故者三十八位，只有六分之一強。

選現存的作者，未經時間淘汰，當然較難取捨，而且礙於情面，未免會選多些。人選多了，每人名下的作品當然也就相對減少，因此《新詩三百首》中大多數作者只選一首，而選得多的也只限五首，有僧多粥少之憾。《唐詩三百首》由七十六人來分，每人平均四首，所以李白廿八首，杜甫卅六首，王維廿九首，李商隱廿二首，孟浩然十五首，白居易雖只六首，卻包括了兩首長詩，都能呈現各自的風格和體裁。《詩歌金庫》的輕重比例也有分寸，所以華滋華斯竟有四十四首，雪萊二十首，而米爾頓、史考特、濟慈也都在十首以上。相比之下，《新詩三百首》人多詩寡，就難以表現重要作者的多元成就，和整個詩壇發展的軌跡。

詩選與文選的安排，不但要挑出個別作家的佳作、傑作，顯示各人的演變與分量，還要展現一個時代或一個地區在主題、體裁、風格上的特色與趨向。若是僅作機械的排列、齊頭的平等，恐就難以選家傳後。真要做到，當然很難。

《詩經》的編排是先分體裁，再在各體之中進一步分類，例如〈國風〉就再按地域來區分。《唐詩三百首》也是先按詩體，分成五古、七古、七言樂府、五律、七律、五絕、七絕等八卷，再在各體之中將各作者按年代先後排列，而所選作品之多寡也顯示其擅長的成績。例如七律之中，李商隱一口氣就選了八首，杜甫更多達十三首，而李白只有一首，七律經營之功誰屬，乃不言自喻。

英國的《詩歌金庫》則心裁別出，先按莎士比亞、米爾頓、格瑞、華滋華斯各領風騷的時代分成四卷，以示三百多年英詩的進展歷經了伊麗莎白、十七世紀、十八世紀、十九世紀前半的四期。然後，編者巴爾格瑞夫說明，「每一卷中再將各詩依感情與題材的逐漸變化加以編排。」例如卷一的八十四首，大致上便是從春到冬、從喜到悲、從愛到死巧作安排，因此在發展上隱然有奏鳴曲（sonata）樂章演進的美感。我並不相信誰會這麼依次一路讀下去，卻對編者這樣的氣象與規模深為感佩。

新詩發展了八十年，在詩體上雖有格律與自由之分，但兩體都未臻成熟，格律之呆板、自由之散漫，令大半作者迄仍無所適從，有待來者努力。本書的兩位編者當然也就無體可依，不像《詩經》與《唐詩三百首》的編者那麼幸運。不過詩人入選太多，詩作相對不足，一些較具分量的作者未能成為小說家佛斯特（E. M. Forster）所謂的「立體人物」，卻令人感到可惜。另一問題是入選作品的篇幅長短懸殊，短者不滿十行，長者每逾百行，對作者創作的「分量」會有誤導的幻覺。[6] 用誇張格來說，史詩怎能和俳句並列？《唐詩三百首》就善於安排，把〈長恨歌〉、〈琵琶行〉、〈石鼓歌〉、〈韓碑〉等鉅製另置一卷，而那些鉅製確也真夠分量，壓得住卷，鎮得住四周的小詩。

當然，《唐詩三百首》和《詩歌金庫》的經典詩選，不免也有不足之處：例如孫洙就把張若虛和李賀漏了，而巴爾格瑞夫也未能看出鄧約翰與史考特誰重誰輕。冷眼觀古尚且欠清，熱眼鑑今豈能必準？這本《新詩三百首》如果換人來編，其中的取捨必然不同，就算是調整五分之一的內容，我也不會驚異。

不過九歌版的這本「通選」也自有其優點，值得注意。例如經過兩位編輯遍讀細選，某些素來少人注意或是未及得人青睞的作品，得以呈現在我們眼前，像蘇金傘的〈頭髮〉、白家華的〈晒衣〉、匡國泰的〈一天〉、李漢榮的〈生日〉等作，都令人有新發現的驚喜。我一向認為蘇金傘是早期詩人中雖無盛名卻有實力的一位，卻未料到他能寫出像〈頭髮〉這麼踏實有力、搗人胸臆的好詩，並且立刻認定，此詩雖短，撼人的強烈卻不輸魯迅的小說。同樣地，要是沈從文能讀到匡國泰的〈一天〉，也會承認湘西並未被他寫盡。

另一優點是在每位詩人的作品後面，都附有「鑑評」，其內容除作者生平、詩風綜述之外，更對入選之作提供了簡要的賞析。這二百多篇鑑評兼有參考資料與提示導讀之功，讀者據此可以進一步去探討他偏愛的詩人，這樣的編者真可謂「服務到家」了。一篇篇的鑑評少則近於千字，多則更達千餘，加起來足有四百多頁，成為本書的一大特色，也是重要資產。張默和蕭蕭投注的心血可觀，這一點，卻為孫洙和巴爾格瑞夫所不及。

《新詩三百首》涵蓋的時間，始於一九一七年而止於一九九五年，幾與二十世紀相當，簡直有二十世紀中國詩回顧大展的意味。「世紀之選」的聯想是不能避免的。不出兩年，香港就要歸還中國。世紀末的倒數正在加速，今後幾年，類似的世紀選集當會相繼出現。如果我們的祖先在上個世紀末要編一部十九世紀中國詩選，情形又該如何呢？我想應該是從張維屏、林則徐開始，龔自珍、魏源為繼，而以譚嗣同、丘逢甲終篇。龔自珍詩「憑君且莫登高望，忽忽中原暮靄生」，恰好寫於五四前一百年，先天下之憂而憂，已經敏感大難之將至。譚嗣同句「四萬萬人齊下淚，天涯何處是神州」；丘逢甲句「四百萬人同一哭，去年今日割台灣」，都寫於世紀末的一八九六年，卻是大劫之餘了。

這種先憂後樂的志士胸懷，進入二十世紀後依然激盪。新詩出現之前，二十世紀初的十七年間，中國的詩心當然還是在跳著，而且跳得很壯烈，儘管是用舊體詩來寫。一八九九年梁啟超在日本流亡時所寫〈讀陸放翁集〉四首之一：

詩界千年靡靡風，兵魂銷盡國魂空；
集中什九從軍樂，亙古男兒一放翁。

一九〇一年，他又有七律〈自勵〉一首，後四句是：

十年以後當思我，舉國猶狂欲語誰？
世界無窮願無盡，海天寥廓立多時。

一九〇四年，女傑秋瑾寫〈日人石井君索和即用原韻〉：

漫云女子不英雄，萬里乘風獨向東。
詩思一帆海空闊，夢魂三島月玲瓏。
銅駝已陷悲回首，汗馬終慚未有功。
如許傷心家國恨，那堪客裡度春風？

這些世紀初大氣磅礡的詩句，我們在世紀末讀來，仍然為之激昂。另一方面，一九〇九年蘇曼殊在日本所寫的〈本事詩〉之一：

春雨樓頭尺八簫，何時歸看浙江潮？
芒鞋破鉢無人識，踏過櫻花第幾橋？

還有同在本世紀初王國維所寫的〈浣溪沙〉：

山寺微茫背夕曛，鳥飛不到半山昏，上方孤罄定行雲。
試上高峰窺皓月，偶開天眼覷紅塵，可憐身是眼中人。

蘇曼殊的淒美，比周夢蝶的《孤獨國》又如何呢？而王國維的深思果真會較馮至的《十四行集》遜色嗎？好在這部選集名為《新詩三百首》，而非《二十世紀中國詩選》，否則世紀初的這些古典作品就不能排除在外。我實在不能確定這些古典作品的傳後率必然不及新詩，更不能確定這三百首新詩全都可以傳後。詩選的編者原是時間之「代辦」（chargé d'affaires），負責「初審」而已。至於「決審」，仍然有待無情的時間。且看二十一世紀到時又怎麼說。

——一九九五年七月於西子灣

附註：

1. 見《文學研究與批判專刊》，北京大學中文系編輯，人民文學出版社出版，一九五八年。
2. 洪子誠、劉登翰著：《中國當代新詩史》（北京．人民文學出版社，一九九三年第一版），見第八章及第九章。
3. 見前書第十一章。
4. 見前書第八章。
5. 呂正惠：〈七、八十年代台灣鄉土文學的源流與變遷〉，見《四十年來中國文學》，台北．聯合文學出版社，一九九五年六月初版。

6. 孫毓棠的敘事長詩〈寶馬〉未能節選，未免可惜。臧克家才逾百行的佳作〈運河〉未選，只收了兩首小詩，也「小看」了他。

導言

新詩的系譜與新詩地圖

蕭蕭

時移世異，新詩的風潮隨時而移，因世以異。整整一個二十世紀，中國崩塌了帝王專制，催生民主憲政，又分裂成兩個不同思想、不同制度的政治實體；台灣從馬關條約訂立（一八九五年），開始受日本宰制五十年，直至一九四五年翻身，繼而為亞洲四小龍之一，世界外匯存底之首，匆匆也已五十年。百年中國，百年台灣，這期間又有多少的中國僑胞、台灣子民，流亡海外、移民他鄉？這期間，人民的血淚、笑容、思想、情義，如何以新的詩體呈現，如何以不同的詩潮迎拒不同的時潮？時移世異，新詩的風潮如何隨時世而有著不同的變易？確實值得我們觀察與注意。

清朝末年，黃遵憲（字公度，一八四八年—一九〇五年），二十一歲時所作的〈感懷〉就已揚言：「我手寫我口，古豈能拘牽？即今流俗語，我若登簡編，五千年後人，驚為古爛斑。」他在《人境廬詩草》的序言中說：「今之世異於古，今之人亦何必與古人同！」這種不與古人同的覺醒；勇於應用流俗語，「我手寫我口」的主張；含括群經、三史、諸子、百家、官書、會典、方言、俗諺，以及古人未有之物、未闢之境的廣博內容；復出之以「陽開陰闔鬼出電入若天龍八部千靈萬怪挾風雨水火雷霆而下上」的技巧變化；不僅贏得梁啟超的讚譽：「近世詩人能鎔鑄新理想以入舊風格者，當推黃公度。」（見《飲冰室詩話》），而且震醒了唐以後因循格律不知變化的詩靈，以他的〈都踴歌〉為例，每句都以摹聲詞「荷荷」作結，當然是受到民間山歌的影響，黃公度大膽啟用，全篇一式，荷荷不停，其聲其勢，震撼無已：

長袖飄飄兮髻峨峨，荷荷！
裙緊束兮帶斜拖，荷荷！
分行逐隊兮舞傞傞，荷荷！
往復還兮如擲梭，荷荷！
……
……
今日夫婦兮他日公婆，荷荷！
百千億化身菩薩兮受此託，荷荷！
三千三百三十二座大神兮聽我歌，荷荷！
天長地久兮無差訛，荷荷！

這樣勇敢的吆喝效果，後來果然也出現為余光中詩裡的民謠風節奏，葉維廉的複沓設計，洛夫〈白色墓園〉中兼具語法與繪畫作用的四十個「白的」，羣青〈石頭〉詩中類疊使用的五十六塊「石頭」。這期間的時空距離相當巨大，時間距離一百年，空間距離則從黃公度的廣東祖籍、日本出使地，經余光中的福建、台灣、美國、香港，葉維廉的香港、台灣、美國，洛夫的湖南、台灣，羣青的福建、香港，形成一張錯綜複雜的系譜區隔與地圖網路。如果再以詩的內容而言，黃遵憲的〈都踊歌〉有扶桑氣息，余、葉二氏深受歐美文學影響，世所周知；洛夫〈白色墓園〉寫的是馬尼拉美軍公墓，也就是羅門膾炙人口的〈麥堅利堡〉；羣青則為以色列寫真。因此，不談新詩則已，要談新詩，豈能不以宏觀的視野，寬容的胸懷，高其瞻，遠其矚！黃遵憲的《人境廬詩草》共十一卷，收錄他同治三年至光緒三十年（一八六四—一九〇四年）編年詩六百多首，光緒年間，跟他一樣撏扯新名詞以自表異的舊體新派詩人，還有譚嗣同（復生）、夏曾佑（穗卿）、蔣智由（觀雲）等，他們都勇於在舊體詩中納入新名物、新觀念，以著有《仁學》的譚嗣同為例，他以「仁」統一佛教、基督、儒家的愛的觀念，以物理學中的「以太」概念解釋「仁」，因此，他的新學之詩，喜歡雜入佛、耶、孔的經典：「而為上首普觀察，承佛威神說偈言。一任法田賣人子，獨從性海救靈魂。綱倫慘以喀私德，法會盛於巴力門。大地山河今領取，庵摩羅果掌中論。」（譚嗣同：〈金陵聽說法〉），詩中有佛家語：「上首」（佛說法時，於聽眾中推居首位者）、「偈」（梵語偈陀的省略，義譯為頌，不問三言四言乃至多言，要必四句）、「法會」（說法及供佛施僧的集會）、「性海」（真如法性，無不周遍，狀其廣大，謂之性海）；也有基督教的典故：賣人子、救靈魂；儒家的詞彙：綱倫；西語的音譯：「喀私德」（caste，印度世襲的階級制度，階級不同不相往來）、「巴力門」（parliament，國會、議會）；當然也留存後人費疑猜的詞語：「法田」、「庵摩羅果」。譚嗣同詩的格律是具備了，新的語句創造了，冷僻的佛典、洋典運用了，但「新意境」還未呈現。譚嗣同、黃遵憲的新派詩，終究仍是舊體詩，新名詞與舊格律之間，量變而未質變，物理變化而未化學變化，混合而未融合。

清末的舊體新派詩的實驗，到了一九一七年胡適仍然要依循這樣的軌跡，重新走一遍，胡適的白話詩必須經歷「小腳放大」的絕律、「小針美容」的詞曲，而後才是「小孩學步」的白話詩。胡適的詩國革命，戮力於白話的鼓吹，詩體的解放，比起黃遵憲的新派舊體詩，胡適跨越的腳步更大，改變了文學表達的工具。不過，從舊體詩的千年桎梏中掙脫出來的歷程，則與清末新派詩人無異。

胡適力圖從舊體詩掙扎而出，和緩的文學改良芻議，主張消極的「八不主義」：「不作言之無物的文學，不作無病呻吟的文學，不用典，不用套語爛調，不重對偶——文須廢駢詩須廢律，不作不合文法的文學，不模仿古人，不避俗話俗字。」再縮減為積極的四項內容要求：「一、要有話說，方才說話；二、有什麼話，說什麼話；三、要說自己的話，別說別人的話，四、是什麼時代的人，說什麼時代的話。」再縮減為平穩的十個大字：「國語的文學，文學的國語。」胡適一向是平和而約制的。

但到了陳獨秀的〈文學革命論〉（一九一七年二月《新青年》），「推倒」二字就被高舉起來了，「推倒雕琢的阿諛的貴族文學，建設平易的抒情的國民文學」「推倒陳腐的鋪張的古典文學，建設新興的立誠的寫實文學」「推倒迂晦的艱澀的山林文學，建設明瞭的通俗的社會文學」。「推倒」二字猶不足表達破舊立新的焦灼心志，日據下的台灣詩人張我軍在《台灣民報》上陸續發表了〈致台灣青年的一封信〉、〈糟糕的台灣文學界〉、〈為台灣的文學界一哭〉之後，一九二五年一月出版的《台灣民報》三卷一號上他使用〈請合力拆下這座敗草欉中的破舊殿堂〉這樣的標題。一九三二年元月及二月的《南音》雜誌一卷二號、三號，陳逢源以〈對於台灣詩壇投下一巨大的炸彈〉之題，批判舊詩社絕不會作出所謂心畫心聲的詩，更有徹底摧毀古詩之意。這是日據下的台灣詩壇，有趣的是一九七九年大陸詩壇「崛起的詩群」朦朧詩興盛之時，香港評論家璧華也以〈投進中共詩壇的一枚炸彈〉為題在《爭鳴》雜誌（一九八三年五月，六十七期）給予鼓舞，此文後來收入璧華、楊零主編的《崛起的詩群——中國當代朦朧詩與詩論選集》（一九八四年二月，香港「當代文學研究社」出版），雖已易題為〈一股不可抗拒的詩歌洪流〉，然「炸彈」的震撼之力正表達了新詩人爆破舊詩潮的決志！

因此，對於紀弦於一九五六年二月在台灣號召一〇二人結盟為「現代派」，提出「六大信條」，其中最引人矚目的「新詩乃是橫的移植，而非縱的繼承」的說法，也就不必訝異，這是新詩人與古中國決裂，告別舊傳統的宣示。九〇年代之後，後現代主義的思想時時在台灣鼓盪，「解構」、「顛覆」的聲音此起彼落，新詩人勇於大破大立的精神，在不同的年代可以找到相連屬的系譜關係。

尤其是，詩人喜歡立社結派，詩社詩派所共同顯現的集體意識與集體風格，醒目而容易引起注意、模仿，也容易成為新的霸權，成為另一個被革命的對象。如果說新詩的發展史是一部詩社的興亡輪替圖志，其實也不算離譜。因此，新詩的系譜事實，也就可以很輕易地勾勒出來。

詩人立詩結派，自古已然，傳統詩社在今日台灣各縣市仍然蓬勃存在，一九三二年陳逢源發表的〈對於台灣詩壇投下一巨大的炸彈〉文中，指出「現在全島會作詩的人們，大約不下一千名，詩社亦約有半百。」將此數字與《全唐詩》相比，「試看有唐一代的三百年間，據《全唐詩》所錄過的，作者凡二千二百餘人，詩四萬八千九百餘首。」（見《日據下台灣新文學文獻資料選集》一二一頁，一九七九年，台北明潭出版社）小小一個台灣島，五十個漢詩社，這數字自是驚人的。舊詩格律一千多年來沒有什麼大變化，尚且如此，何況是新詩的思潮風起雲湧，後浪不斷，詩技巧的折舊率極高，週期性極短，詩社為顛覆面前的偶像、典範而集結，也因階段性使命的完成而瓦解，因此，新詩詩社的前仆後繼也就不足為奇了！依據張默編的《台灣現代詩編目（一九四九—一九九一）》第四編所列，一九五一至一九九一年，四十年間台灣島上就發行了一百五十種詩刊，詩刊的發行通常也意味著詩社的存在，一百五十個新詩社的生成與衰亡，當然在某種程度上，可以顯示出詩史的發展與詩潮的演化，也可以顯示出新詩系譜的形成與脈絡。

我們無意指陳，台灣紀弦的「現代派」是三〇年代施蟄存《現代》雜誌、戴望舒「象徵派」的餘緒，是四〇年代「九葉詩派」（辛笛、陳敬容、唐湜、唐祈、杭約赫、穆旦、鄭敏、杜運燮、袁可嘉）的流風餘韻。而六〇年代崛起的「創世紀詩社」則奮力執行「現代派信條」中的「橫的移植」、「詩的新大陸之探險，詩的處女地之開拓」、「知性之強調」、「追求詩的純粹性」，八〇年代的「四度空間」等詩社的發飆創意，都可能是此一系統的餘威。我們也無意指陳，以徐志摩為首的「新月派」，崇仰拜倫、雪萊、華滋華斯、哈代、羅曼羅蘭、托爾斯泰，嚮往英式的古典秩序和浪漫情懷，願意以心靈和自然為最後的依歸，他們的詩風可能成就「藍星」的靈妙，「風燈」的淡雅。我們當然更無意指陳，四〇年代的「七月詩派」以紀實為其手段，以社會主義、現實主義為其信仰，以剛健、激昂為其詩風，是不是與五〇年代在台灣發展出來的戰鬥詩有著相近的血緣，是不是與六〇年代台灣本島土生土長的「笠」詩社有著相似的肝膽？與八〇年代的「春風」有著相同的現實感與理想？

我們真的無意作這樣的系聯，但是，他們真的可能擺出這樣的系譜。

雖然，時代背景不一，地理環境有異，個人才具懸殊，同一個詩社裡也會有不同的風格，何況是時空差距極大的相異詩社，不過，拉遠時空的距離，以宏觀的角度來看詩史的發展、詩潮的演化，我們可以找出不同類型的世系，不同款式的家譜，大至以台灣為主軸的新詩發展史，小至「方派」（方思—方旗—方莘）、「楊派」（楊牧—楊子潤—楊澤—羅智成）的形成，都有著可以理清的筋脈，可以細觀的肌理，甚至於左右對襯的骨架，上下通貫的血緣。

新詩的發展如果以台灣為主軸來觀察，可以約略為下面圖形所顯示的影響途徑：

新大陸 ↙ 日據下台灣 ↘ 舊大陸

日據下台灣 ↓ 終戰後台灣

終戰後台灣 ↘ 大陸 ↙ 海外

舊大陸包括龐大的古中國歷史文化遺產，如民間信仰、生活習慣、神話傳統、語言文字、古詩舊詞，以至於新文學運動的感染力，在在都影響了台灣移民及社會的文化思考模式；新大陸則包括透過日文閱讀而取得的歐美思潮、透過基督教傳教士認知的西方神學、神話，五四文化運動翻譯的思想與文學名著。日據下台灣實已受到這兩大陸塊的沖激、內化，再加上台語、日語、漢文的糾纏，日本文化的直接介入，原住民（含平埔族）的神話傳說與歌舞風格的長期浸染，多元的新詩面貌、特質已然形成。

終戰後的台灣，至少有二十年處於較為貧乏的文化傳承與沖激，日據下的台灣文學遺產因為政治上的原因與語言上的隔閡，不能有效溝通，一九四九年進入的另一股龐大的移民勢力，據有優勢的主導作用，卻也中斷了三〇、四〇年代重要的中國文學蓬勃活力。來自兩個方向的斷層效應，使台灣新詩在完全獨立自足的情況下，發展出沙漠玫瑰的魅力，進而在五〇年代、六〇年代影響海外華人詩壇（覃子豪、紀弦、余光中、蓉子曾戮力於此），七〇年代、八〇年代又遠及美洲社會（葉維廉、夏菁、鄭愁予、楊牧、張錯、王潤華等人對港澳、星馬泰菲及美國華人社會的潛在影響不可忽視），八〇年代、九〇年代之後，台海兩岸資訊相通，「創世紀」、「葡萄園」、「藍星」及「笠」詩社的李魁賢等人，用心且著力於供輸台灣詩壇資料，或直接、或間接，激化了大陸詩壇的銳進，這其間自有軌則可循，而系別譜類自有眉目可辨。

二〇年代之後，留學青年陸續回國，留美、留英、留法、留日學生，因為學習背景、學習方法不同，其風格傾向、論述側重，自有不同的衡量。日據下的台灣，也因為使用語言的不同而留存了日文作品（追風的詩）、中文作品（張我軍的詩）、台語作品（賴和的詩），以及「跨越語言的一代」的作品（陳千武、林亨泰、吳瀛濤、陳秀喜、詹冰、錦連的詩）。各有所親、各有所重的現象，當然也出現在近五十年的台灣詩壇，以詩評家為對象，可以列出這樣的系譜：

親美系統：余光中、顏元叔、葉維廉、羅門、張漢良、羅青、簡政珍、孟樊、奚密、林燿德。

親日系統：陳千武、林亨泰、陳明台。

親法系統：覃子豪、莫渝、尹玲。

親中系統：洛夫、瘂弦、張默、李瑞騰、渡也、游喚、白靈。

親台系統：陳芳明、李敏勇。

可以看出親中與親美系統，人數最多、力量最大，台灣新詩的發展傾向約略可明。不過，這裡的親是指文學系統上的親，與政治傾向無涉，台灣詩人以政治傾向為結社憑據，以政治意圖為詩社屬性者，尚未發現，台灣新詩人不為政治服役的個性越來越鮮明，因此而反觀日據下的台灣詩人，以對抗帝國主義為其職志，結社、發刊，其政治目的與文學目的之比例，或許不會相離太懸殊。

詩，當然也可以用來表達政治上的立場，二〇、三〇年代間，台灣以詩對抗日本殖民，三〇、四〇年代間，中國以詩對抗日本侵略，時空容或不同，雄渾、激昂的氣勢卻一樣撼人心弦。五〇年代的台灣戰鬥詩，八〇年代的天安門詩牆，時空依然不同，詩中的鼓聲卻也一樣喧天價響。詩是人民的喉舌，不是政客的手勢，台灣與大陸詩人，不同的時空，相同的良知。

回溯新詩發展軌轍，不論是白話文學運動初萌，朦朧詩初興，總是創作先行，理論隨之，接著爭辯蠡起，論戰開打。以大陸「朦朧詩」的昌盛過程為例，即循此而來。

一九七九年：大陸思想解放運動成功。

一九八〇年：朦朧詩大量出現。

謝冕、孫紹振之論隨之而行。

一九八二年：徐敬亞發表〈崛起的詩群〉長論。

一九八〇～八三年：包括艾青、臧克家等詩人都有「清除精神汙染」的言論出現，論戰開始。

向前推看，終戰後的台灣新詩發展，軌轍亦然：

一九五一年：《新詩週刊》創刊。

一九五六年：「現代派」成立。

紀弦發表〈現代派信條釋義〉。

一九五七年：覃子豪發表〈新詩向何處去？〉

紀弦發表〈從現代主義到新現代主義〉、〈對於所謂六原則之批判〉。

「現代派論戰」於焉開始，三年。

一九五九年：七月，蘇雪林發表〈新詩壇象徵派創始者李金髮〉。

八月，覃子豪發表〈論象徵派與中國新詩〉。

「象徵派論戰」起，歷一年而止。

十一月，言曦發表〈新詩閒話〉。

十二月，余光中發表〈文化沙漠中多刺的仙人掌〉。

「新詩論戰」又起，再歷一年。

再向前推看，日據下「台灣話文運動」，一九一七年中國的「白話文運動」，無一不是實驗之作怯怯推出，漣漪初泛；證驗之論皇皇推助，波瀾擴大；反對的聲浪洶湧而來，運動的聲勢更加強悍。奇怪的一個現象是：反對的力量越大，新詩運動的成功性越高，舉最近的「後現代主義」現象為反例，八〇年代末期，後現代主義的詩例、詩論在台灣已經出現，持反對立場的聲音卻微弱、閃爍，因而，九〇年代「後現代主義」無法借力使力，不能乘勢翩躚，在詩壇多元現象中終被消融、吸納。

再以代表朦朧詩發聲的徐敬亞論文內容來看，他在〈崛起的詩群〉中指陳「新傾向的藝術主張」，包括：一、對詩歌掌握世界方式的新理解。強調詩的主觀性、自我性，強調審美主體的能動作用。二、強調詩人的個人直覺和心理再加工。強調詩的「可見性」，主張「向人的內心世界進軍」，呼籲「全新的語言，全新的情感，甚至全新的原始構思」。三、注重詩的總體情緒。詩中的形象只服從於整體的情緒需要，不服從特定的環境和事件，所以跳躍感強，並列性強（參見璧華、楊零所編《崛起的詩群——中國當代朦朧詩與詩論選集》）。這樣的主張在六〇年代的台灣詩壇隨處可見。至於所謂「新的表現手法」：一、以象徵手法為中心的詩歌新藝術；二、跳躍性情緒節奏及多層次的空間結構；三、重新閃出生活光芒的語言；四、新詩建築自由化的嘗試；五、韻律、節奏及標點的新處理。這些手法在六〇、七〇年代的台灣詩壇已多次實驗成功，成果豐碩。

這其間的因緣關係，我們不敢肯定是「嫡傳」、「血緣」或「師承」，但是以兩代或兩地（或更多）的系譜現象來觀察，鑑往知來，察此識彼，不失為研究新詩的好方向。

如果以更具體的新詩「形式」來追索系譜的脈絡，那就更可觀、更容易了！英詩十四行的「商籟體」（sonnet），大陸的馮至在行中韻、腳韻上嚴守西律，亦步亦趨；從香港、台灣到美國的張錯，其〈錯誤十四行〉的七組詩中，則只保留總行數十四行的外貌，或採554，或3434，或採3344，或4442，甚至於整首不分段的十四行都有，題目上的「錯誤」，暗喻著格律上的錯誤，又雙關著情愛上的錯誤，未嘗不是十四行的「變調」。台灣的王添源也跟馮至一樣專攻十四行，其名作〈給你十四行〉，採首段十二行、次段二行的形式，最後四行（兩段銜接處）是這樣安排的：

（11）……然後在十三行之前空下一行，讓你思考
（12）等你都明白了，再讓你看最後兩行
（13）給你我所能給的，並且等待你的拒絕
（14）流淚，是我想你時唯一的自由

後設的安排，使閱讀者多了一份機智的趣味，在商籟體的系譜中，可以視為「走味」的十四行。

小詩系譜的探究，在不同的時期，不同的地區，必需提到三位詩人，一是二十世紀第一年出生的冰心女士，她的《春水》、《繁星》，膾炙人口，既富於日本和歌、俳句的季節感與人情味，又蘊有泰戈爾式的小詩哲理：

只是一顆星罷了！
在無邊的黑暗裡
已寫盡了宇宙的寂寞。

——春水（六五）

只是一首小詩罷了，竟然有著巨大的對比，承載無邊的寂寞，字少意深，令人神往。相對於長壽的冰心，日據下的苦命詩人楊華的一生，顯然又太短了（一九〇六—一九三六）！楊華是日據下台灣詩人少數創作量多而又傑出者，他的作品也以小詩著名，冰心活躍於二〇年代中國詩壇，楊華活躍於三〇年代台灣詩壇，命長命短，福大福薄，雲泥兩判，豈惟唏噓而已！但在小詩的成就上，楊華的詩雖然苦愁怨悲，其熠熠星輝，道盡了小詩的鑽石光芒，與冰心相較，不遑多讓。

第三位專攻小詩而有成的是從台灣出遊海外的非馬，非馬的詩很少有超過十行的，他是現代詩裡的張可久，以短章小幅批判現實，不尖不酸不苛刻，卻在急轉的筆鋒飛白處，引人驚視，深思：

〈電視〉
一個手指頭

輕輕便能關掉的
世界
卻關不掉
逐漸暗淡的螢光幕上
一粒仇恨的火種
驟然引發熊熊的戰火
燒過中東
燒過越南
燒過每一張焦灼的臉

小詩系譜的發展史，詩人一再試探小詩的可能，小詩的極致，小詩到底有多大的負荷力！

散文詩的系譜裡，詩人也作著相同的努力。但是我們可能更有興趣的是：魯迅的〈復仇〉會不會影響商禽的〈長頸鹿〉，〈長頸鹿〉是不是影響了蘇紹連的〈獸〉？魯迅的〈復仇〉長達六百字，先說人有溫血，所以偎依，接吻，擁抱，以得生命沉酣的大歡喜；再說人又以殺戮，使血激噴，以得生命飛揚的大歡喜。「這樣，所以，有他們倆裸著全身，捏著利刃，對立於廣漠的曠野之上。」（對峙的兩人準備復仇嗎？）對立很久以後，身體已將乾枯，卻絲毫不見有擁抱或殺戮之意，圍觀的路人覺得無聊，失了生趣，慢慢走散。詩的最後這樣說：「於是只賸下廣漠的曠野，而他們倆在其間裸著全身，捏著利刃，乾枯地立著；以死人似的眼光，賞鑑這路人們的乾枯，無血的大戮；而永遠沉浸於生命的飛揚的極致的大歡喜中。」（這時，情境逆轉，這兩人對世人、對人性復仇？）魯迅透過肉體的熱與冷，剖析人性，商禽的〈長頸鹿〉則透過肉體的變化，思考時間：

〈長頸鹿〉

那個年輕的獄卒發覺囚犯們每次體格檢查時身長的逐月增加都是在脖子之後，他報告典獄長說：「長官，窗子太高了！」而他得到的回答卻是：「不，他們瞻望歲月。」

仁慈的青年獄卒，不識歲月的容顏，不知歲月的籍貫，不明歲月的行蹤；乃夜夜往動物園中，到長頸鹿欄下，去逡巡，去守候。

商禽的長頸鹿只是脖子加長而已，蘇紹連的〈獸〉則是卡夫卡式的變形記，〈獸〉分兩段，第一段描寫老師教孩子認識「獸」字，怎麼教都教不會，第二段則是人獸變形，獸性突破人性急奔而出：「我從黑板裡奔出來，站在講台上，衣服被獸爪撕破，指甲裡有血跡，耳朵裡有蟲聲，低頭一看，令我不能置信，我竟變成四隻腳而全身生毛的脊椎動物，我吼著：『這就是獸！這就是獸！』小學生們都嚇哭了。」散文詩都維持著舒緩的散文調子，卻在他們三個人的詩中維繫著驚悚的小說效果，散文詩的系譜也有合縱連橫的特殊效應吧！

就以上三種不同形式的詩之系譜而言，詩的形式相同，詩的內涵、特質卻因個人才具而有差異，新詩系譜的研究因而更富歧義，更具挑戰性。即使是風格已具的詩社，如「笠」的寫實作風，「創世紀」的超現實傾向，如果仔細探討系譜的由來，恐怕也會出現尷尬的現象。「笠」自承是沿續日據時代台灣作家的硬頸精神，硬骨操守，卻不願與中國的抗日詩作，天安門的抗議詩篇，等同並論；在鄙棄超現實手法的同時，卻又必需面對日據下不寫實的「風車」詩社存在的事實。「創世紀」一向有大中國意識，在一百期的詩雜誌中，絕口不提日本殖民統治下的台灣詩人詩作，但與「創世紀」同奉超現實主義為主要圭臬的詩社，卻是日據下的「風車」。這樣的交錯影響，或許在詩創作方面激揚了不少思辨能力，卻也在系譜的歸類與分部上惹人會心一笑。

系譜的研究最後必落實於地理的分布，陳義芝在一九九五年「台灣現代詩史研討會」上，曾以一九一七年至一九三七年為界，發表〈新詩人才地理研究〉，認為「由於各地水土形勢不同，天候不同，民風、習俗、物產、生計頗殊，因此，聲調、情性、好惡、追求亦皆有異。」論文中他引用梁啟超《近代學風之地理的分布》書中的話以為佐證，梁啟超說：「氣候山川之特徵，影響於住民之性質；性質累代之蓄積發揮，衍為遺傳；此特徵又影響於對外交通及其他一切物質上生活；物質上生活，還直接間接影響於習慣及思想。故同在一國，同在一時，而文化之度相去懸絕；或其度不甚相遠，其質及其類不相蒙，則環境之分限使然也。環境對於『當時此地』之支配力，其偉大乃不可思議。」如果再加上不同的政經制度之影響，那麼，陳義芝心目中的「（新詩）人才地理學」，或許就更為周全完備！

海島型氣候的台灣詩壇與大陸型氣候的中國詩壇，是不同的地圖標示，也是最大的兩個系譜；留鳥與候鳥習性不同，在地人與移民顯現的土地情感當然也形成不同的特質，不同的系譜。古典詩歌中有亂離詩，戰亂流離，鄉愁感懷，一寓之於詩，但比起飄洋過海的移民血淚，亂離詩不過是在自己的土地上流浪而已，移民則是從土地上連根拔起，面對完全不一樣的土地、天候、習俗、人民，他們的心中有著更多的失落、尋根、抗拒、調適、定位、歸屬、認同的疑惑。以泰國、新加坡、馬來西亞、菲律賓的華人而言，在飄流過海之後往往聚居一處，形成特殊的文化族群，此四地又與台灣、大陸相距不遠，中間復有香港可左可右的中繼點為之聯繫，緊緊跟隨宗主國的文學進化而有著或斷或續的衍變；四地不同的地主國的文化衝擊，政經趨勢，對當地華人文學也有著或大或小的牽引力量。因此，泰、新、馬、菲的華人文學，除了與台灣、大陸、香港純熟的語言駕馭技巧不同，東南亞的熱情衝力也與日韓東北亞的冷凝定性不同，亞洲東方的神祕色彩更與歐美西洋的開放精神不同。因而，新詩地圖（另一種新詩系譜）可以粗分為：台灣、大陸、海外三個版圖。如願細分，則台灣可以有台北與台灣兩系；大陸可能形成北京、成都、上海、東南海域等大小不同的新詩文化帶；海外則可以有美加、歐洲、紐澳、東南亞（含港澳）三圈。

如是，新詩的系譜與新詩地圖，分得清眉目，看得清歸屬，二十世紀的華人新詩，燦然大備於此。再沒有一個世紀，一個龐大的族群，一種共通的語言，能擁有這樣一個開闊的新詩系譜與地圖。二十一世紀即將來臨，但那不是文字專擅的時代，電子媒體、聲光資訊會分散了文字魅力，文字文學即將沒落，因此，《新詩三百首》——新詩的世紀之選，也就彌足珍貴了！

——一九九五年七月．台灣

目錄

卷一

五四時期

（一九一七—一九四九）

劉大白（一八八〇——一九三二）

秋晚的江上

歸巢的鳥兒，
儘管是倦了，
還馱著斜陽回去。

雙翅一翻，
把斜陽掉在江上；
頭白的蘆葦，
也妝成一瞬的紅顏了。

鑑　評

劉大白，原名金慶棪，字柏楨，號清齋，浙江紹興人，一八八〇年十月二日生，一九三二年一月十三日逝世，葬於西湖靈隱附近。五歲熟讀唐詩，八歲學習制藝試帖律賦，十歲潛心詩詞，十五歲應科舉考試，得過優貢生，並曾膺拔貢。一九一二年主編《紹興公報》，一九一四年在東京加入同盟會，自一九一七到一九三一，先後出任浙江省議會祕書長，復旦大學、上海大學教授，浙江大學文理學院中國文學系主任兼教授，教育部常務次長及代部長等職。著有新詩集《舊夢》、《郵吻》、《叮嚀》、《再造》、《秋之淚》。詩論集《白屋詩話》等多種。

劉大白於五四運動前即嘗試以白話寫詩，新文學初期提倡白話新詩，成為新詩運動倡導者之一。他的詩作大致可分為三類：一是反映民生疾苦，鼓吹「五四」新潮，社會意識比較顯著。如〈賣布謠〉、〈收成好〉、〈駕犁〉、〈北極下來的新潮〉等。二是抒情小品，以讚美愛情、歌頌自然、抒發個人的心境為主軸。如〈紅樹〉、〈深秋晚眺〉、〈雨裡過錢塘江〉、〈斜陽〉等。三是探索人生奧祕的哲理詩。如〈花間的露珠之群〉即為顯例。

本書所選〈秋晚的江上〉，寫於一九二三年十月卅日，為作者抒情小詩的精品，即使以今日的詩眼觀之，依然令人捧讀再三，詩思不絕如縷。首節作者以「歸巢的鳥兒」點出向晚的來臨，「馱著斜陽回去」實屬神來一筆。末節「雙翅一翻，把斜陽掉在江上」，這一輕輕轉折，頓使情趣橫生，而末句的白葦與紅顏的對比，除為季節下註之外，更令欣賞者悠遊於虛實相間、物我合一、色彩交感、情景掩映的氛圍中。

《新詩三百首》開卷詩首選〈秋晚的江上〉，除了尊重中國詩綿延不絕的「抒情傳統」，更體現當代華文新詩人一代又一代，接力攀登抒情世界巍巍的峰頂。

魯迅（一八八一——一九三六）

復仇

人的皮膚之厚，大概不到半分，鮮紅的熱血，就循著那後面，在比密密層層地爬在牆壁上的槐蠶更其密的血管裡奔流，散出溫熱。於是各以這溫熱互相蠱惑，煽動，牽引，拚命地希求偎倚，接吻，擁抱，以得生命的沉酣的大歡喜。

但倘若用一柄尖銳的利刃，只一擊，穿透這桃紅色的，菲薄的皮膚，將見那鮮紅的熱血激箭似的以所有溫熱直接灌溉殺戮者；其次，則給以冰冷的呼吸，示以淡白的嘴脣，使之人性茫然，得到生命的飛揚的極致的大歡喜；而其自身，則永遠沉浸於生命的飛揚的極致的大歡喜中。

這樣，所以，有他們倆裸著全身，捏著利刃，對立於廣漠的曠野之上。

他們倆將要擁抱，將要殺戮……

路人們從四面奔來，密密層層地，如槐蠶爬上牆壁，如螞蟻要扛鯗頭。衣服都漂亮，手倒空的。然而從四面奔來，而且拚命地伸長頸子，要賞鑑這擁抱或殺戮。他們已經預覺著事後的自己的舌上的汗或血的鮮味。

然而他們倆對立著，在廣漠的曠野之上，裸著全身，捏著利刃，然而也不擁抱，也不殺戮，而且也不見有擁抱或殺戮之意。

他們倆這樣地至於永久，圓活的身體，已將乾枯，然而毫不見有擁抱或殺戮之意。

路人們於是乎無聊；覺得有無聊鑽進他們的毛孔，覺得有無聊從他們自己的心中由毛孔鑽出，爬滿曠野，又鑽進別人的毛孔中。他們於是覺得喉舌乾燥，脖子也乏了；終至於面面相覷，慢慢走散；甚而至於居然覺得乾枯到失了生趣。

於是只賸下廣漠的曠野，而他們倆在其間裸著全身，捏著利刃，乾枯地立著；以死人似的眼光，賞鑑這路人們的乾枯，無血的大戮，而永遠沉浸於生命的飛揚的極致的大歡喜中。

狗的駁詰

我夢見自己在隘巷中行走，衣履破碎，像乞食者。

一條狗在背後叫起來了。

我傲慢地回顧，叱吒說：
『呔！住口！你這勢利的狗！』
『嘻嘻！』他笑了，還接著說『不敢，愧不如人呢。』
『什麼！』我氣憤了，覺得這是一個極端的侮辱。
『我慚愧：我終於還不知道分別銅和銀；還不知道分別布和綢；還不知道分別官和民；還不知道分別主和奴；還不知道……。』
我逃走了。
『且慢！我們再談談……。』他在後面大聲挽留。
我一徑逃走，儘力地走，直到逃出夢境，躺在自己的床上。

鑑評

魯迅，原名周樹人，本名樟壽，字豫才，浙江紹興人，一八八一年九月二十五日生，一九三六年十月十九日在上海逝世。一八九八年赴南京水師學堂學習，次年改入江南陸師學堂附設的鐵路礦務學堂就讀，開始接觸科學與民主思想及達爾文的進化論。一九〇二年赴日本留學，先在東京弘文學院，後到仙台醫學專門學校學醫。一九〇六年又到東京，開始文學活動，撰寫〈文化偏至論〉、〈摩羅詩力說〉等論文。一九〇九年回國，先後在杭州、紹興任教。辛亥革命後，曾任南京臨時政府、北京政府教育部部員、僉事等職，並在北京大學、北京女子師範大學授課。一九一八年參加改組後的《新青年》任編委，同年五月發表中國現代文學史上第一篇著名的白話小說〈狂人日記〉及新詩。從一九一八到一九二六年先後出版小說集《吶喊》、《彷徨》；散文集《朝花夕拾》、《野草》；雜文集《均》、《華蓋集》、《華蓋集續編》等。其中《阿Q正傳》是飲譽中外的著名中篇，《野草》一書則開啟中國現代散文詩之先河。一九二〇年後一面創作，一面在北京大學、北京師範大學任教，一九二七年任廣州中山大學教務主任兼文學系主任，同年去上海，主編《語絲》、《奔流》等。一九三〇年成立中國左翼作家聯盟，魯迅為籌備人及領導人之一。一九三八年《魯迅全集》二十卷問世，近一千萬字，被譯成英、俄、法、德、日等五十多種文字，公認為世界文壇最有成就的中國偉大作家之一。

在五四我國新詩萌芽時期，魯迅最早寫作的三首詩，〈夢〉、〈愛之神〉、〈桃花〉，率先在《新青年》一九一八年五月第四卷第五期上發表。他自稱為新詩「打打邊鼓」，實則頗具積極拓荒者的象徵意義。胡適、朱自清最早指出魯迅、周作人等的白話詩，代表了「歐化」的一路，可謂獨具慧眼，同時也點明他們當時詩創作的風格。

由於早年魯迅在小說、雜文方面的成就輝煌，因此他的一些少量寓意深刻的散文詩，反而被人忽略了。譬如第一部《中國新文學大系》（詩集．朱自清編），收一九一七—一九二七年的詩作，於一九三五年由上海良友圖書公司出版。僅收錄魯迅的〈夢〉等三首短詩，而非散文詩，就是一例。

而他的《野草》，係於一九二七年七月，由北京北新書局出版。本書共收錄〈秋夜〉、〈影的告別〉、〈復仇〉、〈死火〉、〈狗的駁詰〉、〈墓碣文〉、〈臘葉〉等廿四個篇章，係一九二四—二六年間的作品。作者自認是「散文集」，而後人則將其歸類為「散文詩集」（見瘂弦著《中國新詩研究》一書〈中國新詩年表，一八九四—一九四九〉二一二頁，一九八一年一月，洪範書店出版）。而另一位詩人商禽，被眾多詩評家定論為台灣散文詩的先行者，其流風所及，從而也帶動秀陶、瘂弦、管管、渡也、蘇紹連、劉克襄……等等的跟進。可是商禽卻再三表明，他之所以創作散文詩，其火苗則源自魯迅的《野草》。換言之，沒有魯迅的開端，我們今天絕無法讀到商禽那些質地精純如黑水晶的散文詩了。

是以編者曾再三細讀《野草》（香港新藝出版社，一九七八年四月，李瑞騰收藏）集中的全部篇章，並且獲得一個持平客觀的結論，即本書中起碼有三分之一篇章確定為「散文詩」無疑。主要得力於作者語言的深度，意象的密度，與夫全篇結構所展示的純度……。

《新詩三百首》編輯人獨排眾議，選入他的〈復仇〉、〈狗的駁詰〉二首，並豁然宣稱魯迅真正是「中國現代散文詩的旗手」。除了由於瘂弦、葉維廉、商禽等人的肯定之外，我們理應為本書的「世紀之選」作證，讓一些真正優異被淹沒的散文詩，重新出土，得以長遠留傳。

以下再試說二詩的點點滴滴，以饗讀者。

〈復仇〉，寫於一九二四年十二月廿日。全詩區分八個段落緩緩次第地運行。

一開頭，作者以極細密、冷靜的敘述，人的皮膚與血管所散發的溫熱，隱約點出兩個男子漢，勢必將要演出一場拚個你死我活鮮血淋漓的場景；第二段作者藉一柄利刃之輕輕一擊，宣示個人生命的飛揚將得到極致的大歡喜，顯然其用意是在引人入勝，導引讀者更大好奇心理的觸發；第三段直指他們倆裸著全身，捏著利刃，他們將要殺戮，……然而殺戮似乎仍未開始；第四段描述路人們從四面奔來，拚命伸長脖子，想看熱鬧，與夫各自心理七上八下的諸多感覺；到了第五、六段，他們倆對立著，不擁抱，也不殺戮；第七段，路人們感到無聊，感到喉舌乾燥，於是慢慢走開。最後一段的場景是眼前只剩下這廣漠的曠野，他們倆仍各自裸著，捏著利刃，乾枯地立著。全詩就在那樣無血的大戮中落幕。帶給讀者無限的探詢與迷思。

葉維廉曾在〈散文詩探索〉一文（見《創世紀四十年評論選》，瘂弦、簡政珍編，創世紀詩社，一九九四年九月出版），對本詩有極深入的剖析，特別提請讀者參閱。

〈狗的駁詰〉，寫於一九二五年四月廿三日。全詩在夢境中，採用一問一答式，從平白俚俗的對話，益發顯現人類的自大與無知，最後的結語，卻是「我一徑逃走，……躺在自己的床上」，請問這是多麼無奈、戲謔與轉折。

上列二詩，業已穿越九十多載時間的風雨，即使以今人的眼光觀之，仍屬散文詩中的精品，當代有志寫作散文詩的同道們，請力爭上游吧！

沈尹默（一八八三——一九七一）

三弦

中午時候，火一樣的太陽，沒法去遮攔，讓他直晒著長街上。靜悄悄少人行路；只有悠悠風來，吹動路旁楊樹。

誰家破大門裡，半院子綠茸茸細草，都浮著閃閃的金光。旁邊有一段低低土牆，擋住了個彈三弦的人，卻不能隔斷那三弦鼓盪的聲浪。

門外坐著一個穿破衣裳的老年人，雙手抱著頭，他不聲不響。

鑑評

沈尹默，原名沈實，號秋明、匏瓜、聞湖蓬廬生，浙江吳興人，一八八三年六月十一日生，一九七一年六月一日在上海含冤與世長辭。幼年入私塾啟蒙，並勤習書法，遍讀唐詩，二十二歲自費赴日留學。自一九〇八到一九六三，先後任教於浙江高等學校、杭州第一中學、北京大學國文系、北京女子師範大學、國立北平大學校長、國立北平研究院史學研究會研究員、上海市人民政府委員、中央文史館副館長、上海市文聯副主席等職。著有詩集《秋明集》、《秋明室雜詩》、《沈尹默詩詞集》等。

五四時期為《新青年》編委之一，一九一七年與胡適、劉半農等最早發表白話新詩，是新文學運動初期的重要詩人。在嘗試時期，沈尹默的詩力圖衝破舊詩音韻格律的束縛，自現實生活中尋找題材，在表現手法上力避直陳淺露，追求清晰而朦朧、境近而情深的象徵意趣。一九一八年一月十五日《新青年》四卷一號發表他的〈月夜〉一詩，短短四行，曾引發兩極化的爭議，贊同者認為該詩可意會而不可言傳，顯陳作者獨立不羈、無所依傍的人格和內心情愫；反對者則率直指出看不懂，不知所云。然而這種尖銳的論爭，對當時正值萌芽的新詩，自有其正面積極的意義。

〈三弦〉為沈尹默的代表作，其創作背景係以當時社會的勞苦大眾為抒發對象，作者採用的卻是相當新穎的散文詩的形式，聽他娓娓地敘述，透過詩中輕柔的音律，鮮明的色彩和強烈的對比，使讀者從動靜有序的畫面中捕捉到那位隱遁者——彈三弦的人，其心境是如何的淒苦和悲涼……。讀者更可從本詩特別造設的場景加以考察。首節是遠景／（火一樣的太陽，直晒著長街上），中節是中景／（誰家破大門裡，低低土牆，擋住了彈三弦的人），末節是近景／（門外一個老年人，雙手抱頭，他不聲不響）。儘管在那樣破敗的情景下，依稀讓人伸手可觸，俯耳隱聞，那三弦所透露的生命的信念與夫靈魂的悸動，又是怎樣的劇烈。對於如此充滿藝術技巧，言近旨遠，象簡意賅，內在自身俱足的作品，我們導讀它的方向應該是全官能的開放。

劉半農（一八九一——一九三四）

一個小農家的暮

她在灶下煮飯，
新砍的山柴，
必必剝剝的響。
灶門裡嫣紅的火光，
閃著她嫣紅的臉，閃紅了她青布的衣裳。

他銜著個十年的煙斗，
慢慢地從田裡回來；
屋角裡掛去了鋤頭，
便坐在稻床上，
調弄著只親人的狗。

他還踱到欄裡去，
　看一看他的牛，
回頭向她說：
「怎樣了——
我們新釀的酒？」

門對面青山的頂上，
松樹的尖頭，
已露出了半輪的月亮。

孩子們在場上看著月，
還數著天上的星：
「一，二，三，四……」
「五，八，六，兩……」

他們數，他們唱：

「地上人多心不平，
天上星多月不亮。」

鑑評

劉半農，名復，初字半儂，後改半農，原名壽彭，晚號曲庵，江蘇江陰人，一八九一年五月廿七日生，一九三四年七月十四日逝世。曾在常州府中學就讀，辛亥革命後回江陰翰墨林小學任教，先後任《江陰雜誌》編輯、上海中華書局編譯、北京大學預科教員、《新青年》編委。一九二〇年赴英倫，入倫敦大學，次年夏赴法國，入巴黎大學，並在法蘭西學院聽講，一九二五年獲法國國家文學博士。回國後先後在北京大學、北京師範大學、中法大學、輔仁大學任教，並兼任中央研究院歷史語言研究所研究員，教育部名譽編審。著有詩集《揚鞭集》，民歌集《瓦釜集》，編有《早期白話詩稿》等多種。

於新文學初期，劉半農對當時詩壇的最大貢獻，是「求真」精神的發揚，他敢於向「假詩」挑戰，企圖通過新詩歌來達成革新思想，淨化社會之目的。他在〈詩神〉一詩中曾有如下的宣言：「詩神！你也許我做個詩人麼？你用什麼寫你的詩？用我的血，用我的淚。」劉半農反對復古但絕不排斥傳統，主張汲取外來養分但不一味模仿，說他是「一種融化」（周作人語）頗為貼切。他是以「真情、真意、真心、真美」的胸懷與感覺，輕叩五四時期新詩的大門。

〈一個小農家的暮〉是劉半農的代表作之一，該詩誠然是一幅鄉野生活的風情畫，這幅濃淡相宜的彩墨，是從女主人在灶下煮飯開其端，接著是一連串的素描，山柴必必剝剝的響，灶裡的火光，襯映她嫣紅的臉以及青布的衣裳，交織而成的畫面，是多麼的親摯；而從男主人銜著煙斗，從田裡回來，掛好鋤頭，摸一摸狗，看一看牛，最後筆鋒一轉，對面的青山與半月就在眼前，孩子們正在戲耍，載歌載舞，錯落的數字，更顯現童稚的天真。全詩以「暮」為焦點，動中寓靜，淡而有味，確是一首情景交融充滿生活情趣的佳篇。

胡　適（一八九一——一九六二）

一念

我笑你繞太陽的地球，一日夜只打得一個回旋；
我笑你繞地球的月亮，總不會永遠團圓；
我笑你千千萬萬大大小小的星球，總跳不出自己的軌道線；
我笑你一秒鐘行五十萬里的無線電，總比不上我區區的心頭一念！
我這心頭一念：
　　纔從竹竿巷，忽到竹竿尖；
　　忽在赫貞江上，忽在凱約湖邊；
我若真個害刻骨的相思，便一分鐘繞遍地球三千萬轉！

註：竹竿巷是我住的巷名。竹竿尖是吾村後山名。

老鴉

一

我大清早起，
站在人家屋角上啞啞的啼。
人家討嫌我，說我不吉利；
我不能呢呢喃喃討人家的歡喜！

二

天寒風緊，無枝可棲。
我整日裡飛去飛回，整日裡又寒又飢。
我不能帶著鞘兒，翁翁央央的替人家飛；
也不能叫人家繫在竹竿頭，賺一把黃小米！

鑑評

胡適，初名嗣穈，學名洪騂，字適之，安徽績溪人，一八九一年十二月十七日生，一九六二年二月廿四日因心臟病猝發，逝世於台北中央研究院。早年肄業於上海中國公學，一九一〇年赴美，在康乃爾大學、哥倫比亞大學就讀，是哲學家杜威的門生。一九一七年回國，任北京大學教授，提倡文學革命，為新詩創作作了積極有益的嘗試。一九一八年參加《新青年》編輯工作，一九一九年接編《每周評論》，一九二二年創辦《努力周刊》及《讀書雜誌》，並支持《國學季刊》，鼓吹「整理國故」。一九二五年五卅慘案，提倡「讀書救國」。一九三三年參加中國民權保障同盟，為北平分盟主席。一九三八年任駐美大使，一九四二年任行政院最高政治顧問，一九四六年任北京大學校長，一九五七年任駐聯合國代表，一九五八年返台接任中央研究院院長。著有詩集《嘗試集》、論著《中國文學史大綱》（上卷）、《中國哲學史大綱》（上卷）、《胡適文存》、《胡適口述自傳》等多種。

被譽為「五四詩苑的第一枝花——《嘗試集》」，於一九二〇年三月出版，在當時社會激起不少的反響。胡適主要強調「詩體的解放」，他希望「人人以其耳目所親見親聞所親身閱歷之事物，一一自己鑄詞以形容描寫之；但求不失真，但求能達其狀物寫意之目的，即是工夫」（〈文學改良芻議〉）。《嘗試集》大體展現了胡適開拓新詩創作的新領域，在思想內容上，有反封建的傾向，有變革現實的需求，有自由樂觀進取的情懷，但真正算得上是白話詩的佳作不過三數首，其中大多是改良的舊詩詞，但這是從舊到新所踏出的最艱難的第一步。《嘗試集》大膽突破的嘗試精神，在中國新詩的開拓史上誰能抹殺。

本書選入〈一念〉和〈老鴉〉，恰巧兩首均為八行。前者顯然是作者的靈光一閃，展示人的思維的海闊天空與虛無飄渺；後者是詮釋「老鴉」不討好的形象，確是有感而發，在在凸現禽鳥與惡劣環境搏鬥的意志，絕不願被人類所左右，寓有新意，差堪玩味。

郭沫若（一八九二——一九七八）

鳳凰涅槃

天方國古有神鳥名「菲尼克司」（Phoenix），滿五百歲後，集香木自焚，復從死灰中更生，鮮美異常，不再死。

按此鳥殆即中國所謂鳳凰也：雄為鳳，雌為凰。《孔演圖》云：「鳳凰火精，生丹穴。」《廣雅》云：「鳳凰……雄鳴曰即即，雌鳴曰足足。」

序　曲

除夕將近的空中，
飛來飛去的一對鳳凰，
唱著哀哀的歌聲飛去，
銜著枝枝的香木飛來，
飛來在丹穴山上。

山右有枯槁了的梧桐，
山左有消歇了的醴泉，
山前有浩茫茫的大海，
山後有陰莽莽的平原，
山上是寒風凜冽的冰天。

天色昏黃了，
香木集高了，
鳳已飛倦了，
凰已飛倦了，
他們的死期將近了。

鳳啄香木，
一星星的火點迸飛，
凰搧火星，
一縷縷的香煙上騰。

鳳又啄，
凰又搧，
山上的香煙彌散，
山上的火光彌滿。

夜色已深了，
香木已燃了，
鳳已啄倦了
凰已搧倦了，
他們的死期已近了。

啊啊！
哀哀的鳳凰！
鳳起舞，低昂！
凰唱歌，悲壯！
鳳又舞，

凰又唱，
一群的凡鳥，
自天外飛來觀葬。

天狗

一

我是一條天狗呀！
我把月來吞了，
我把日來吞了，
我把一切的星球來吞了，
我把全宇宙來吞了。
我便是我了！

二

我是月的光，
我是日的光，
我是一切星球的光，
我是X光線的光，
我是全宇宙的Energy[1]底總量！

三

我飛奔，
我狂叫，
我燃燒。
我如烈火一樣地燃燒！
我如大海一樣地狂叫！
我如電氣一樣地飛跑！
我飛跑，
我飛跑，

我飛跑，
我剝我的皮，
我食我的肉，
我吸我的血，
我嚙我的心肝，
我在我神經上飛跑，
我在我脊髓上飛跑，
我在我腦筋上飛跑，

我便是我呀！
我的我要爆了！

註1：物理學的「能」。

鑑　評

郭沫若，本名郭開貞，筆名郭鼎堂、麥克昂、易坎人等，四川樂山人。一八九二年生，一九七八年辭世。一九一四年入東京第一高等學校，一九一八年考上福崗九州帝國大學醫學院，開始詩創作，次年，在上海時事新報《學燈》發表詩作。一九二一年「創造社」成立，郭沫若成為社中主幹。一九二八年之後流亡日本十年，潛心研究甲骨文及中國上古文。一九四九年以後，為中國作家協會會員，曾任中國文聯主席。著有詩集《女神》、《星空》、《瓶》、《前茅》、《戰聲集》、《蜩螗集》、《恢復》、《百花齊放》、《郭沫若詩詞選》等多種。

以一九二六年提出「革命文學」為界，前期郭沫若具有氣爆式的熱情，渦漩式的感染力，有著泛神論的傾向，強調民主的理念，能與五四的時代精神相呼應，有時又流露出惠特曼的草葉芬芳，大自然的山水，都市文明的勁健，都在他的詩中瀰漫而出。後期郭沫若則高興做個標語人、口號人，而不一定要做詩人，認為詩並沒有什麼價值，把詩當作不完整的時代紀錄而已，因而模糊了政治與藝術的界限，與前期相比，判若二人。

〈鳳凰涅槃〉是一首長達三百行的歌詠之作，以鳳凰的更生象徵中國的再生，此詩原有副題「一名菲尼克司的科美體」，「菲尼克司」即Phoenix，阿拉伯神話中之神鳥，滿五百歲後，集香木自焚，復從死灰中更生，鮮美異常，不再死。「科美體」即Comedy，喜劇也。〈鳳凰涅槃〉就是透過阿拉伯神話中的鳳凰神鳥，浴火重生，以「喜劇」的對唱、合唱方式，歌頌再生的喜悅。全詩分為六部分：序曲、鳳歌、凰歌、鳳凰同歌、群鳥歌、鳳凰更生歌。此處選錄「序曲」部分，序曲描繪鳳凰唱著哀歌，銜集香木，啄木搧火，準備自焚。其後，「鳳歌」、「凰歌」都在詛咒古中國陰森森的景象，有如屠場、囚牢、墳墓、地獄，懷念年輕的新鮮、甘美、光華、歡愛。「鳳凰同歌」僅九行，表示時候已到，將告別一切。「群鳥歌」是以群鳥嘲笑鳳凰，比喻燕雀安知鴻鵠之志，鼠目雞胸，不可取。最後的「鳳凰更生歌」則表達了再生之後，新鮮、淨朗、華美、芬芳齊至，熱誠、摯愛、歡樂、和諧同現，生動、自由、雄渾、悠久，一齊翱翔、歡唱！

〈天狗〉是五四時代的作品，具有豐沛的衝撞力，氣爆，火熱，強烈的自我膨脹，最能見識郭沫若的殊異人格，夸夸之言。

康白情（一八九六——一九五八）

草兒

草兒在前，
鞭兒在後。
那喘吁吁的耕牛，
正擔著犁鳶，
眡著白眼，
帶水拖泥，
在那裡「一東二冬」的走著。

「呼——呼……」
「牛吔，你不要嘆氣，
快犁快犁，

我把草兒給你。」
「呼——呼……」
「牛吔，快犁快犁。
你還要嘆氣，
我把鞭兒抽你。」
牛呵！
人呵！
草兒在前。
鞭兒在後。

鑑評

康白情，又名洪章，四川安岳人，一八九六年生，一九五八年辭世。早年在北京大學讀書，一九一八年與傅斯年、羅家倫等人共組新潮社，一九一九年三月在《新潮》發表處女作，後又參加少年中國會，積極投身五四運動。一九二〇年六月旅日歸國，於北京大學畢業，旋又赴美，進入加利福尼亞大學，他的《草兒》詩集的自序，便是在加大校本部柏克萊寫成。一九二三年以後脫離文壇，從事教學工作，寫詩的興味也轉到舊詩方面了。著有詩集《草兒》、《草兒在前》、

《河上集》。

中國新詩最早出現於一九一七年，康白情的詩作絕大部分寫於一九一九到一九二〇年，儘管他的詩體簡陋，但是那個草創初期的新詩壇都是簡陋的，如果沒有早期詩人的大膽摸索，勇於接受失敗的嘗試，中國新詩便不會從草創到壯大。沒有康白情，可能沒有較後的「新月派」，沒有徐志摩，也絕不可能出現卞之琳、王辛笛……，更不用奢談今天的現代詩了，所謂「歷史感」，是一代接一代的優秀詩人與詩作堆砌起來的。「白情的詩，無論在哪一方面，都有自我作古不落人後的氣質流露在筆墨裡。我最佩服的是他敢於用勇往的精神，一洗數千年來的詩人底頭巾氣、脂粉氣。……」

〈草兒〉，寫於一九一九年二月，是康白情較優秀的詩作之一。該詩以白描的方式，寫出耕牛犁田的真實情景，以「草兒在前，鞭兒在後」為首尾，創造一幅鄉野農事樸質親切的畫面。全詩有形象、有動感、有聲音，大抵符合了康白情的詩觀：「一個寫詩的人，只要有心，能聽，那麼圍繞著你的世界便無處不是韻了。」〈草兒〉和他的另一些詩作，著重在音節方面的實驗，對後來的「新月派」不無啟迪。

徐志摩（一八九七——一九三一）

再別康橋

輕輕的我走了，
　正如我輕輕的來；
我輕輕的招手，
　作別西天的雲彩。

那河畔的金柳，
　是夕陽中的新娘；
波光裡的豔影，
　在我的心頭盪漾。

軟泥上的青荇，

油油的在水底招搖；
在康河的柔波裡，
　我甘心做一條水草。

那榆蔭下的一潭，
　不是清泉，是天上的虹，
揉碎在浮藻間，
　沉澱著彩虹似的夢。

尋夢？撐一支長篙，
　向青草更青處漫溯，
滿載一船星輝，
　在星輝斑斕裡放歌。

但我不能放歌，
　悄悄是別離的笙簫；
夏蟲也為我沉默，

沉默是今晚的康橋！

悄悄的我走了，
正如我悄悄的來，
我揮一揮衣袖，
不帶走一片雲彩。

常州天寧寺聞禮懺聲

有如在火一般可愛的陽光裡，偃臥在長梗的，雜亂的叢草裡，聽初夏第一聲的鷓鴣，從天邊直響入雲中，從雲中又回響到天邊；

有如在月夜的沙漠裡，月光溫柔的手指，輕輕的撫摩著一顆顆熱傷了的砂礫，在鵝絨般軟滑的熱帶的空氣裡，聽一個駱駝的鈴聲，輕靈的，輕靈的，在遠處響著，近了，近了，又遠了……

有如在一個荒涼的山谷裡，大膽的黃昏星，獨自臨照著陽光死去了的宇宙，野草與野樹默默的祈禱著，聽一個瞎子，手扶著一個幼童，鐺的一響算命鑼，在這黑沉沉的世界裡回響著；
有如在大海裡的一塊礁石上，浪濤像猛虎般的狂撲著，天空緊緊的繃著黑雲的厚幕，聽大海向那威嚇著的風暴，低聲的，柔聲的，懺悔他一切的罪惡；
有如在喜馬拉雅的頂巔，聽天外的風，追趕著天外的雲的急步聲，在無數雪亮的山壑間回響著；
有如在生命的舞台的幕背，聽空虛的笑聲，失望與痛苦的呼籲聲，殘殺與淫暴的狂歡聲，厭世與自殺的高歌聲，在生命的舞台上合奏著。

我聽著了天寧寺的禮懺聲！

這是那裡來的神明？人間再沒有這樣的境界！

這鼓一聲，鐘一聲，磬一聲，木魚一聲，佛號一聲……樂音在大殿裡，迂緩的，漫長的迴盪著，無數衝突的波流諧合了，無數相反的色彩淨化了，無數現世的高低消滅了……

這一聲佛號，一聲鐘，一聲鼓，一聲木魚，一聲磬，諧音磅礴在宇宙間——解開一小顆時間的埃塵，收束了無量數世紀的因果；

這是那裡來的大和諧——星海裡的光彩，大千世界的音籟，真生命的洪流：止息了一切的動，一切的擾攘；

在天地的盡頭，在金漆的殿椽間，在佛像的眉宇間，在我的衣袖裡，在耳鬢邊，在官感裡，在心靈裡，在夢裡……

在夢裡，這一瞥間的顯示，青天，白水，綠草，慈母溫軟的胸懷，是故鄉嗎？是故鄉嗎？

光明的翅羽，在無極中飛舞！

大圓覺底裡流出的歡喜，在偉大的，莊嚴的，寂滅的，無疆的，和諧的靜定中實現了！

頌美呀，涅槃！讚美呀，涅槃！

鑑評

徐志摩，譜名章垿，字槱森，小字又申，浙江寧海人，一八九七年一月十五日生，一九三一年十一月十九日於濟南墜機遇難身亡。一九一五年杭州一中畢業後，考入上海滬江大學，次年赴天津，就讀北洋大學，同年轉入北京大學。一九一八年赴美留學，兩年後獲哥倫比亞大學碩士，旋赴英倫，在劍橋大學研究政治經濟。一九二二年開始寫詩，一九二二年回國，先後在北京大學、清華大學任教，一九二三年三月新月社在北京成立，他是發起人之一。一九二五年赴蘇聯、歐洲遊歷。一九二六年四月，與聞一多共同主編《晨報．詩鐫》副刊，一九二七年南下，先後在上海光華大學、大夏大學、南京中央大學任教。並與胡適、邵洵美、梁實秋等創辦新月書店，主編一九二八年創刊的《新月》月刊。著有詩集《志摩的詩》、《翡冷翠的一夜》、《猛虎集》、《雲遊》及散文、翻譯等多種。

徐志摩是「新月派」的主將，才華橫溢，被譽為「浪漫主義的調情聖手」，更是二十年代十分傑出的詩人。他的詩情是在西方文化浪潮的席捲下萌發，特別是大量閱讀歐美十九世紀詩人的作品，「頓覺性靈開放」，因而自我的世界觀與藝術觀於焉漸次形成。他曾積極向西方格律詩借火，在形式上作廣泛的試驗，注重整齊、勻稱、對比、和諧之美。同時講求詩的「音節」，認為「一首詩的字句僅是身體的外形」，而音節則是血脈。也致力「旋律」的鋪展，一首詩不論呈現何種款式，應給予人以無限的喜感。更重視「意境」的顯陳，創造濃郁而言有盡意無窮的情趣，直達玄幽、典雅、奧祕、朦朧的境界。

〈再別康橋〉為徐志摩的代表作之一，在讀者心中歷六十餘載而綿綿不絕。這首詩著實體現了他思想藝術的飽滿，全篇形象瑰麗、層次分明、節奏流暢、氣氛柔和，使人讀後如聽一闋小夜曲，喃喃興起一種莫名的讚嘆。〈常州天寧寺聞禮懺聲〉則是一首內容繁富的散文詩，全詩在五彩繽紛的幻覺中，豁然蒙上一層神祕玄妙的宗教氣氛，不時引領讀者進入他所創造的蒼蒼莽莽的感覺世界。「光明的翅羽，在無極中飛翔」，這不正是禮佛的人的心境嗎？作者在這兩首詩中分別造設兩種絕然不同的風景，深信讀詩的人每個人都有一把專用的鑰匙，就看你怎樣去開啟它了。

王統照（一八九七——一九五七）

鐵匠鋪中

一個星，兩個星，無數明麗的火星。
一錘影，兩錘影，無數快重的錘影。
來呀，大家齊用力，
咱們要使這鐵火碰動！

一隻手，兩隻手，無數粗硬的黑手。
一陣風，兩陣風，無數呼動的風陣。
來呀，大家齊用力，
咱們先要忍住這火熱的苦悶。

一個星，一錘影；一隻手，一陣風；

無數的星，無數的錘影；
無數的手，無數的風陣。
來呀，大家齊用力，
在這裡是生活的緊奮！

鑑評

王統照，字劍三，山東諸城人，一八九七年二月九日生，一九五七年十一月廿九日辭世。一九一八年就讀於北京中國大學，畢業後任大學講師和中學教員，開始在《新青年》雜誌發表文章；一九二一年一月四日，五四以後第一個新文學社團「文學研究會」在北京成立，他是發起人之一。參與編輯北京《晨報》，一九二七年遷居青島，不久東渡日本，一九三四年赴英、法、德、意等國考察，研究古代文學和藝術，一九三五年回國，任《文學》月刊主編，後在上海、山東等地大學任教。著有詩集《童心》、《夜行集》、《橫吹集》、《江南曲》、《這時代》、《鵲華小集》、《王統照詩選》及小說、散文集等廿餘種。

王統照是「五四」以來著名多產的詩人、作家，他一生抨擊黑暗，嚮往光明，努力實踐為人生的現實主義而創作，開始偏重於主觀寫意，鼓吹「愛」與「美」的理想世界，而後逐漸嘗到人間的苦澀，於是調整寫作心態，為揭露人生的痛苦和社會的黑暗而揮筆。他的早期詩作多帶有濃厚的抒情色彩，富於理性的思考，同時也帶有浪漫主義的成分；七七事變爆發，他寫的三首〈上海戰歌〉（後收入《橫吹集》），就是詩人控訴日寇令人髮指的暴行的鐵證。從五四到四十年代末，王統照詩的創作是從理想到現實，到追求更高抒情境界之展現。

〈鐵匠鋪中〉是一首生動、明快的短詩，純粹是詩人為勞苦大眾譜就的篇章。在農村，鐵匠鋪隨時可見，作者以象徵的手法，巧妙的排比，緊緊扣住一些特定的形象，如「火星」、「錘影」、「黑手」、「風陣」，反覆迴旋穿插在全詩中，讓讀者眼前浮現一幅親切、活生生鑄鐵的畫面，純然給人以「直攖我心」的快感。

王獨清（一八九八——一九四〇）

但丁墓前

現在我要走了（因為我是一個飄泊的人）！
唉，你收下罷，收下我留給你的這個真心！
　我把我底心留給你底頭髮，
　你底頭髮是我靈魂底住家；
　我把我底心留給你底眼睛，
　你底眼睛是我靈魂底墳塋……
我，我願作此地底乞丐，忘去所有的憂愁，
在這出名的但丁墓旁，用一生和你相守！
　可是現在除了請你把我底心收下，
　便只剩得我向你要說的告別的話！
　Addio, mia bella!

現在我要走了（因為我是一個飄泊的人）！
唉，你記下罷，記下我和你所經過的光陰！
　那光陰是一朵迷人的香花，
　被我用來獻給了你這美頰；
　那光陰是一杯醉人的甘醇，
　被我用來供給了你這愛脣……
我真願作此地底乞丐，棄去一切的憂愁，
在我傾慕的但丁墓旁，到死都和你相守！
　可是現在我惟望你把那光陰記下，
　此外應該說的只有平常告別的話！
　　Addio, mia Cara!

鑑　評

王獨清，陝西長安人，一八九八年生，一九四〇年辭世。五四運動時期在上海從事新聞工作，而後留學法國，專攻藝術，回國後與郁達夫、郭沫若、成仿吾等發起成立創造社，並主編《創造月刊》，成為該社後期主要詩人之一。曾任上海藝術大學教務長，主編過《開展》月刊。著有詩集《聖母像前》、《死前》、《埃及人》、《威尼市》、《鍛煉》、《獨清詩選》等多種。

王獨清醉心於象徵派的表現手法，提倡唯美和具有高度藝術的「純詩」，十分推崇法國詩人拉馬丁詩中表現的「情」，魏爾倫表現的「音」，藍波表現的「色」，拉弗格表現的「力」。他認為一首完美的詩的公式是：（情+力）+（音+色）。瘂弦在〈長安才子王獨清〉一文有如下的論述：「他的詩不管是材料與處理方法，都具有典型的浪漫主義的特色。登高懷古式的歌哭吶喊，精神赤熱狀態上的想像奔馳，鏗鏘的節奏，磅礴的氣勢，主觀情緒的宣洩，以及破格的、異彩的、誇張的、暗喻的語言之揮霍……」等等，無一不是浪漫派最傳神的寫真。

〈但丁墓前〉是一首充滿哀傷淒絕的悼亡詩，作者當時深深被眼前的景物所震懾與迷醉。面對心儀久矣的但丁墓，詩人彷彿置身朦朦朧朧的幻境，於是他自哀自憐，以近乎囈語的調子，傾訴他對死者的愛慕與崇敬。透過詩句「把心留給你底頭髮」、「你底眼睛是我靈魂的墳塋」……旋律悠柔，呼喚真切，直逼「音、色」之美，讓人低徊。

聞一多（一八九九——一九四六）

死水

這是一溝絕望的死水，
清風吹不起半點漪淪。
不如多扔些破銅爛鐵，
爽性潑你的賸菜殘羹。

也許銅的要綠成翡翠，
鐵罐上鏽出幾瓣桃花；
再讓油膩織一層羅綺，
黴菌給他蒸出些雲霞。

讓死水酵成一溝綠酒，

飄滿了珍珠似的白沫；
小珠們笑聲變成大珠，
又被偷酒的花蚊咬破。

那麼一溝絕望的死水，
也就誇得上幾分鮮明。
如果青蛙耐不住寂寞，
又算死水叫出了歌聲。

這是一溝絕望的死水，
這裡斷不是美的所在，
不如讓給醜惡來開墾，
看他造出個什麼世界。

鑑評

聞一多，原名亦多，字友三，號友山，家族排名家驊，湖北浄水人，一八九九年十月廿二日生，一九四六年七月十五日被刺身亡。一九一三年考進北京清華留美預備學校，五四時期積極參加文學藝術活動。一九一九年起開始創作新詩，一九二二年赴美留學，在芝加哥美術學院、珂泉羅拉大學同時研究文學和戲劇。一九二五年回國，與徐志摩等人在《晨報》主辦《詩鐫》，一九二八年三月與朱湘、陳夢家等編輯《新月》雜誌和《詩刊》，一九二九年後曾任武漢大學、青島大學文學院長、清華大學中文系主任，抗日戰事爆發，在西南聯大任教，從事古典文學研究。著有詩集《紅燭》、《死水》、《聞一多全集》、《神話與詩》等多種。

聞一多在中國當代新詩壇被譽言「古典、唯美而又激進的詩人」。他的詩作聯結著我國古代詩、西洋詩和現代各詩派的技巧，同時能將音樂的美，繪畫的美，建築的美熔於一爐。一九二八年一月出版的第二部詩集《死水》，是他的代表作。同時也標誌著當時新詩藝術水準的提升，高度的愛國情操和對黑暗社會的不滿，是這部詩集的特色，同時也透現若干苦悶、失望和迷惘。聞一多在新詩形式上的革新，作了十分突出的奉獻，他善於捕捉音節，以洗鍊的白話，配合口語，對新詩格律進行大膽的探索。除此之外，他在藝術上的精雕細琢，運用擬人化的藝術手法，追求詩境的綿延深邃，與夫力避平庸釀製奇絕，均是促使他的詩作禁得起考驗與耐人反覆咀嚼的主要原因。

〈死水〉是聞一多最具代表性的詩作，歷來所有重要詩選幾乎無一漏列。全詩整整齊齊，活像一盤刀切的豆腐，然而使人讀後卻無半點造作與「以形害義」之感。〈死水〉的藝術魅力，誠然發自詩人純真的特性，在那樣一個軍閥割據的年代，作者勇敢而含蓄地譜出了當時青年人絕望痛苦的心聲。以「一溝絕望的死水」，暗喻醜惡統治後的現實境遇，何等深澈感人。在詩中，他用了不少反諷的手法，以及把握「以醜為美」的原則，請參閱二、三節每一句均可佐證。同時本詩也印證他強調的「三美」詩觀，音樂美、繪畫美、建築美的高度綜合體現。全詩凡五節，每節四行，每行九字，各節大致均押ａｂｃｂ型的二、四腳韻，各行又以四音節為主。

全詩讀起來頗為抑揚有致，令人舒愉。在新詩初期探求新格律的途程上，〈死水〉無疑是最佳的實驗品之一，值得借鏡。

穆木天（一九〇〇——一九七一）

雨　絲

一縷一縷的心思
織進了纖纖的條條的雨絲
織進了淅淅的朦朧
織進了微動微動微動線線的煙絲

織進了遠遠的林梢
織進了漠漠冥冥點點零零參差的屋梢
織進了一條一條的電弦
織進了濾濾的吹來不知哪裡渺渺的音樂
織進了煙霧籠著的池塘

織進了睡蓮絲上一凝一凝的飄零的煙網
織進了無限的呆夢水裡的空想
織進了先年故事不知哪裡渺渺茫茫

織進了遙不見的山巔
織進了風聲雨聲打打在聞那裡的林間
織進了永久的回旋寂動寂動遠遠的河灣
織進了不知是雲是水是空是實永遠的天邊

織進了今日先年都市農村永遠霧永遠煙
織進了無限的朦朧——心弦——
無限的澹淡無限的黃昏永久的點點
永久的飄飄永遠的影永遠的實永遠的虛線

無限的雨絲
無限的心絲
朦朧朦朧朦朧朦朧朦朧

纖纖的織進在無限朦朧之間
一縷一縷的心絲
纖纖的
織入
一條一條的
雨絲
之中間

蒼白的鐘聲

蒼白的　鐘聲　衰腐的　朦朧
疏散　玲瓏　荒涼的　濛濛的　谷中
——衰草　千重　萬重——
聽　永遠的　荒唐的　古鐘
聽　千聲　萬聲

古鐘　飄散　在水波之皎皎
古鐘　飄散　在灰綠的　白楊之梢
古鐘　飄散　在風聲之蕭蕭
——月影　逍遙　逍遙——
古鐘　飄散　在白雲之飄飄

一縷一縷　的　羶香
水濱　枯草　荒徑的　近旁
——先年的悲哀　永久的　憧憬　新觴——
聽一聲聲的　荒涼
從古鐘　飄蕩　飄蕩　不知哪裡　朦朧之鄉

古鐘　消散　入　絲動的　游煙
古鐘　寂蟄　入　睡水的　微波　潺潺
古鐘　寇蟄　入　淡淡的　遠遠的　雲山
古鐘　飄流　入　茫茫　四海之間

——瞑瞑的　先年　永遠的歡樂　辛酸
軟軟的　古鐘　飛蕩隨　月光之波
軟軟的　古鐘　徐徐的　入　帶帶之銀河
——呀　遠遠的　古鐘　反響　故鄉之歌——
渺渺的　古鐘　反映出　故鄉之歌
遠遠的　古鐘　入蒼茫之鄉　無何

聽　殘朽的　古鐘　在灰黃的　谷中
入　無限之　茫茫　散淡　玲瓏
枯葉　衰草　隨　呆呆之　北風
聽　千聲　萬聲——朦朧朦朧——
荒唐　茫茫　敗腐的　永遠的　故鄉　之　鐘聲
聽　黃昏之深谷中

鑑　評

穆木天，原名敬熙，吉林伊通人，一九〇〇年生，一九七一年辭世。早歲先入吉林中學，後轉入天津南開中學，一九一八年畢業，赴日本留學，一九二〇年入京都第三高等學校學文科。一九二五年創造社成立，他是發起人之一。一九二三年考入東京帝國大學，一九二六年夏畢業回國，在廣州中山大學任教，一九二七到一九三〇，先後在北京孔德中學、天津中國學院、吉林大學任教，一九三一年初於上海加入左聯，負責詩歌組工作。同年九月與任鈞、楊騷、蒲風等發起成立中國詩歌會，一九三三年創辦《新詩歌》旬刊，而後主編詩刊《時調》和《五月》。一九三九到一九五二，先後在中山大學、同濟大學、東北師範大學、北京師範大學任教。著有詩集《旅心》、《流亡者之歌》、《新的旅途》，專論《法國文學史》等多種。

穆木天在日本帝大留學，專攻法國文學，受象徵派的影響很大，尤其是拉弗格的作品，十分重視音感，最為他所心儀。〈蒼白的鐘聲〉一詩就是作者深切體認旅人的孤寂，藉鐘聲的朦朧、荒涼、瞑瞑、渺渺、遠遠，而輕彈的一闋淒絕哀傷的獨奏曲。全詩以斷句、空白、複沓、重疊，使其音響與語字在廣大的空間緩慢地流淌與運行，藉以達到作者所期盼的「情、音、意」三者的密切匯通。更由於詩中若隱若顯的旋律，似連又斷的節拍，任讀者徜徉其間，恍如聆聽山泉清清淺淺的小唱。〈雨絲〉雖然也是以連綿重疊的語字與意象取勝，但在感覺上則與〈蒼白的鐘聲〉有別，後者不斷連續以「織進了」三字為全詩的主導，從首句的一縷一縷的「心思」，到末節的一縷一縷的「心絲」，這其間感覺的過程，不就是雨絲的淅淅與纖纖的輪流交替嗎？這兩首詩純是以音節奏效，前者是「斷」的美麗的錯落，後者是「連」的秩序的生長，讀者何妨以吟誦古典詩的心情來面對，可能收穫更多。

俞平伯（一九〇〇——一九九〇）

憶

第一

有了兩個橘子，
一個是我底，
一個是我姊姊底。

把有麻子的給我，
把光臉的她自己有了。

「弟弟你底好，
繡花的呢。」

真不錯！
好橘子，我吃了你罷。
真正是個好橘子啊！

第四

騎著，就是馬兒；
耍著，就是棒兒。
在草地上拖著琅琅的，
來的是我。

第十一

爸爸有個頂大的斗篷。
天冷了，牠張著大口歡迎我們進去。

誰都不知道我們在那裡，
他們永找不著這樣一個好地方。

斗篷裹得漆黑的，
又在爸爸底腋窩下，
我們格格的笑：
「爸爸真個好，
怎麼會有了這個又暖又大的斗篷呢？」
小小的闌干，紅著的，
蒲葵扇上，梔子花兒底晚香。

第二十二

亮汪汪的兩根燈草的油盞，
攤開一本禮記，
且當牠山歌般的唱。

乍聽間壁又是說又是笑的，

「她來了罷?」
禮記中盡是些她了。
「娘,我書已讀熟了。」

鑑評

俞平伯,原名銘衡,以字行,浙江德清人,一九〇〇年一月八日生,一九九〇年辭世。早歲畢業於北京大學,一九二〇年到英國留學,一九二二年赴美國考察,曾在杭州第一師範任教,一九二四年定居北京,先後任教於北京大學、清華大學、中國大學文學系教授及系主任,一九五二年調任中國科學院哲學社會科學部文研所研究員。著有詩集《冬夜》、《西還》、《憶》及散文評論等多種。

在新文學運動初期,俞平伯相當引人矚目,他的第一首新詩〈春水〉刊登於一九一八年五月《新青年》四卷五號上,而一九二二年三月由上海亞東圖書館刊行的《冬夜》詩集,是繼胡適《嘗試集》和郭沫若《女神》後的中國第三部詩集。聞一多認為該集「是一個時代的鏡子,歷史上的價值不可磨滅。」俞平伯的新詩創作,主要從一九一九到一九二三年,根據他的詩風演變,大致可分前後兩個時期。前期,從一九一九到一九二二年,以《冬夜》為代表,正是反映了五四時代的狂飆精神,其風格是「寫景抒情,清新婉曲」(朱自清語);後期,從一九二二到一九二三年,以《西還》為代表,正值五四運動落潮時期,不難顯現詩人思想的消沉與失落,其詩風也變得朦朧、乾澀。與他同齡但起步稍晚的李金髮，乃把他這種詩風向前推進一步，終於形成了爾後的朦朧詩派，假如要追索大陸朦朧詩的源頭，俞平伯算得上是一個始作俑者。

〈憶〉一詩，係作者於一九二二年十月廿一日客居紐約期間寫成，全詩卅六節，本書選五節，大體展現了清新婉曲語近情遙的長處，作者運用十分平淺的語言，在「第一」中，以兩個橘子（一麻子、一光臉）的妙喻，寫姊弟的親情，栩栩如生；在「第四」中，馬兒、棒兒，交互戲逐，充滿童趣；在「第十一」中，話說爸爸的斗篷和腋窩，就是孩子們愛的避風港，令人莞爾。而「第二十二首」，夜讀《禮記》的樂趣，在末尾兩句中表露無遺。小詩貴在給人一瞬的驚喜，俞平伯大體抓住了某些創作的契機，不愧是新詩發軔期的高手。

李金髮（一九〇〇——一九七六）

棄婦

長髮披遍我兩眼之前，
遂隔斷了一切羞惡之疾視，
與鮮血之急流，枯骨之沉睡。
黑夜與蟻蟲聯步徐來，
越此短牆之角，
狂呼在我清白之耳後，
如荒野狂風怒號：
戰慄了無數遊牧。

靠一根草兒，與上帝之靈往返在空谷裡，
我的哀戚惟遊蜂之腦能深印著；

或與山泉長瀉在懸崖，
然後隨紅葉而俱去。

棄婦之隱憂堆積在動作上，
夕陽之火不能把時間之煩悶
化成灰燼，從煙突裡飛去，
長染在遊鴉之羽，
將同棲止於海嘯之石上，
靜聽舟子之歌。

衰老的裙裾發出哀吟，
徜徉在邱墓之側，
永無熱淚，
點滴在草地
為世界之裝飾。

里昂車中

細弱的燈光淒清地照遍一切，
使其粉紅的小臂，變成灰白，
軟帽的影兒，遮住她們的臉孔，
如同月在雲裡消失！

朦朧的世界之影，
在不可勾留的片刻中，
遠離了我們
毫不思索。

山谷的疲乏惟有月的餘光，
和長條之搖曳，
使其深睡。

草地的淺綠，照耀在杜鵑的羽上；
車輪的鬧聲，撕碎一切沉寂；
遠市的燈光閃耀在小窗之口，
惟無力顯露倦睡人的小頰，
和深沉在心之底的煩悶。

呵，無情之夜氣，
跪伏了我的羽翼。
細流之鳴聲，
與行雲之飄泊，
長使我的金髮褪色麼？

在不認識的遠處，
月兒似勾心鬥角的遍照，
萬人歡笑，
萬人悲哭，
同躲在一具兒，——一模糊的黑影，

辨不出是鮮血，
是流螢！

鑑評

李金髮，又名淑良、遇安，廣東梅縣人，一九〇〇年生，一九七六年辭世。小學畢業後曾到香港羅馬學院學習，一九一九年赴法國留學，在巴黎美術大學學習雕塑。一九二五年回國，歷任南京美術學校校長，中央大學副教授，杭州西湖藝術院教授，抗戰前，赴廣州，任廣州市立美術專科學校校長，一九三八年廣州淪陷，流亡越南，一九四〇年由越返回韶關，創辦《文壇》雜誌，一九四一年到重慶，一九四二年任駐伊拉克大使館代辦等職，一九五一年後，一直寄居美國，在紐澤西開辦農場，過著退隱的生活。著有詩集《微雨》、《食客與凶年》、《為幸福而歌》及論著《法國文學ＡＢＣ》等多種。

當年被稱為「詩怪」的李金髮，是中國新詩壇第一個象徵主義者，由於他最早把法國詩人波特萊爾、魏爾倫等象徵詩風引進詩壇，從而促使中國新詩提早現代化若干年，其後經過戴望舒、王獨清等在理論、翻譯、創作三方面的創導與鼓吹，中國前期「現代派」，才得以於一九三二年在上海誕生。

李金髮在詩藝術上的前衛性，自然值得肯定。朱自清在《中國新文學大系・詩集》的〈導言〉裡有如下的卓見：「留法的李金髮是一支異軍，他要表現的是對於生命欲揶揄的神祕及悲哀的美麗，講究用比喻，但沒有尋常的章法，一部分一部分可以懂，合起來都沒有意思。他要表現的不是意思而是感覺或情感；彷彿大大小小紅紅綠綠一串珠子，他卻藏起那串兒，你得自己穿著瞧。這就是法國象徵詩人的手法，許多人抱怨看不懂，許多人卻在模仿著」。儘管李金髮的詩在語言上令人詬病，但他隱藏的一些豐沛的詩素和奧祕的藝術品質依然值得探討。覃子豪稱譽「他給五四運動後徬徨歧途的詩壇開拓一條新路，特別是創造了比較高明的表現技巧與塑造意象的方法」，相當貼恰。

〈棄婦〉，是一首典型的充滿意象、象徵的作品。全詩概分四節，先後抒發棄婦痛苦失落的心情，孤獨無助的絕滅感，以及歷歷如繪的煩憂之難以排遣，最後落實到徜徉在可以傾聽的墳邱上，以嘲弄的語氣黯然結束，讀畢全詩，令人徒興莫名的長長的感喟。〈里昂車中〉的畫面則是以夜為背景，展開一連串十分細膩的感覺之旅程，詩中的燈光、手臂、山谷、月光、黑影、鬧聲與流螢，它們確是作者刻意安排的景點，旨在襯映一個異國青年在列車上落寞心靈之靜觀所得。筆者以為欣賞李金髮的作品，讀者不妨將「音、色、感」諸覺同時開放，似可直達「柳暗花明又一村」的新境。

冰心（一九〇〇——一九九九）

繁星

一

繁星閃爍著——
深藍的太空，
何曾聽得見他們對語？
沉默中，
微光裡，
他們深深的互相頌讚了。

二

童年呵！

是夢中的真，
　是真中的夢，
　　是回憶時含淚的微笑。

五二

軌道旁的花兒和石子！
只這一秒的時間裡，
　我和你
　　是無限之生中的偶遇，
　也是無限之生中的永別；
再來時，
　萬千同類中，
　　何處更尋你？

春水

六四

嬰兒，
在他顫動的啼聲中
有無限神祕的言語，
從最初的靈魂裡帶來
要告訴世界。

六五

只是一顆孤星罷了！
在無邊的黑暗裡
已寫盡了宇宙的寂寞。

鑑評

冰心，原名謝婉瑩，福建長樂人，一九〇〇年生，一九一八年考入協和女子大學預科，先學醫，後轉為文學，一九二三年，燕京大學文科畢業，文學研究會重要成員，旋赴美國留學，一九二六年回國，在燕京、清華大學和北京女子文理學院任教，一九三八年九月遷居昆明，一九四〇年到重慶，曾主編《婦女文化》半月刊，一九四一到一九四七年，擔任國民黨參政會議參政員，一九四九年應聘為東京大學第一位女教授，講授中國新文學，一九五一年回北京，曾任中國文聯副主席、中國作協理事。著有詩集《繁星》、《春水》、《冰心詩選》及散文、小說等多種。

冰心從小熱愛文學作品，七歲開始讀《三國誌》、《水滸傳》和《紅樓夢》。據她自己回憶：「我的《繁星》（一九二三，商務印書館）和《春水》（一九二三，新潮社）兩部詩集，是受到印度詩哲泰戈爾《飛鳥集》的影響，於是仿照泰翁的形式，收集一些零碎的思想寫成的」。但由於她的文字清新逸鍊，形式多樣自然，風格純真灑脫，頗博各方好評。趙景深說：「讀冰心的詩，應在月明如水的靜夜，坐在海邊的石上，對著自然的景色，與濤聲相唱和」。誠然，冰心的小詩的確盈滿海天之美、山河之戀和溫馨細緻的愛，是故在那個動盪的年代，她的小詩一出現，愛詩的人即一湧而上，不是沒有緣由的。冰心曾說：「文學家是最不情的，人們的淚珠，便是他的收成」（見《繁星》第卅一節）。人們從「淚珠」中體驗到現實生活的無奈，詩人創造精湛的詩句激發讀者的想像，拋給人世間以無限的甜美與深情。

本書所選小詩五節，各節均清明暢曉，用語確當，感覺諧適，雋永輕倩，充分展現她溫柔婉約的風格，勢毋需筆者畫蛇添足再加按語。

廢　名（一九〇一——一九六七）

海

我立在池岸，
望那一朵好花，
亭亭玉立
出水妙善，——
「我將永不愛海了。」
荷花微笑道：
「善男子，
花將長在你的海裡。」

街頭

行到街頭乃有汽車馳過，
乃有郵筒寂寞。
郵筒
PO
乃記不起汽車的號碼X，
乃有阿拉伯數字寂寞，
汽車寂寞，
大街寂寞，
人類寂寞。

鑑評

廢名，原名馮文炳，湖北黃梅人，一九〇一年生，一九六七年辭世。早年畢業於北京大學英國文學系，歷任北京大學教授、東北人民大學中文系主任，曾參加《語絲》社和以後的《新詩》。抗戰爆發，離開北京回黃梅，從事中小學教育工作，勝利後再回北大任教。著有詩集《水邊》一冊，另有詩論集《談新詩》等。

「禪趣詩人」廢名，他的詩作數量雖少，但在中國現代詩壇卻獨樹一幟，老莊和佛家思想，對廢名的詩有著相當深刻的影響。他嚮往直觀了悟的境界，抱持超現實的人生態度，同時，他追求一種純粹的經驗，常留連於意識流的幻覺世界，往往把許多不相關的意象與夢幻融會在一起，跳躍性很大。他喜歡大量運用古典詩詞，企圖從舊有的詩文中尋找一些可以「重新燃燒」的字句，加以引用或賦予新義，因而造成新的感動或顫慄。廢名的另一特色是活用口語，如〈理髮店〉、〈北平街上〉等詩中的某些句子，簡直俗得令人叫絕。他和李金髮同樣善用文白夾雜，前者鮮活，後者沉鬱，兩者顯然有雲泥之別。

今天，我們檢視二、三十年代詩壇的成績，似應以極客觀真誠的態度，對前輩詩人及其作品作不同層次的定位，尤其像廢名那樣一個佼佼不群的隱士，一個逆流而泳的勇者，他的少量精純的詩，即使以今天最前衛的眼光觀之，仍是第一流的，最現代的。本書選入的兩首〈海〉和〈街頭〉，確然是他的佳作。

〈海〉以第一人稱，展開作者曼妙的想像，他的語言看似平淺，實則十分新穎。以「我」在池畔與水中的荷花對話為主軸，前者直言眷戀眼前的小池而不愛海，後者則反諷我長在你的海裡，全詩充滿禪趣，有不可言說的奧祕。換言之，在詩人眼中，花本非花，海亦非海，花即是海，海亦是花，物與人，人與物，不過是天地間存在著的一種假象，唯有自己長存在自己的悟性裡，才能參透一切。

〈街頭〉本是熙熙攘攘，熱鬧非凡，而詩人卻另具慧眼，刻意以靜態畫面出之，從郵筒到阿拉伯數字，到汽車、大街，再到人類，最後統統歸於灰飛煙滅。這一連串的「寂寞」，五個大大的「寂寞」，就是作者抓到的要害，就是作者十分冷冽的觀物態度，就是作者強烈的企圖，要在本詩中創造一種令人難以忘懷的淒淒切切的龐大無匹的風景。紀弦曾經以長文討論〈街頭〉，對本詩讚譽備至，確是慧眼識英雄。

朱湘（一九〇四——一九三三）

葬我

葬我在荷花池內，
耳邊有水蚓拖聲，
在綠荷葉的燈上
螢火蟲時暗時明——

葬我在馬纓花下，
永作著芬芳的夢——
葬我在泰山之巔，
風聲嗚咽過孤松——

不然，就燒我成灰，

投入氾濫的春江，
與落花一同漂去
無人知道的地方。

鑑評

朱湘，字子沅，祖籍湖北，安徽太湖人，一九○四年生，一九三三年十二月五日早晨，在從上海到南京的輪船上投江自盡，年僅卅歲。一九二○年入北京清華學校，參加清華社文學活動，一九二二年加入文學研究會，一九二七年九月赴美留學，先後在勞倫斯大學、芝加哥大學、俄亥俄大學學習英國文學，一九二九年回國，任安徽大學外文系主任，一九三二年夏去職後，輾轉飄泊於北平、上海、長沙等地，以寫詩賣文為生，十分窮困潦倒。著有詩集《夏天》、《草莽集》、《石門集》及散文、論著等多種。

朱湘是一個性情孤高純粹的詩人，他曾是「新月派」的一員猛將，因與徐志摩不和而脫離《晨報副刊》的活動。誠如沈從文對他的評論：「生活使作者性情乖僻，卻並不使詩人在作品上顯呈紛亂，他的安祥與細膩的詩風，帶著古典與奢華的成就將存在於新詩史中」。

在新詩形式的實驗上，朱湘也是五四以來白話詩人中最積極的一個，僅從《石門集》書中，就可看到他使用了很多種詩體，如「迴環調」、「三疊令」、「圍兜兒」、「巴俚曲」、英體十四行，意體十四行等等，同時率先嘗試詩劇和散文詩的創作。有人說他「寫詩像王維，生活像杜甫」，根據瘂弦的觀察，認為「朱湘的作風大都深沉悒鬱，絕望憤世，毋寧說他更像英國悲觀詩人霍斯曼，二者在思想上、作品的氣氛上頗為類似，唯一不同是霍詩表面上輕描淡寫，骨子裡卻沉痛憤懣，朱詩比較顯露，比較直接。人們說他像王維，大概只看到他閑逸蕭疏的一面吧」（見〈苦命詩人朱湘〉一文）。

〈葬我〉一詩，在形式上有「新月派」的餘緒，在感覺上有浪漫派的淒婉與哀傷，在節奏上，每二、四行押韻，看似呆板，實則相當流暢。作者首先選擇葬我於門前的荷花池，接著到馬纓花下，到泰山之巔，再到燒成灰燼，全詩自近而遠，以小見大，由有到無，層次分明，顯見作者觀察與掌握語言與氣氛的功力，讓讀者不知不覺，從他那種獨特「印象」式的風格與「白描」的手法中，捕捉到一縷縷既清明又雋永的詩味。

戴望舒（一九〇五——一九五〇）

雨巷

撐著油紙傘，獨自
彷徨在悠長，悠長，
又寂寥的雨巷，
我希望逢著
一個丁香一樣地
結著愁怨的姑娘。

她是有
丁香一樣的顏色，
丁香一樣的芬芳，
丁香一樣的憂愁，

在雨中哀怨，
哀怨又彷徨；

她彷徨在這寂寥的雨巷，
撐著油紙傘
像我一樣，
像我一樣地
默默彳亍著，
冷漠，淒清，又惆悵。

她靜默地走近
走近，又投出
太息一般的眼光，
他飄過
像夢一般地，
像夢一般地淒婉迷茫。

像夢中飄過
一枝丁香地，
我身旁飄過這女郎；
她靜默地遠了，遠了，
到了頹圮的籬牆，
走盡這雨巷。

在雨的哀曲裡，
消了她的顏色，
散了她的芬芳，
消散了，甚至她的
太息般的眼光，
他丁香般的惆悵。

撐著油紙傘，獨自
徬徨在悠長，悠長
又寂寥的雨巷，

我希望飄過
一個丁香一樣地
結著愁怨的姑娘。

我思想

我思想，故我是蝴蝶……
萬年後小花的輕呼
透過無夢無醒的雲霧，
來振撼我斑斕的彩翼。

我用殘損的手掌

我用殘損的手掌
摸索這廣大的土地：

這一角已變成灰燼，
那一角只是血和泥；
這一片湖該是我的家鄉，
（春天，堤上繁花如錦障，
嫩柳枝折斷有奇異的芬芳，）
我觸到荇藻和水的微涼；
這長白山的雪峰冷冽到徹骨，
這黃河的水夾泥沙在指間滑出；
江南的水田，你當年新生的禾草
是那麼細，那麼軟……現在只有蓬蒿；
嶺南的荔枝花寂寞地憔悴，
儘那邊，我蘸南海沒有漁船的苦水……

無形的手掌掠過無限的江山，
手指黏了血和灰，手掌沾了陰暗，
只有那遼遠的一角依然完整，
溫暖，明朗，堅固而蓬勃生春。

在那上面，我用殘損的手掌輕撫，
像戀人的柔髮，嬰孩手中乳。
我把全部的力量運在手掌
貼在上面，寄與愛和一切希望，
因為只有那裡是太陽，是春，
將驅逐陰暗，帶來甦生，
因為只有那裡我們不像牲口一樣活，
螻蟻一樣死……那裡，永恆的中國！

鑑評

戴望舒，原名朝寀，別名夢鷗，浙江杭州人，一九〇五年三月五日生，一九五〇年二月廿八日病逝。早年在宗文中學讀書，一九二三年入上海大學中文系，一九二五年到震旦大學習法文，一九二九年與馮雪峰等開辦水沫書店，一九三〇年加入左聯，一九三二年留法，曾在巴黎大學、里昂中法大學就讀，一九三五年回國，次年十月與孫大雨、馮至、卞之琳等創辦《新詩》雜誌。一九三八年在香港主編星島日報《星座》副刊及《頂點》詩刊，一九四一年日本帝國主義占領香港，詩人被捕入獄，毆打成殘，堅貞不屈，表現了高尚的民族氣節，解放後在新聞總署國際新聞局任職。著有詩集《望舒詩稿》、《望舒草》、《我的記憶》、《災難的歲月》、《戴望舒詩選》等多種。

戴望舒是「五四」以來最具影響力的詩人之一，被譽為「象徵主義的雨巷詩人」。他不僅吸取法國象徵詩派的滋養，同時也融匯晚唐詩詞的精華，打破三十年代傳統現實主義方法，尋找新的思維、新的表現技巧和建立自己獨特的藝術風格。

戴望舒一生只發表了九十二首詩，他對詩的意象之經營、節奏之處理、張力之控制、氣氛之把握都作了相當深入的探索與體現。有人指出，戴望舒的出現，不僅僅是他的作品突破了李金髮的異國情調，而是把法國風味的象徵詩予以中國化。更令人鼓舞的是，他的出現宣告了一個新的時代，中國新文學「現代主義」時代之誕生。

〈雨巷〉是戴望舒的名作，最初發表於一九二八年八月的《小說月報》第十九卷第八號，葉聖陶當即稱許這首詩「替新詩音節開了新紀元」，全詩一直在悠長、寂寥、惆悵、淒婉的氣氛中進行，讓人反覆吟誦而不覺厭惡。主要得力於作者清澈的語言與浩漾的節奏，因而促使讀者將聽覺與視覺同時於一瞬間開啟。儘管有人批評該詩「是愁怨的忸怩中帶點羞澀的深閨小姐」（蒲風語），以及「一大堆軟弱而低沉的形容詞」（余光中語）。但筆者以為〈雨巷〉所展現的輕柔與綿綿不絕的音律之美，不能抹殺。

〈我思想〉，短短四行，可能是從笛卡兒的「我思故我在」這一命題出發，他希望於一剎間抓住某些永恆的片斷，詩中以蝴蝶、小花、雲霧，暗喻思想之飄忽與無常，用語清麗，轉折自然，堪稱是一首玲瓏剔透的小品。

〈我用殘損的手掌〉，抒寫作者被捕入獄，摸撫全身的傷痕，再聯想到破碎的江山，因而發出一種無比激昂悲憤之詠唱，作者以動態的手勢與靜態的素描，交相重疊，使某些悲慘的景象次第浮現，更見撼人魂魄，摧人下淚的力道。

馮　至（一九〇五——一九九三）

蛇

我的寂寞是一條長蛇，
靜靜地沒有言語。
你萬一夢到它時，
千萬啊，不要悚懼！

牠是我忠誠的侶伴，
心裡害著熱烈的鄉思；
牠想那茂密的草原——
你頭上的、濃鬱的烏絲。

牠月影一般輕輕地，

從你那兒輕輕走過；
牠把你的夢境銜了來，
像一只緋紅的花朵。

十四行（二）

什麼能從我們身上脫落，
我們都讓他化作塵埃：
我們安排我們在這時代
像秋日的樹木，一棵棵

把樹葉和些過遲的花朵
都交給秋風，好舒開樹身
伸入嚴冬；我們安排我們
在自然裡，像蛻化的蟬娥

把殘骸都丟在泥裡土裡；
我們把我們安排給那個
未來的死亡，像一段歌曲

歌聲從音樂的身上脫落，
歸終剩下了音樂的身軀
化作一脈的青山默默。

鑑評

馮至，原名承植，字居培，河北涿縣人，一九〇五年九月十七日生，一九九三年二月廿二日辭世，葬於北京八寶山革命公墓。早年於京師第四中學畢業，一九二一年考入北京大學預科，同時開始寫詩，一九二七年於北京大學德文系畢業，先後在哈爾濱、北平等地任教，一九三〇年十月，赴德國留學，專攻文學和哲學，一九三五年六月回國，先後在上海、昆明、北平等地教書，解放後任北京大學西方語言文學系主任，一九六四年任中國社科院外國文學研究所所長，一九八五年當選中國作家協會副主席。著有詩集《昨日之歌》、《北遊及其他》、《十四行集》、《西郊集》、《十年詩抄》、《馮至詩選》及散文、論著等多種。

馮至為二十年代著名的文學社團「淺草社」和「沉鐘社」的主要成員，曾被魯迅譽為「中國最傑出的抒情詩人」。馮至早期的詩作，雖然抒寫的都是個人的哀怨，由於詩人具有濃郁細膩的感性，加上奇巧的構思，明快的節奏，往往達到一種令人神往的效果。在語言的運用方面，他特別注意遣詞用字，期能於自然中見出謹嚴，於精練中洩示傳神。他的抒情詩作大都篇幅短小，十分精緻，宛如古典詩詞中的小令，強調語言色彩和表現內容相融和。而他的十四行詩，極富哲理性，詩人把對日常生活點滴的觀察所得，由之化物為景，化理為情，揉合成含蓄、雋永、飽滿、令人警策的詩句。詩評家陸耀東說：「馮至的詩，在藝術上著意追求，標誌著當時新詩在藝術方面所達到的高度。」張錯更指證：「他的十四行詩，更見融情於理，入理於情，四十年代詩人群中以獨特形式而臻達如此高度抒情者，無出其右。」

〈蛇〉是一首別出心裁的情詩，一開頭把自己的寂寞比喻成蛇，充滿飛躍的奇想，令人玩味；次節假借蛇的「鄉思」隱喻我對姑娘的「相思」，以「草原」和「烏絲」相對比，頗有以柔克剛的意圖；本節是寫蛇的行蹤如月影，換言之，作者託蛇把姑娘的夢銜過來，就是把她的心偷回來，而結語「像一只緋紅的花朵」，充滿多重意蘊，堪稱畫龍點睛的一筆。

〈十四行〉之二，大體表現作者當時所置身時代的朦朧的面影。詩中「化作塵埃」（第一節），「蛻化的蟬娥」（第二節）、「殘殼丟在土裡」（第三節），似乎是對當時現實的影射或對自我的省察，但語多轉折，充滿迷思，末句「化作一脈的青山默默」，更可視為本詩的「詩眼」，由這一句也可衍生更多不可言喻的理趣。

臧克家（一九〇五——二〇〇四）

老馬

總得叫大車裝個夠，
它橫豎不說一句話，
背上的壓力往肉裡扣，
它把頭沉重地垂下！

這刻不知道下刻的命，
它有淚只往心裡咽，
眼裡飄來一道鞭影，
它抬起頭望望前面。

生命的叫喊

高上去又跌下來，
這叫賣的呼聲——
一支音標，沉浮著，
在測量這無底的五更。

深閨無眠的心，將把這
做成詩意的幽韻？
不，這是生命的叫喊，
一聲一口血，喊碎了這夜心。

鑑評

臧克家，號孝荃，字士光，山東諸城人，一九〇五年十月八日生，早年就讀於山東第一師範，一九二六年去武漢，第二年考入中央軍事政治學校，不久改編為中央獨立師，參加過討伐夏斗寅等的戰鬥。一九二九年九月考入青島大學，一九三四年大學畢業後去臨青中學教書，一九三六年加入中國文藝家協會，中華全國文藝界抗敵協會成員。抗日戰爭爆發，曾赴戰地和前線採訪，組織文藝人從軍部隊，跋涉於戰地生活近五年，抗戰勝利後，在上海主編《僑聲報》副刊、《文訊》月刊、《詩創造》月刊。解放後任《詩刊》主編、中國作家協會顧問。著有詩集《烙印》、《罪惡的黑手》、《古樹的花朵》與散文論著等數十種。編有《中國新詩選》（一九一九—一九四九）等。

臧克家是中國現代文學史上著名詩人之一，他早期的詩以錘鍊的語言和深摯的感性抒寫出中國下層民眾，特別是農民的悲苦和不幸，朱自清認為中國從他開始「才有了有血有肉以農村為題材的詩」。臧氏也因而博得了「農民詩人」的雅稱。他最好的詩，講求構思，意象精美，具有嚴謹、質樸、含蓄、凝鍊的特色。抗戰期間，風格更為渾雄豪放，樂觀明朗。晚近的詩作則比較澄明與恬淡。從一九二九年十二月發表〈默靜在晚林中〉迄今，他以飽滿的熱情，歌唱了六十餘載，創作了三十本詩集，為開拓中國新詩所作的具體奉獻，自會在新詩史冊上留下令人印象深刻的一頁。

〈老馬〉和〈生命的叫喊〉二首，俱屬作者早期的詩作，分別寫於一九三二—一九三四年。執著於現實，取材於現實，是臧克家早期抒情詩最顯著的特色。詩人滿溢悲憫的情懷，勾勒出中國農村破敗、不安、淒楚的景象，哭訴下層群眾悲慘不幸的遭遇，把勤勞忍辱淚往肚裡吞的勞動者的悲劇形象鮮明地繪出，〈老馬〉確實是最顯著的代表。本詩短短八行，卻以活生生的感染力，抒寫出舊中國千萬農民在封建勢力下茹苦含悲、屈辱深重的境遇。試問當你讀到「背上的壓力往肉裡扣」，「這刻不知道下刻的命」，能不怦然淚下？而另一首〈生命的叫喊〉以刻繪夜間小販為對象，那聲聲叫賣恍如「一聲一口血，喊碎了這夜心」，作者用語質樸，清晰生動，的確為「寫實詩」注入新鮮的血液，值得考察。

附記：本文曾參考劉增人、馮光廉著〈臧克家簡論〉一文。

李廣田（一九〇六——一九六八）

燈下

望青山而垂淚，
可惜已是歲晚了，
大漠中有倦行的駱駝
哀咽，空想像潭影而昂首。

乃自慰於一壁燈光之溫柔，
要求卜於一冊古老的卷帙，
想有人在遠海的島上
佇立，正仰嘆一天星斗。

鑑評

李廣田，曾用筆名黎地、曦晨等，山東鄒平人，一九〇六年生，一九六八年離世。早年於北京大學外國語文學系畢業，一九三〇年開始發表詩和散文，他的詩風純樸、深厚、自然。一九三六年與卞之琳、何其芳合著《漢園集》，人稱漢園三詩人。抗戰期間隨學校流亡四川，在國立六中任教，一九四一年後在西南聯大、開南大學、清華大學等校任教，並參加民主進步活動。解放後曾任雲南大學校長，從事大學教育和少數民族詩歌的挖掘整理以及文藝理論之研究。中國作家協會會員，曾任全國文聯委員，昆明作協副主席。著有詩集《春城集》、《李廣田詩選》，評論集《詩的藝術》等。

李廣田的詩作產量不多，但收錄在《漢園集》裡的〈秋之味〉等詩作，頗有一分親切動人的質樸之美；而〈地之子〉則流露詩人發自內心對土地娓娓婉婉的深情，他的〈老人與海〉不僅是禮讚、呼喚與放歌，更是作者透過海的形象，抒發人類不屈服的意志與信念；而〈流星〉隱隱在天際燦然一閃，更暗喻生命之短暫與無常。

顯然多年來李廣田的一些少量精緻的詩作，並未引起台灣新詩讀者的注目，翻開坊間眾多現代詩選本，除了一九八九年洪範版的《現代中國詩選》（楊牧、鄭樹森編）收有他的〈訪〉等三首詩作外，其他均付闕如。

《新詩三百首》編輯期間，我們曾再三審視，而選入他的〈燈下〉一作，這首八行小品，確實是詩人在澄明冷冽的觀照下完成。全詩著墨不多，由歲末想到大漠中的駝隊，以及牠們的飢渴，再回到案頭的卷帙，與夫遠方有人望星嘆息，就是這幾個小小的景點，就是那樣毫不費力的幾筆，由於交叉配置得當，有理有路有趣，使讀者置身其間，純然領悟詩中意象如層層波浪的推湧，甚至可以傾聽自己思想開花的聲音。

蘇金傘（一九〇六——一九九七）

頭髮

一

在我的記憶裡，
父親的頭髮，
還拖著一條長辮子。

祖父常用腳
踏著那辮子
拚命的拳擊。

城裡來的差人，

又把那辮子
吊在樹上，
用鞭子打著
要錢糧。

但他的辮子並沒有掉
一直拖進棺材，
還那麼粗大。

二

母親的頭髮
一輩子不梳。

上面落滿了
磨麵時蕩出的麵屑，
和燒鍋時
飛出的灰星子。

且又最易脫落：
用手一撓，
就抓下一把亂髮和母蝨。

臨死時，
交代姐姐：
「把我的頭髮梳一梳吧，
披頭散髮，
是不好見閻王的！」

姐姐梳梳她的頭髮，
於是她安心地閉上眼；
但蝨子還在喝她的血！

三

趕到我，

頭髮變硬了，
不服梳理，
成天鬅鬅鬙鬙的，
叫人看著不順眼。

更有人從我的頭髮
推測到我的心，
說我太不馴服
一定會碰出亂子來的。

於是在人面前，
我總是用手按住頭髮，
不讓它崛起，
替我惹禍。

但頭髮太硬
真是無可奈何！

手指一疏忽，
就又恢復了原來的姿勢。
最後我把它剃光。
但又有人說：
這是祕密組織的標記，
應該用刀連根割下來！

鑑評

蘇金傘，原名鶴田，河南睢縣人，一九〇六年生，一九二〇年在開封第一師範學校就讀時，熱愛文學作品和寫詩，以後擔任體育老師，一九二六年正式發表作品，一九四八年進入解放區，一九四九年十月調到河南省文聯工作，同時和沙鷗合編《詩號角》，他是中國作家協會會員。著有詩集《無弦琴》、《地層下》、《窗外》、《入伍》、《鷓鴣鳥》、《蘇金傘詩選》等。

在抗日戰爭期間，他的詩作多發表於重慶、昆明出版的一些刊物上，勝利後在上海文學刊物上刊登詩作，《地層下》即為此一時期的產物。他的詩語言樸實、貼切，富有地方色彩，像金克木、侯汝華等人一樣，可以說是中國象徵派後期的詩人。他的代表作〈離家〉，抒寫抗戰時期親人妻離子散的悲慘景象，歷歷如繪，令人椎心。

〈頭髮〉作於一九四六年十月。之一，是以父親的形象為靶子，區分四節，以白描的手法，把頭髮和辮子互相穿插運用，集憤慨、壓縮、隱喻於一剎，尤其是結尾三句，看似粗俗淺白，實則十分深刻。之二，是寫母親的，比前者更細膩而激盪人的肺腑，其中如「姐姐梳梳她的頭髮，於是安心的閉上眼，但蝨子還在喝她的血」，形象生動，一語雙關，頗具反諷之效。其三，是作者的表白，自嘲、滿不在乎，但又不得不留意眼前的現實，充滿著無奈。其實用平白俚俗的語言入詩，早有人嘗試，但成功的難度也相對的提高，〈頭髮〉有如此沁人的表現，堪稱特例。

艾青（一九一〇——一九九六）

跳水

從十米高台
陶醉於下面的湛藍
在跳板與水面之間
描畫出從容的曲線
讓青春去激起
一片雪白的讚嘆

雪落在中國的土地上

雪落在中國的土地上，
寒冷在封鎖著中國呀……

風，
像一個太悲哀了的老婦，
緊緊地跟隨著
伸出寒冷的指爪
拉扯著行人的衣襟，
用著像土地一樣古老的話
一刻也不停地絮聒著……

那從林間出現的，
趕著馬車的

你中國的農夫
戴著皮帽
冒著大雪
你要到哪兒去呢？

告訴你
我也是農人的後裔——
由於你們的
刻滿了痛苦的皺紋的臉
我能如此深深地
知道了
生活在草原上的人們的
歲月的艱辛。

而我
也並不比你們快樂啊
——躺在時間的河流上

苦難的浪濤
曾經幾次把我吞沒而又捲起——
流浪與監禁
已失去了我的青春的
最可貴的日子，
我的生命
也像你們的生命
一樣的憔悴呀

雪落在中國的土地上，
寒冷在封鎖著中國呀……

沿著雪夜的河流，
一盞小油燈在徐緩地移行，
那破爛的烏篷船裡
映著燈光，垂著頭
坐著的是誰呀？

——啊，你
蓬髮垢面的少婦，
是不是
你的家
——那幸福與溫暖的巢穴——
已被暴戾的敵人
燒毀了麼？
是不是
也像這樣的夜間，
失去了男人的保護，
在死亡的恐怖裡
你已經受盡敵人刺刀的戲弄？

咳，就在如此寒冷的今夜，
無數的
我們的年老的母親，

都蜷伏在不是自己的家裡，
就像異邦人
不知明天的車輪
要滾上怎樣的路程……
——而且
中國的路
是如此的崎嶇
是如此的泥濘呀。

雪落在中國的土地上，
寒冷在封鎖著中國呀……

透過雪夜的草原
那些被烽火所嚙啃著的地域，
無數的，土地的墾殖者
失去了他們所飼養的家畜
失去了他們肥沃的田地

擁擠在
生活的絕望的汙巷裡：
饑饉的大地
朝向陰暗的天
伸出乞援的
顫抖著的兩臂。
中國的苦痛與災難
像這雪夜一樣廣闊而又漫長呀！

雪落在中國的土地上，
寒冷在封鎖著中國呀……

中國，
我的在沒有燈光的晚上
所寫的無力的詩句
能給你些許的溫暖麼？

鑑評

艾青，原名蔣正涵，字養源，號海澄，浙江金華人，一九一〇年三月廿七日生。十九歲赴法習畫，一九三二年一月回國，旋即加入中國左翼美術家聯盟，七月被捕入獄，一九三三年首次以艾青筆名在獄中發表了〈大堰河——我的保姆〉，轟動詩壇，一九三五年出獄，從此專攻詩作。抗日戰爭爆發，詩人感受最深，長詩〈向太陽〉、〈火把〉為這一時期的代表作。一九四一年到延安，後在魯迅文學藝術學院任教，主編《詩刊》（延安版），《人民文學》副主編，一九五八年被劃為右派，一九七九年平反。曾任中國作家協會副主席、文聯全國委員會委員、中國筆會理事會理事。著有詩集《大堰河》、《向太陽》、《曠野》、《火把》、《黎明的通知》、《艾青詩選》、《歸來的歌》等多種。

艾青是我國現實主義詩歌的代表詩人，以自由體見長，講求散文美，形象鮮明，意境清麗，在國際上有頗高的聲譽。他的詩不僅肩負詩的藝術使命，同時也兼顧詩的歷史使命，曾以雄渾的筆觸，火焰一般的激情，傾訴對中華大地人民赤忱的熱愛。自五十年代起沉默了二十年，稍後又重登詩壇，致力創作，寫出大量可歌可誦的詩篇。

本書選入他的兩首詩作〈跳水〉和〈雪落在中國的土地上〉，一短一長，具現了詩人兩種截然不同的風貌。前者是一幀小小的素描，以跳水者的感受為經，作者的詮釋為緯，從跳台到水面，從曲線到青春，從湛藍到雪白，燦爛完成一次令人神往剎那間華美意象之演出。後者是作者於對日抗戰後半年，也就是一九三七年歲末，他目睹滔天烽火，塗炭廣大的中國，人民流離失所，悲慘萬狀，於是他在十分悲痛的心情下，寫就這篇賺人熱淚的詩篇。全詩以「雪落在中國的土地上，寒冷在封鎖著中國呀」為前導，歷述中國農民逃難的情景，比喻適切，語言清淳，節奏徐緩，呈現一幅悲愴、殘破、蕭索的畫面，令人唏噓。此詩結尾四句，雖有自嘲作者的「寫詩無用論」，如果考慮將此節刪去，可能更好。

卞之琳（一九一〇——二〇〇〇）

白螺殼

空靈的白螺殼，你，
孔眼裡不留纖塵，
漏到了我的手裡
卻有一千種感情：
掌心裡波濤洶湧，
我感嘆你的神工，
你的慧心啊，大海，
你細到可以穿珠！
我也不禁要驚呼：
「你這個潔癖啊，唉！」

請看這一湖煙雨
水一樣把我浸透，
像浸透一片鳥羽。
我彷彿一所小樓
風穿過，柳絮穿過，
燕子穿過像穿梭，
樓中也許有珍本，
書葉給銀魚穿織，
從愛字通到哀字——
出脫空華不就成！

玲瓏嗎，白螺殼，我？
大海送我到海灘，
萬一落到人掌握，
願得原始人喜歡：
換一隻山羊還差
三十分之二十八；

倒是值一隻蟠桃。
怕叫多思者想起：
空靈的白螺殼，你
捲起了我的愁潮——

我夢見你的闌珊；
簷溜滴穿的石階，
繩子鋸缺的井欄……
時間磨透於忍耐！
黃色還諸小雞雛，
青色還諸小碧梧，
玫瑰色還諸玫瑰，
可是你回顧道旁，
柔嫩的薔薇刺上
還掛著你的宿淚。

斷章

你站在橋上看風景，
看風景人在樓上看你。

明月裝飾了你的窗子，
你裝飾了別人的夢。

鑑評

卞之琳，江蘇海門人，一九一〇年生，幼年於私塾勤習古書，一九二九年入北京大學英文系，畢業後到濟南、保定等地教書。並參與編輯《水星》、《新詩》等刊物。抗日戰爭期間，先後任教於四川大學、西南聯大，一九三八至三九曾到延安和太行山區抗日民主根據地訪問，並一度任教於魯迅藝術文學院。一九四六年到南開大學任教，一九四七年應邀赴英國牛津大學從事研究，解放後任北京大學英語系教授，一九五三年任中國社科院文學研究所研究員，一九六四年後任該院外國文學研究所終身研究員。著有詩集《三秋草》、《魚目集》、《漢園集》（合刊）、

《慰勞信集》、《十年詩草》、《雕蟲紀歷》及報告文學、翻譯等多種。

卞之琳於一九三〇年開始寫詩，雖然初期受到徐志摩、沈從文的賞識，輕易進入詩壇，加之他的部分詩作如〈斷章〉、〈白螺殼〉、〈圓寶盒〉等因劉西渭的解讀和作者之間的爭辯，引起詩壇廣泛的討論，同時也帶給他「晦澀詩人」的封號。從一九三三年到三七年左右，卞氏一面接受西方象徵主義、現代主義的洗禮，同時也受到傳統詩歌中道家美學的啟迪，通過玄思的感覺化，包括哲學思維的形象化和戲劇化，提供出一種靈視，在多重距離（既是時間的也是空間的）互指、互玩、互織，暗地裡顛覆了二十年代以來新詩所借重的傳統西方的邏輯思維，形成一種冷凝而弓張弦緊的對語。

〈斷章〉，作於一九三五年十月，是被歷來詩評家討論最多的詩作之一，陳義芝稱讚它是「卞氏最令人難忘的一首天成之作，表現緣命思想已臻哲學境界。」余光中則直指：「這首詩有一種交相反射，層層更進的情趣，令人想到『螳螂捕蟬，黃雀在後』的成語」。是故筆者對此詩不擬再加詮釋，特別提示讀它的人應從多種角度、多重距離，去觀察體會它的哲學與美學的含義與深度，風景是處處可看，「遠近高低各不同」，而不要把它架設在某一個固定的點上。

〈白螺殼〉作於一九三七年，是卞氏一首技巧渾圓，玄思通達的作品。詩人在第一節中，頗為讚嘆大海的神工，把白螺殼磨洗鍛鍊到一種純白、潔麗、玲瓏透澈的空靈，當這個獨化不群的藝術品，真正落到詩人的手裡「卻有一千種感情，掌心裡波濤洶湧」。深深感到螺殼與海之親之密，充分展示道家式的「恆物之大情」；第二節，白螺殼可能易位，從大海到小樓，從風、從柳絮、從燕子到銀魚的穿織，它們到底能否禁得起時間的侵蝕，難道不會褪變。第三節，預見這隻玲瓏的小螺殼，一旦落入俗人之手，是換一隻小羊還是一隻蟠桃，真是命運難料，自然引起了詩人的焦慮。末節，似乎顯示白螺殼的宿命論，或許也像石階被簷溜滴穿，井欄被繩子鋸缺。

所謂「黃色還諸小雞雛，青色還諸小碧梧」，是否是說「白螺殼還諸白螺殼，大海還諸大海」，萬物落腳在時間之流中，豈能不接受生存無可逃避的哀愁——絕滅。

陳夢家（一九一一——一九六六）

鐵馬的歌

天晴，天陰，
輕的像浮雲，
隱逸在山林：
丁寧，丁寧，

不祈禱風，
不祈禱山靈。
風吹時我動，
風停，我停。

沒有憂愁，

也沒有歡欣；
我總是古舊，
總是清新。

有時低吟
清素的梵音，
有時我呼應
鬼的精靈。

我讚揚春，
地土上的青，
也祝福秋深
綠的凋零。

我是古廟
一個小風鈴，
太陽向我笑，

鏞上了金。

也許有天
上帝教我靜，
我飛上雲邊，
變一顆星。

天晴，天陰，
輕的像浮雲，
隱逸在山林：
丁寧，丁寧，

鑑評

陳夢家，曾使用筆名陳慢哉，浙江上虞人，一九一一年生，一九六六年辭世。早年曾畢業於南京中央大學法律系，一九三二年又在燕京大學宗教學院學習，一九三四年改攻古文字學，一九三七年曾在西南聯大、美國芝加哥大學、清華大學任教。一九五二年在中國科學院考古研究所任研究員，醉心於古史年代學、古代神話的研究。著有詩集《夢家詩集》、《不開花的春》、

《鐵馬集》、《在前線》、《夢家詩存》及論著等多種。

在「五四」高潮過去之後，中國新詩開始由自由詩派獨占詩壇的情況，先後出現了格律詩派和象徵詩派，當時格律詩派是以聞一多、徐志摩為代表的新月詩派，其中有一批新起之秀，陳夢家便是其中的佼佼者。他認為寫詩要有規矩，像一匹馬用得著韁繩和鞍轡，詩，要把最妥貼、最調適，最不可少的文字，安放在所應安放的位置上；它的聲調，甚或它的空氣，也要與詩的情緒相默契。音節的諧和，句的均齊和節的勻稱，為詩的節奏所必須注意。這些論點都與聞一多等人的理念相一致，在創作上更是實踐和追隨徐志摩所開創的格局，體現他的「技巧的周密和格律的謹嚴」。綜觀陳夢家的詩創作生涯，只有七、八年的歷史，在詩的內容上，則多以對一種夢境的捕捉和愛情的追求為主調。

〈鐵馬的歌〉的確實踐了陳夢家所強調的音節的諧和，句的均齊和節的勻稱。全詩八節，每節二、四句均押韻，念起來琅琅上口，有歌的味道。作者在抒寫時對文字的精挑細選，十分著力，而不同的語字與語字的組合即會產生迥然不同的效果。是故惟有運用活的語言，才能產生活的節奏。如第二節〈不祈禱風，不祈禱山靈，風吹時我動，風停，我停〉，在捕捉動與停之間，由於標點的使用，以及把握停頓的效果，頗能臻至「以聲擬聲，以韻養韻」的境地。本詩是一篇相當特殊的作品，看似單薄，實則深厚，看似飄忽，實則沉穩，比他的〈一朵野花〉（以委婉述志為主旨），和〈紅果〉（以歌頌愛情為對象）更耐人尋味。

孫毓棠（一九一一——一九八五）

漁夫

清早上我收拾釣竿，
想釣一筐綠海的銀漣。
釣不起。又撒開麻網，
但網不住鮮紅的夕陽。

載漁叉我划進黑夜，
要叉撈水中的明月，
和月邊千萬點藍星——
恨東天又吐出了光明！

連日月帶星辰帶海

吃吃地都笑我痴呆。
我不聽！我不信！直到
海上捲起了風暴。

海上捲起了風暴，
我的船在昏黑裡飄搖。
抖起網，「你別笑我，風！」
我含著淚要網盡雨聲！

鑑評

孫毓棠，祖籍江蘇無錫，一九一一年四月九日生，一九八五年九月五日因哮喘和肺氣腫病逝於北京協和醫院，享年七十四歲。幼年在私塾讀書，一九二五年進入南開中學，一九二九年考進清華大學歷史系，一九三三年畢業。一九三五年赴日留學，在東京帝國大學當了兩年研究生，一九三七年七月盧溝橋戰事爆發，他放棄唾手可得的學位，由日兼程返國，在抗戰前期，曾輾轉於上海、武漢、桂林等地，最後則隨同學術機構撤退到昆明，初在雲南大學教書，後轉任西南聯大、清華大學教授。曾歷任英國牛津大學、美國哈佛、德州州立大學及華盛頓威爾遜研究中心研究員。

孫毓棠在清華大學三年級時，開始與新詩結緣，他是新月詩社的成員之一。抗戰期間，是他創作的蓬勃期，作品大多刊於昆明《中央日報》副刊、《今日評論》和香港《大公報》，自一九四四年下半年起，詩作漸少，〈漁夫〉、〈北行〉和〈山溪〉三首，刊於一九四八年的《文學雜誌》，可能是他最後發表的文學創作。他著有詩集三種：《海盜船》（一九三四年），《夢鄉曲》（一九三五年），《寶馬》（一九三九年），又台北業強出版社曾於一九九二年十月刊行《寶馬與漁夫》（王次澄、余太山編），是一部比較信實客觀的選本。

〈寶馬〉是現代詩史上一首相當重要的長篇敘事詩，約七百八十行，取材於《史記．大宛列傳》，主要敘述漢武帝於太初元年至太初四年（西元前一〇四—一〇一）間，兩次派大將軍李廣利西征大宛，歷盡艱辛，終於取得汗血馬以及使西域諸國背匈奴向漢朝的歷史故事。作者創作〈寶馬〉，意在喚醒堅苦卓絕、大無畏的國魂，使國人重建民族自尊、自豪的信念，再振大漢聲威。

〈寶馬〉於一九三四年完成，曾在《大公報》副刊《文藝》連載，轟動一時，是當年與曹禺的〈雷雨〉、何其芳的〈畫夢錄〉一樣馳名的文學精品。唐湜曾讚美此詩指出：「詩人以歷史家的冷靜，深沉的氣度，勾描了漢天子的長安都城，更抒寫了戰爭的曲折進展，西域諸國的人情、風俗，刻繪了十分廣闊、豐盈的歷史圖卷，應該說是自有新詩以來最光輝的史詩。」（見《中國新詩名篇鑑賞辭典》，一九九〇年十二月，四川辭書出版社，頁二二七）。

本書因限於編輯體例，無法收錄長詩，而改選他的〈漁夫〉，本詩具有十分豐富的象徵性，作者以第一人稱的口吻，喃喃鋪敘漁夫的希望與理想，詩分四節，從清早收拾釣竿，撒網，到夜晚的捕星捉月，一連串的虛中有實，實中又虛，帶給讀者以無限的欣喜，特別是末句「我含著淚要網盡雨聲」，該是天下所有漁夫靠海討生活者最動人最貼切的寫照。

如果說作者藉〈漁夫〉自況，亦無不可，看誰能在海闊天空波濤洶湧的環境裡，苦苦尋索自己的理想，創造一顆溫熱、悲憫而又皎潔的詩心。

何其芳（一九一二——一九七七）

預言

這一個心跳的日子終於來臨。
你夜的嘆息似的漸近的足音
我聽得清不是林葉和夜風的私語，
麋鹿馳過苔徑的細碎的蹄聲。
告訴我，用你銀鈴的歌聲告訴我
你是不是預言中的年輕的神？

你一定來自溫郁的南方，
告訴我那兒的月色，那兒的日光，
告訴我春風是怎樣吹開百花，
燕子是怎樣痴戀著綠楊。

我將合眼睡在你如夢的歌聲裡，
那溫馨我似乎記得，又似乎遺忘。

請停下來，停下你長途的奔波，
進來，這兒有虎皮的褥你坐，
讓我燒起每一個秋天拾來的落葉，
聽我低低唱起我自己的歌。
那歌聲將火光一樣沉鬱又高揚，
火光將落葉的一生訴說。

不要前行，前面是無邊的森林，
古老的樹現著野獸身上的斑文，
半生半死的籐蟒蛇樣交纏著，
密葉裡漏不下一顆星。
你將怯怯地不敢放下第二步，
當你聽見了第一步空寥的回聲。

一定要走嗎，等我和你同行，
我的足知道每條平安的路徑，
我可以不停地唱著忘倦的歌，
再給你，再給你手的溫存。
當夜的濃黑遮斷了我們，
你可以轉眼地望著我的眼睛。

我激動的歌聲你竟不聽，
你的足竟不為我的顫抖暫停，
像靜穆的微風飄過這黃昏裡，
消失了，消失了你驕傲之足音……
呵，你終於如預言所說的無語而來
無語而去了嗎，年輕的神？

鑑評

何其芳，原名何永芳，四川萬縣人，一九一二年生，一九七七年辭世。早年入上海中國公學預科，一九二九年開始發表少作，一九三一年進北京大學哲學系，一九三五年畢業後在中學任教。一九三六年與卞之琳、李廣田合出詩集《漢園集》，受到文壇注目。抗日戰爭爆發後回四川，創辦《四川文藝》雜誌，一九三八年夏到延安，任魯迅藝術學院文學系主任，一九四二至一九四七年，在重慶任《新華日報》副社長等職，解放後歷任全國文聯委員，作協書記處書記，一九五三年起，任中國社科院文學研究所副所長、所長，直到逝世。著有詩集《預言》、《夜歌》、《何其芳詩稿》、《何其芳文集》六卷等多種。

何其芳崛起於三十年代中國詩壇，其風格不同於當時以殷夫為代表的革命詩歌，更與以徐志摩為代表的浪漫主義詩歌有別，而這兩者則強調將詩人的情感加以強化和極化的表現，何其芳則相反，他不喜歡「囂張的感情」，他認為那樣比較做作，他追求的是對內心情感活動的真實，不僅忠於思想的內涵，也忠於感情的微妙。詩的全部功力就是表現在對情感無聲默默的發生和消失過程的「精緻的體驗」。作者早期的詩風傾向冷豔的色彩，感傷的情調，追求完美與精緻；後期（到延安後），則轉為熱情與明朗。

〈預言〉係何其芳的代表作，寫於一九三一年秋天，是一首深摯、婉曲令人靈光閃爍的抒情詩，讀後會讓人在夢中升起一朵燦爛的小花。作者運用每節六行的調子（全詩凡六節），一會是心跳的嘆息，一會是林葉和夜風的私語，一會是馳過苔徑的蹄聲，一會是火光將落葉的一生訴說，一會是虎皮的褥請你坐，一會是一步一個空寥的回聲。全詩就在這種探詢、關注、飄忽、疑神的過程中進行，頗有象徵主義側重捕捉感覺的優勢，追求「以耳代目」的音效。這首詩的特點是語言親摯，層次漸進，氣氛柔美、色彩冷豔，的確是作者當時「融情入景，化景為夢」攫取意象的佳作。讀詩，假如我們沒有心靈的翅膀，便無從追蹤一首詩作內在的奧祕了，〈預言〉所呈現的視聽之美，值得留意。

辛　笛（一九一二——二〇〇四）

孩子

藍的海
滿樹的檸檬
孩子不愛檸檬的酸味
卻說海有意思
一天長大了
要去乘船去追趕海浪的白帽
人家說地球是圓的
倒要相信它為什麼圓　圓到怎麼樣
你看　天就在海邊頭
伸一伸手臂
不就想戳破穹蒼的大幕？

孩子在沙上遊戲
跳方格子
揀石子　愛它們的五色
用貝殼畫畫玩
眼中千百個世界　千百個神奇
一時一世界

孩子仰問老人
老人笑了
「同是一隻橘子而已」

孩子去了
貝殼如故
天地惟一老人
坐對此光此海之圓之寂

手掌

形體豐厚如原野
紋路曲折如河流
風致如一方石膏模型的地圖
你就是第一個
告訴我什麼是沉思的肉
富於情欲而蘊藏有智慧
你更叫我想起
兩頰叢髭一臉栗色的水手少年
粗獷勇敢而不失為良善
鹹風白雨闖到頭
大年夜還是浪子回家

吉卜西女兒慣於數說你的面相

說那一處代表生命與事業
又那一處代表愛情與旅行
她編造出一套套宿命的故事
和二月百囀的流鶯比美
無非想賺取你高興中的一點慷慨
你若往往當真
豈不定要誤事

我喜歡你剛毅木訥而並非順從
在你中心
擺上一個無意義的不倒翁
你立刻就限制他以行動的範圍
灑上一匙清水
你立刻就凹成照見自己的湖沼
輕輕放下你時可以壓死蚊蚋蜉蝣
高高舉起你時可以呼吸全人類的熱情

唯一不幸的　你有一個「白手」類的主人
你已如頑皮的小學生
養成了太多的壞習慣
為的怕皮肉生繭
你不會推車搖櫓荷斧牽犁
永遠吊在半醒的夢裡
你從不能懂勞作後甜酣的愉快
這完全是由於嬌縱
從今我須當心不許你更壞到中邪
被派作風魔的工具
從今我要天天拚命地打你
打你就是愛你教育你
直到你堅定地懷抱起新理想
不再篤信那十個不誠實的
過於靈巧的
屬於你而又完全不像你的
觸鬚似的手指

鑑評

辛笛，原名王馨迪，江蘇淮安人，一九一二年生，幼讀私塾及南開中學，一九三一年入北京清華大學外文系，一九三六年留英，在愛丁堡大學研究英國文學，一九三九年回國，在上海光華、暨南兩大學任教，後在銀行界工作，解放後，曾任《中國新詩》月刊編委，詩歌音樂工作者協會上海分會負責人，國際筆會上海中心理事，作協上海分會理事。著有詩集《珠貝集》、《手掌集》、《辛笛詩稿》，另合著《九葉集》及書評散文集《夜讀書記》等多種。

辛笛，三十年代初出現於詩壇，是中國純正詩流一貫發展的代表，由於他對中國古典詩詞造詣頗深，同時又將西方現代詩風（如感覺主義等）融會貫通融入母體，形成他的風格精緻凝鍊，灑脫自然，特別是他置身的那個年代，作品中未曾沾染一絲普羅文學的氣息，當和他對詩的要求，強調「六感」，即真理感、歷史感、時代感、形象感、美感、節奏感不無關係。有人稱他為「開頂風船的詩人」，並非過譽。一九四八年星群出版社刊行的《手掌集》最為著名，收錄一九三三至一九四七年間的詩作，奠定他在四十年代我國詩壇的地位。該社編者對辛笛曾有如下的評述：「作者從事新詩創作已有十餘年，憑著他對人生體味的深切入微，憑著他精湛深厚的修養和熟練的表現手法，使他的詩有一個獨特的風格。他的詩裡沒有浮面的東西，沒有不耐咀嚼的糟粕，他把感覺的真與藝術的真，統一成一個至高至純的境界，使人沉緬其中低徊而忘返，他那柔和清新的筆觸，對於遣辭使字和內在的節奏都是十分完美的。」讀過他的詩，再來咀嚼這段文字，自會洞悉這些話絕非溢美之詞。

〈孩子〉作於一九三八年五月，為作者充滿童心童趣的詩作，一開始由檸檬的酸想到海，再由海浪的白帽（泡沫）想到地球的圓，接著伸一伸手臂就想戳破穹蒼。第二節形容海和貝殼「同是一隻橘子」，誠屬不可多得的比喻。而結尾「坐對此光此海之圓之寂」，乃全詩精華之所在，餘音嬝嬝，令人長憶。

〈手掌〉作於一九四六年六月，全詩充滿十分細緻的想像，風趣的比喻，彷彿一個長者與手掌對話，又像對待一個兄弟，生怕它會學壞生繭，誤入歧路。就是這一雙手掌，十指尖尖，網路縱橫如觸鬚，千頭萬緒，誰能把它看穿看透，由手掌而引發讀者思潮澎湃，諒非此詩作者當初始料所及。

徐　遲（一九一四——一九九六）

櫓

你沒入霧裡去的時候，我把你比做了櫓，櫓這樣搖曳的遠去了，沒入深霧裡去了。在美麗的河床上，須有更美麗的櫓的步伐的。水的花上，沾著霧，然而在這冬天的市街上，氣候凝固，你為什麼不借著這冰凍的掩映的夕暮的街燈之光，投我一個側影的魚似的視線呢？櫓的胴體上，抹著黃色的桐油；櫓是人魚，櫓是游泳的女郎——你是愛側游的嗎？我目送你，側往左，側往右，度水，度橋，在桅檣之影的林中隱沒入霧裡了。載著我的心的是你這美麗的船舶，而你這支美麗的櫓搖著了我的戀愛了。

鑑　評

徐遲，學名商壽，浙江吳興（現改為湖州市）人，一九一四年生，一九三一年秋考入蘇州東吳大學文學院，九一八事變，他棄學北上想去東北抗日，行至北京受阻，翌年赴燕京大學借讀，一九三四年開始發表詩作，抗戰期間，輾轉於上海、香港、桂林、重慶等地，致力於翻譯和詩歌創作。曾任《中原》編輯，解放後，一九五七至一九六〇年任《詩刊》副主編，而後定居武漢，任作協武漢分會副主席，主要精力從事報告文學的創作。著有詩集《二十歲人》、《最強音》、《美麗、神奇、豐富》、《共和國的歌》，詩論集《詩歌朗誦手冊》、《詩與生活》等。

詩人早期作品受西方現代派創作方法的影響，詩風柔美，給人一種很強的色彩感和繪畫感，抗戰後，他的詩從形式到內容起了明顯的質的變化，他從個人的感情世界走出，開始採拾表現廣闊的社會、戰爭和人民生活的苦難，關於藝術的表現難於在一時找到最恰當的形式，有些作品不免減弱了固有藝術的魅力。

〈櫓〉一詩寫於一九三四年，為作者廿歲時的少作。徐遲曾回憶指出，這首詩為早年聞一多主編的《現代詩鈔》所收錄，最近由長江文藝出版社刊行的八大冊《徐遲文集》也曾把本詩輯入。〈櫓〉以散文詩的形式出現，表面上寫櫓在水中操作的情形，實則寫自己的心情，寫自己當年盪漾在河上享受自然之美的感觸，其中不乏細膩的佳句：如「櫓的步伐，水的花上，沾著霧」，如「櫓的胴體上，抹著黃色的桐油……」，「櫓是人魚，你是愛側游的嗎」？一直到結語「你這支美麗的櫓搖著了我的戀愛了」。作者彷彿帶了一架運用自如的攝影機，一會兒仰觀，一會兒俯視，一會兒遠，一會兒近，把一路所見的風景都採拾到他小小的鏡頭裡，而後再加精心地挑選與剪接，使它的抒情畫面更加清晰、流麗而感人。

方敬（一九一四——一九九六）

夜

當我夜半乍醒時，
淒切而飄忽的蛩鳴，
輕盈地浸沒了大地，
浮起了寂寥，幽闊，
我探尋的心也沒有了邊際，
好像跟夜一樣寬廣。

發散著苦味的夜啊，
人生那樣短促，
而你卻那樣長！
我用失眠的眼睛凝視著，

你不動，你過去……，

驟急的陣雨紛紛問著你，
問著一個亙古的神祕，
我的幽情隨著雨水浸入土裡，
變成沉默的種子。
閃閃的飛螢，
我年青的歡欣啊！
野生的蓬蒿埋葬了荒地，
埋葬了青春和美麗。
永寂是一種貢獻，
白骨也有發光的燐質，
快建立起生命來，
用我們帶血跡的手。

長長的蓬蒿的夜，
蛩鳴的夜，我的夜，

先知的眼光穿透的夜啊！

鑑評

方敬，四川萬縣人，一九一四年生，一九三三年考入北京大學外語系，畢業後先後在四川、貴州等地中學和大學教書，並從事外國文學研究和翻譯，一九三八年加入中華全國文藝界抗敵協會，在重慶、桂林等地從事抗戰文藝活動。曾與何其芳、卞之琳等合編《工作》半月刊，主持出版《工作》文學叢書，一九四五年在貴州大學任教，並主編《大剛報》文藝副刊《陣地》，與人合編《時代周報》，一九四七年任重慶大學教授，曾任西南聯大副校長，四川省文聯副主席，中國作協四川分會副主席等職。著有詩集《雨景》、《聲音》、《行吟的歌》、《受難者的短曲》、《拾穗集》等。

在中國新詩史上，方敬是一位光的歌者，早年詩作〈等候〉中就有「我更等待著光」的詩句，其後，光的意象屢屢不斷出現在他的詩裡，不論是寒光、熱光、巨光、微光，它總給人以溫暖，以希望。他的詩風是精巧、是委婉、是素樸、是清冽，往往體現他一貫的藝術性格。

〈夜〉是他一九四二年六月十八日的創作，收入《行吟的歌》詩集中。像他的許多作品一樣，依然綻放的是一個幽微、真實、深情、令人鼓舞的世界。本詩從表面看，好像充滿一股幽怨、淒苦與無奈的情緒，實則他是藉夜的無所不在的眼睛觀察世界，關懷現實，以日常生活瑣瑣碎碎的點滴，來詮釋個人對生命的體悟，以及青春的悲嘆。「永寂是一種貢獻，白骨也有發光的燐質，快建立起生命來，用我們帶血跡的手」。乍讀這些詩句也許毛骨悚然，如果詳加考察，乃是作者的反諷。希冀所有讀詩的人能從作者犀利先知的眼眸中，感受螢飛閃閃的夜，所呈現的繽紛意象的喜悅。

田間（一九一六——一九八五）

義勇軍

在長白山一帶的地方，
中國的高粱
正在血裡生長。
大風沙裡
一個義勇軍
騎馬走過他的家鄉，
他回來：
　敵人的頭，
　掛在鐵槍上！

鑑評

田間，原名童天鑒，安徽無為人，一九一六年五月生，一九八五年八月因病辭世。初中畢業後考入省立蕪湖七中就讀，一九三三年考入上海光華大學外語系，一九三四年加入中國左翼作家聯盟，參與編輯《新詩歌》，一九三七年春東渡日本，抗戰爆發回國，一九三八年參加八路軍西北戰地服務團，到延安後發起街頭詩運動，發表大量詩歌，激化抗日情緒，被聞一多譽為「擂鼓詩人」。解放後，曾任《詩刊》編委，中國作家協會會員，中國作協顧問。著有詩集《未明集》、《中國牧歌》、《給戰鬥者》、《田間詩抄》等多種。

在我國新詩發展史上，田間曾是一位相當有成就具有一定影響的詩人，三十年代初，他帶著《中國牧歌》步入詩壇，年輕熱情的聲音，給人一新耳目；抗戰期間，《給戰鬥者》，激動過不少讀者，簡短的詩行，急促的節拍，傳達那個苦難戰鬥年代的心聲。但他的中後期詩作，由於過分白描，缺乏錘鍊，從而被人指摘粗製濫造，以致詩譽受損，頗為令人惋惜。

〈義勇軍〉一詩，寫於一九三八年，中國正值全面對日抗戰，這首小詩是一幅斬釘截鐵的素描，作者大力塑造一個義勇軍昂然的身姿，節奏鏗鏘，琅琅上口，誠不知鼓舞了多少年輕人的心魄，毅然投入那場驚天動地捍衛堂堂中華的聖戰，其中像「中國的高粱，正在血裡生長」之句，以高粱的色澤，暗喻血染的土地，極富象徵之美，令人悚慄。

陳敬容（一九一七——一九八九）

海

我給你以我的凝望，
無言的大海，
我的凝望裡有盛夏。灼熱的驕陽
有時又冰冷，冰冷
像冬夜哭泣的月亮。

我的眼緘默地
啜飲你滿滿的綠意，
而我的雙足隨著帆影
徜徉在你遙遠的邊際。

有一天我將關上我的窗，
（我將收疊起夢的翅膀）
在黃昏裡靜靜躺臥，
聽你，聽你的波濤講述
一些雲霧中的遠方。

我這樣每天數著
手中閃銀的貝珠，
當我數完了最後一粒
為我歌吧，海，
我的倦眼將沒入
你的豐滿的深碧。

鑑評

陳敬容，曾用筆名藍冰、文谷等，四川樂山人，一九一七年生，一九八九年辭世。一九三五年曾在清華大學、北京大學短期旁聽，同時自學中外文學，並在報刊陸續發表詩和散文，四〇年代當過中小學教員及編輯，一九四八年與辛笛、杭約赫、唐祈、唐湜等共同創編《中國新詩》

月刊，一九五六年曾任《世界文學》編輯，一九六五年任《人民文學》編輯。著有詩集《盈盈集》、《交響集》、《老去的是時間》、《遠帆集》。

她從三十年代出現於詩壇，半個世紀以來，一直嚴肅地從事寫詩、譯詩、論詩和編詩。她是「九葉派」的女詩人，風格多樣化，時而明快，時而沉鬱，時而灑脫自如，時而凝鍊深沉，她的詩深受古典詩詞和西方詩歌的影響，常從生活的表層進入較深刻的哲學境界，但也有直接切入現實世界的一面，緊緊抓住時代的脈搏，通過形象，快速捕捉真實生活和內心感受的片段，敏銳而有力。

〈海〉是陳敬容的早期詩作，寫於一九四二年六月，作者企圖通過細膩的觀察，把一己平時凝聚某些對海的種種感受，剪取其中最精華的部分，藉清逸的文字，對比的手法，以四種不同的形象，透過「火與冰」（第一節），「近與遠」（第二節），「虛與實」（第三節），和「久與暫」（第四節）的詮釋，完成一篇情景交融、耐人尋索的詩篇。

鄒荻帆（一九一七——一九九五）

花與果實

玉蜀黍

時候已經不早了，
你還擁著綠色的被衾
軟髮披散在被衾的邊際……
起來罷
慵懶的人
我要揭開你的被衾了，
呵，什麼事呀？
你伏在被衾裡哭泣
你的每粒玉屑一樣的牙齒縫裡

為什麼含恨地咬緊著髮絲？

喇叭花

藍色的紅色的喇叭花，
你攀著樹
像抱著牢不可拔的信念一樣
向前進罷，
像一個黎明的吹號者
爬上最高的山峰
吹起黎明的號角呵。

桃

在你有著孩子的
或者少女的面頰一樣色彩的時候
人們剝奪了你的肉皮，
於是貪婪者滿足了

鄙視地投落你的核，
你
從泥濘中
與堅硬的砂土中扎掙著，
終於你站穩了腳跟
向天空舉起歡呼的手……

鑑評

鄒荻帆，湖北天門人，一九一七年生，三十年代開始發表詩作，一九三七年參加中華全國文藝界抗戰協會，次年在湖北師範學校畢業，曾在大別山區文化團服務，一九四〇年進入重慶復旦大學外文系學習，與綠原、曾卓等創辦《詩墾地》詩刊，一九四八年到香港任報紙副刊編輯，參與民主進步運動。解放後曾在《文藝報》、《世界文學》任職，後接任《詩刊》副主編、主編。中國作家協會會員。著有詩集《祖國抒情詩》、《金塔一樣的麥穗》，《都門抒情》、《塵土集》、《鄒荻帆抒情詩》及詩論集《詩的欣賞與創作》等多種。一九九五年九月五日清晨，在北京協和醫院因病辭世。

鄒荻帆崛起於三十年代，在詩歌觀念、藝術風格和創作活動上，曾與「七月派」詩人有密切關係，不過，在一九五五年「胡風反革命集團」案中並未罹難。他早期的詩以家鄉人民的苦難生活為題材，五十年代以後，作品內容廣泛，寓政治的抒情和議論，於詩意的生活畫面和舒緩自如的感情宣洩之中。作者曾說：「一個作者在整個寫作經歷中，不必執著於只寫一種題材，藝術表現的形式，也可以是多樣的，即應寫抒情詩，也可以寫敘事詩，乃至諷刺詩。大方向不脫離時代和人民，而又有真情實感」。以上觀點似乎也成為他一生創作的指標。

〈花與果實〉原為組詩，特選其中三首。作者先從「玉蜀黍」的外形入手，緩緩訴說，輕輕探問，如面對情人的挑逗，輕俏而有趣。「喇叭花」，寫實而豁達，把它比作黎明前進的號角，至為允當。「桃」的外貌恰似少女的面頰，被人啃咬之後丟棄的核，則化為指向天空的手，寫法相當特殊，自外向內，由生到滅，隱隱然預示花開、花謝之定律，實則萬物最終的命運莫不歸於塵土，花與果豈能例外。

穆　旦（一九一八——一九七七）

森林之魅
——祭胡康河谷上的白骨

森林：

沒有人知道我，我站在世界的一方。
我的容量大如海，隨微風而起舞，
張開綠色肥大的葉子，我的牙齒。
人看見我笑，我笑而無聲，
我又自己倒下來，長久的腐爛，
仍舊是滋養了自己的內心。
從山坡到河谷，從河谷到群山，
仙子早死去，人也不再來，

那幽深的小徑埋在榛莽下，
我出自原始，重把祕密的原始展開

那毒烈的太陽，那深厚的雨，
那飄來飄去的白雲在我頭頂，
全不過來遮蓋，多種掩蓋下的我
是一個生命，隱藏而不能移動。

人：

離開文明，是離開了眾多的敵人，
在青苔藤蔓間，在百年的枯葉上，
死去了世間的聲音。這青青雜草，
這紅色小花，和花叢裡的嗡營，
這不知名的蟲類，爬行或飛走，
和跳躍的猿鳴，鳥叫，和水中的
游魚、蟒和象和更大的畏懼，
以自然之名，全得到自然的崇奉，

無始無終，窒息在難懂的夢裡，
我不和諧的旅程把一切驚動。

森林：

歡迎你來，把血肉脫盡。

人：

是什麼聲音呼喚？有什麼東西
忽然躲避我？在綠葉後面
它露出眼睛，向我注視，我移動
它輕輕跟隨。黑夜帶來它嫉妒的沉默
貼近我全身。而樹和樹織成的網
壓住我的呼吸，隔去我享有的天空！
是飢餓的空間，低語又飛旋，
像多智的靈魅，使我漸漸明白

它的要求溫柔而邪惡，它散布
疾病和絕望，和憩靜，要我依從。
在橫倒的大樹旁，在腐爛的葉上，
綠色的毒，你癱瘓了我的血肉和深心！

森林：

這不過是我，設法朝你走近，
我要把你領過黑暗的門徑；
美麗的一切，由我無形的掌握，
全在這一邊，等你枯萎後來臨。
美麗的將是你無目的眼，
一個夢去了，另一個夢來代替，
無言的牙齒，它有更好聽的聲音。
從此我們一起，在空幻的世界游走，
空幻的是所有你血液裡的紛爭；
一個長久的生命就要擁有你，
你的花，你的葉，你的幼蟲。

祭歌：

在陰暗的樹下，在急流的水邊，
逝去的六月和七月，在無人的山間，
你們的身體還掙扎著想要回返，
而無名的野花已在頭上開滿。

那刻骨的飢餓，那山洪的冲激，
那毒蟲的嚙咬和痛楚的夜晚，
你們受不了要向人講述，
如今卻是欣欣的林木把一切遺忘。

過去的是你們對死的抗爭，
你們死去為了要活的人們生存，
那白熱的紛爭還沒有停止，
你們卻在森林的周期內，不再聽聞。

靜靜的，在那被遺忘的山坡上，

還下著密雨，還吹著細風，
沒有人知道歷史曾在此走過，
留下了英靈化入樹幹而滋生。

鑑評

穆旦，原名查良錚，另有筆名梁真，浙江海寧人，一九一八年生，一九七七年二月辭世，幼年在天津南開中學讀書時，熱愛文學並開始寫詩，一九三五年考入清華大學，抗日戰爭爆發，隨校到長沙和昆明，一九四〇年於西南聯大外文系畢業，一九四八年赴美國芝加哥大學攻讀英美文學，一九五一年獲碩士學位，一九五三年起任南開大學外語系副教授，寫詩並從事翻譯。著有詩集《探險隊》、《旗》、《穆旦詩集》、《九葉集》（合集）及翻譯普希金的詩七卷等等。

在四十年代，穆旦的詩創作處於高潮，頗能表現「中國現代知識分子令人痛苦的自覺性」（袁可嘉語），他對於民族、歷史、時代的審察，常常深入到對自己內心的剖析與自我的反省，不同的是穆旦提出了充滿「積憤」的控訴，而不僅僅是嘆息和迷惘。對人生的追尋使他關注社會，而且以詩表現出相當深刻的諷喻力量，他也追求知性與感性的融合，官能感覺與抽象觀念的「嫁接」，把詩思知覺化乃至形象化。他是四十年代崛起的「九葉派」重要詩人之一。何謂「九葉派」？實則包括辛笛、杜運燮、袁可嘉、杭約赫、唐祈、唐湜、陳敬容、鄭敏、穆旦曾合出一本《九葉集》而聞名。他們早期詩作大多憂時傷世，力求古典與現代相結合；近期則開拓視野，於質樸之中，尤為強調繁複的意蘊。

〈森林之魅〉，寫於一九四五年九月，副題標明是祭胡康河谷上的白骨，顯然是一首悼亡詩。全詩以「森林」和「人」展開一問一答的自白式對話，理路清晰、語調悠柔，頗能表達出一種對死者安安靜靜悼念的哀傷。從表面上看，好像是一無遮攔的平原，實則到處都是丘陵，令人目不暇給。詩中不乏作者特別捏塑的風景：諸如「我的容量大如海，隨微風而起舞」（第一節）、「在百年的枯葉上，死去了世間的聲音」（第二節）、「歡迎你來，把血肉脫盡」（第三節）、「樹和樹組成的網，隔去我享有的天空」（第四節）、「空幻的是所有你血液裡的紛爭」（第五節），及「沒有人知道歷史曾在此走過」（末節），全詩構思精巧，意象縱橫，寓高度情趣於親摯而有層次的對白之中，令人流連。

鄭　敏（一九二〇——）

白楊的眼睛

（白楊樹幹上經常有眼睛狀的疤痕，
那是鋸下枝條後留下的）

那粗壯的白楊樹幹
長了多少隻美麗的眼睛
它們朝著林蔭裡
交叉雜錯的小徑凝視和
守望：向東，向西……
你忽然盯著那大大的瞳孔，
（是去冬留下的疤痕，
當護林人鋸去一隻樹臂，）

它彷彿在問：
我們曾經相逢嗎？
在這幽幽的下午，
當太陽的影子濾過層層新葉，
你從哪裡來，帶來了什麼消息？
寧靜的，明亮的，疑問的眼睛
你絆住了行人的腳步，
用那人面獅身的問題。
我在搜索自己的記憶
終於在那混沌的海洋底，
那堆滿塵埃的閣樓上，
找到了一顆兒時遺忘在那裡的珍珠。
美麗的大眼睛，
你現在變得這樣溫柔了，
你讓一個沒有忘記純潔的白雪
　　沒有忘記冬天的寒冷
一個渴望吮飲你的綠色的人

繼續走入你的林徑的迷茫中。

鑑評

鄭敏，福建閩侯人，一九二〇年生，一九三八年先後在南京女子中學、重慶南渝中學就讀，一九四〇年考入西南聯大外文系，後轉入哲學系，一九四三年畢業後赴美留學，入布朗大學，一九五〇年轉入伊利諾州立大學研究院，一九五一年獲英國文學碩士學位，一九五六年回國，在中國社科院文學研究所工作，後任北京師範大學外語系英美文學教授。著有《詩集》（一九四二—一九四七年）、《尋覓集》、《九葉集》（合集）、《早晨，我在雨裡採花》及翻譯英美詩、戲劇集等多種。

鄭敏為「九葉派」代表詩人之一，她的詩深受德國詩人里爾克的影響，西方音樂、繪畫的熏陶，善於從客觀事物深入哲理境界，在詩中注意雕塑感和油畫的效果，以連綿不斷的新穎意象表達蘊藉含蓄的意念，通過氣氛的渲染，構成一幅想像繽紛的圖景。

〈白楊的眼睛〉，從篇首的說明，可以感知樹木被伐後的十分尷尬的景象，而本詩的著力點，無非為那棵粗壯的白楊，不知被砍伐了多少次，悉心勾勒出它的無奈與期許。作者以樹木被鋸所留下大小不等的疤痕，指出它就是樹的最美麗的眼睛，誠然是十分突出的比喻，讓讀者從她所鋪陳的十分跳動的景象中，不知不覺悄然進入一個全然臆想的世界：

是去冬留下的疤痕，

當護林人鋸去一隻樹臂，
它彷彿在問：
我們曾經相逢嗎？

在這樣清明的絮語中，作者面對那棵傷痕累累的白楊，實則也是觸及往昔諸多不順遂的影像，它豈只是失去一隻臂而已。作者在本詩中不經意地彈出一些些弦外之音，是否更值得追索，以此而觀，如果絕然界定它是一首純美的抒情詩，不如說它是一首別具機智的諷刺詩，似乎更為恰當。

曾　卓（一九二二——二〇〇二）

鐵欄與火

虎在籠中旋轉。

虎在狹的籠中
沉默地
　旋轉，
低聲地
　咆哮，
不理睬籠外的嘲弄和施捨。
它累了，俯臥著。
鐵欄內，

一團燦爛的斑紋
一團火！

站起來，
兩眼炯炯地閃光，
鋒銳的長牙露出，
撲出去的姿勢
使籠外發出一片驚呼！

它深深地俯嗅著
自己身上殘留的
草莽的氣息。
它懷念：
大山、森林、深谷……
無羈的歲月
莊嚴的生活。
深夜，

它撲站在欄前。
它的凝注著悲憤的長嘯
震撼著黑夜
在暗空中流過，
像光芒
　流過！

鐵欄鎖著
火！

鑑　評

曾卓，原名曾慶冠，湖北武漢人，一九二二年生，一九三九年開始在重慶、桂林等地報刊發表詩作，一九四〇年與鄒笛帆等創辦《詩墾地》，加入中華文藝界抗敵協會，一九四三年考入中央大學歷史系，一九四四年參加《詩文學》的編輯工作，一九四七年大學畢業，回武漢主編《大剛報》副刊《大江》，一九五〇年後，曾在湖北教育學院、武漢大學任教，後又任《長江日報》副社長等職，一九五五年因「胡風集團」案，被錯誤地投入獄中，著有詩集《門》、《母親》、《懸崖邊的樹》、《老水手之歌》，以及散文、評論等。

曾卓第一首詩發表於三十年代，到一九四四年，是他創作的第一個階段，以後有一段相當長時間的沉默，由於一九五五年突然來襲的風暴，「迫於一種沉重的激情」而重新提筆，五十到六十年代的一段時間，他被囚於一間小屋，他用默記代替寫作來紓解內心的痛苦。他曾自喻是一棵懸崖邊的樹，藉以凸顯他所處的那個沉重年代的剪影。比起綠原一度的冷峻與苦澀，曾卓有其溫馨的一面，或如牛漢所云：「他的詩即使是遍體鱗傷，也給人帶來溫暖和美感。」

〈鐵欄與火〉一詩，寫於一九四六年，本詩採取相當新穎的象徵手法，突出那隻「虎」的十分強烈鮮明的身影。一開頭「虎在籠中旋轉」，顯然牠是受制於狹小空間，而不得不屈服。從第二節到第三節，則側寫虎的種種型態，不論旋轉、咆哮、俯臥、兩眼炯炯發光，以及長嘯，牠又怎能衝破眼前的牢籠？全詩通過簡潔有力的筆觸，活生生的意象，展示一隻動物不屈服的意志，而詩尾更熱烈宣告「鐵欄鎖著，火」，這團「火」勢必熊熊燃燒，摧毀一切的黑暗，誰敢大言炎炎，把它鎖住？

不久前筆者從一篇詩評中得悉，作者寫作本詩的動因，是為一位被冤獄的友人，那麼這隻「虎」當然是另有所指，可見一首品質優異的詩作，其象徵性的寓意自然加大，而無法界定。

綠　原（一九二二——二〇〇九）

小時候

小時候
我不認識字
媽媽就是圖書館

我讀著媽媽——

有一天
這世界太平了
人會飛……
小麥從雪地裡出來……
錢都沒有用……

金子用來做房屋底磚
鈔票用來糊紙
銀幣用來飄水紋……

我要做一個流浪的少年
帶著一只鍍金的蘋果
　一只銀髮的蠟燭
　和一隻從埃及國飛來的紅鶴
旅行童話
去向糖果城的公主求婚……

但是
媽媽說
現在你必須工作

鑑評

綠原，原名劉仁甫，曾用筆名劉半九，湖北黃陂人，一九二二年生，一九三八年流亡到重慶開始寫作，一九四二年在復旦大學讀書時，與鄒荻帆、曾卓等人合編《詩墾地》詩刊，後在四川、湖北等地教英語，解放後曾任《長江日報》文藝組副組長，後任中共中央國際處組長，人民文學出版社副總編輯等職。著有詩集《童話》、《又是一個起點》、《集合》、《人與詩》、《人與詩續篇》、《另一只歌》及詩論集《蔥與蜜》等多種。

綠原崛起於四十年代詩壇，他的第一本詩集《童話》，是於一九四二年列入「七月文叢」，由桂林生活書店出版。這些詩，在現實的陰冷中，卻還保有少年的純真與童趣。其後面對嚴酷的現實和對社會更深刻的瞭解，使他逐漸離開純真甜美的詩風，而寫下一批面對現實、切中時弊的政治抒情詩。一九八一年，他將自己的作品以《人與詩》為書名，分正集和續集出版，這兩部詩集在時間跨度上有四十年之長的自選集，除了選錄四十年代的作品，還有一些在喑啞日子偶然寫下的篇章和復出後的詩作。無論「不得不唱」還是重新歌唱，綠原對詩所持的信念依然把它看作實現某一莊嚴目標的手段。一度他的詩作有過分「理念化」和「書卷氣」的傾向。晚近詩風則有新的變化，不論選材、表現更走向自然、淡泊、哲思，化日常生活片斷於貌似信手拈來的吟詠中。

穿越時間的微塵，今天的論者，大都認為《童話》詩集是綠原最重要的作品，其中大都流溢著年輕人不羈的夢想。借用瘂弦的話則是「語言清澈，節奏明快，彷若流麗自然的天籟」，〈小時候〉就是顯例。作者以天真爛漫的想像，少年人的口吻，輕輕一揮而就。一開頭「媽媽就是圖書館」，讓讀者的眼睛一亮，接著下面幾節都是從創造童趣的意念出發：「人會飛、金子用來做房屋底磚，銀幣用來飄水紋……」，真是天真爛漫，質樸可愛之至。在台灣五十年代崛起詩壇的楊喚，論者均認為不論在精神上、語法上，其源頭均來自綠原。當筆者於一九八八年秋在北京與他首次會晤，曾就這個問題向他請教，綠原則一口否認楊喚曾經向他借過火，一個老詩人的謙遜之情，令人印象深刻。

卷二

域外篇

（一九四九—二〇一七）

牛　漢（一九二三——二〇一三）

華南虎

在桂林
小小的動物園裡
我見到一隻虎。

我擠在嘰嘰喳喳的人群中，
隔著兩道鐵柵欄
向籠裡的老虎
張望了許久許久，
但一直沒有瞧見
老虎斑斕的面孔
和火焰似的眼睛。

籠裡的老虎
背對膽怯而絕望的觀眾，
安詳地臥在一個角落，
有人用石塊砸它
有人向它厲聲呵斥
有人還苦苦勸誘
它都一概不理！
又長又粗的尾巴
悠悠地在拂動，
哦，老虎，籠中的老虎，
你是夢見了蒼蒼莽莽的山林嗎？
是屈辱的心靈在抽搐嗎？
還是想用尾巴鞭擊那些可憐而可笑的觀眾？

你的健壯的腿
直挺挺地向四方伸開，

我看見你的每個趾爪
全都是破碎的，
凝結著濃濃的鮮血！
你的趾爪
是被人捆綁著
活活地鉸掉的嗎？
還是由於悲憤
你用同樣碎的牙齒
（聽說你的牙齒是被鋼鋸鋸掉的）
把它們和著熱血咬碎……

我看見鐵籠裡
灰灰的水泥牆壁上
有一道一道的血淋淋的溝壑
像閃電那般耀眼刺目！

我終於明白……

羞愧地離開了動物園。

恍惚之中聽見一聲
石破天驚的咆哮，
有一個不羈的靈魂
掠過我的頭頂
騰空而去，
我看見了火焰似的斑紋
火焰似的眼睛，
還有巨大而破碎的
滴血的趾爪！

・一九七三年六月，咸寧

鑑評

牛漢，原名史成漢，又名牛汀，曾用筆名谷風，山西定襄人，一九二三年生，曾就讀於西北大學外語系。一九四一年開始發表詩作，旋以長詩〈鄂爾多斯草原〉引起文藝界注目，以後陸續在《詩創作》、《詩墾地》、《泥土》等刊物上發表作品。曾編輯文藝期刊《流火》、《文藝周刊》。一九五四年以後，一直在人民文學出版社工作，曾任詩歌散文組長，《新文學史料》主編等職。現為中國作家協會會員。著有詩集《彩色的生活》、《在祖國的面前》、《溫泉》、《海上蝴蝶》、《蚯蚓和羽毛》、《牛漢抒情詩選》等多種。

牛漢於六、七十年代，曾創作不少詩篇，它們大都收在復出後的詩集《溫泉》、《蚯蚓和羽毛》等幾部詩集中。這批詩大都成於一個沒有詩意的環境和年代，大家都以為詩已經斷了氣，綠原在牛漢的《蚯蚓和羽毛》一書的序中說：「記得那時，他拉了一天裝載千斤以上的板車，或者扛了一天每袋一百多斤的稻穀，回來總要氣咻咻地告訴我，他今天又尋找了，或者發現了，或者捕捉了一首什麼樣的詩。」這些詩作「為我們留下了一個時代痛苦而崇高的精神面貌。」對於誕生這些詩作的背景，牛漢解釋說：「在古雲夢澤勞動了整整五年（一九六九年九月到一九七四年十二月），大自然的創傷與痛苦觸動了我的心靈。」而從牛漢後期的詩作中：「我們可以更多地看到，一個充滿痛苦與歡樂的『人的世界』。」對於詩人自己也不是外在於他的異物，一己的審美經驗，由於化作了族群整體的存在，也就成為自由的確證。「歷史性浩劫帶給人類以傷疤，但牛漢心靈的血跡凝聚於筆端，則成了對人生哲理和人生徹悟的冥想」（楊匡漢語）。

〈華南虎〉，寫於一九七三年，正是十年動亂中，在「四人幫」的專制氣焰下，那個令人透不過氣來的被壓抑的年代，大多有良知的知識分子，都在為生存的權利而抗爭，本詩以擬人化的手法，借華南虎表面並不十分凶猛的外貌，寓示「一個不羈的靈魂」騰空凌雲而去的身姿。全詩繪聲繪影，一層一層由內向外進逼，你瞧，那隻遍體鱗傷受盡屈辱的虎，恍如德國詩人里爾克在巴黎動物園中寫的〈豹〉那樣，〈一千條鐵欄柵之後便沒有宇宙〉同樣的迷惘、困惑與傷悲。而牛漢獨有的創作方法，習用浪漫主義和現代主義的諸多技巧，不是在本詩中得到了相當具體確切的印證？

孔　孚（一九二五——一九九七）

帕米爾（組詩）

巨顱

三百萬年滴落
前額冷冽如故

心思漠漠
聽腳步走過

札達速寫

太陽凍僵了
臉色蒼白

一株白楊
在看風景

高原夜

1

連星星也不見
墨氣把時間也淹沒了

2

寂滅之深淵
宇宙孵卵

高原月

聖湖馬法木錯漾了

山鬼們鳥獸散了
一頭牦牛
反芻著光

鑑評

孔孚，原名孔令桓，山東曲阜人，一九二五年四月一日生，大學畢業前後，曾教過中學、師範，長期任大眾日報文藝編輯，一九七九年調山東師範大學，從事新詩研究工作。著有詩集《山水清音》、《山水靈音》、《孔孚山水．峨嵋卷》、《孔孚山水詩選》，詩論集《遠龍之捫》等。曾獲首屆山東泰山文藝創作獎一等獎，山東省優秀圖書一等獎。

孔孚的創作年代甚長，他一直盡情徜徉於好山好水之中，吳開晉在〈中國當代詩歌與東方神祕主義〉一文，曾對孔孚有相當清晰的介紹。他說：「具備東方神祕主義特色，具有自己詩論主張的是山水詩人孔孚，他雖在八十年代末有系統地提出了東方神祕主義的詩學主張，但早在七十年代末復出後的山水詩作中就進行了這方面的藝術實踐，孜孜不倦地創造著他的「遠龍」。初期寫嶗山、泰山、大海中的山水詩，還比較淡遠，清悠，以後寫廬山、黃山、峨嵋山、帕米爾高原的詩，就愈來愈帶神祕色彩。以孔孚山水詩為代表的東方神祕主義詩派，是「追求隱逸、含蓄、空靈和對意象的淡化」，具體說，即「一是指感情的匿藏，不像浪漫主義詩派那樣淋漓盡致地抒情，把感情隱進具體意象中；二是指具體物象的簡約或省略，給讀者留下更多的思索空間。」而孔孚自己則強調「靈視、靈聽、靈覺」，也就是超出自己肉體感覺之外的全心靈的感官活動。希冀達至司空圖的「韻外之致、味外之旨、象外之象、景外之景」的境界。

〈帕米爾〉組詩一共選錄四首，即〈巨顱〉、〈札達速寫〉、〈高原夜〉和〈高原月〉。每首均為四行，符合了作者所崇尚的「簡約」原則。孔孚曾自述：「我的詩可謂之減法。減而又減、以致於零」。作者運用語言，的確精省又精省，從而構成他詩作最大的特色。而〈巨顱〉的動靜對比，〈札達速寫〉的冷暗色調，〈高原夜〉的無我之境，以及〈高原月〉的詭異氣氛，在在形成他獨具的空靈、冷雋與神祕之美的綜合。

張志民（一九二六——一九九八）

中國，用紙糊起來了

中國——
用紙糊起來了！
糊啊！糊啊！
糊滿天空，糊滿大地
糊滿街巷，糊滿樓台
不管怎麼說，
紙糊的中國
總不如紙糊的老虎
更有氣魄。

麵粉，用車拉，

漿糊，用人抬，
沒飯吃，不怕！
中國人最能緊褲帶。
刷！一張張的刷！
蓋！一層層的蓋！
中國，確實被糊得
結結實實，風雨不透！
需要當心的
只是——
一根火柴……

·寫於一九八六年《一組舊鏡頭》之一

鑑評

張志民，河北宛平人，一九二六年生，一九三八年參加革命，在部隊從事文宣工作，一九四二年開始寫詩，一九四七年參加華北農村土地改革運動，以大眾語言和民歌形式創作了反映農民苦難與翻身喜悅的長詩〈王九訴苦〉、〈死不著〉，翌年創作了〈野女兒〉和〈歡喜〉。

解放後，曾任北京市作家協會副主席，《詩刊》主編等職。著有詩集《將軍和他的戰馬》、《金玉記》、《家鄉的春天》、《社裡的人物》、《西行剪影》、《江南草》、《張志民詩選》，詩論集《詩說》等多種。

張志民五十年代時期的詩作，大部反映北方農村在社會主義建設時期的人物和風貌，六十年代以後，如《西行剪影》，則以牧歌的方式抒情，運用樸實的北方農村口語，二行一節的民歌體形式，勾勒帶有喜劇色彩的人物面影，雖富生活氣息，由於對現實的虛飾美化，其作品的生命力似嫌薄弱。張志民力圖在個人的創作中，重現民間詩歌的美學理想，值得鼓掌，但真正的民間創作是不能因襲的，詩人惟有在借鑑中吸取滋養，以活潑其持續的創造力。從一九七六年十月到一九七八年底，是大陸新詩創作的恢復階段，由於從長達十年的嚴酷禁錮中得到解放，曾經備受摧殘以致荒蕪的詩壇，漸漸走向復蘇，詩的形式和內容，大致上是「天安門詩歌」的繼續，在歷史的大轉變中，人民一度窒息的心靈開始綻放，感情的閘門突然開啟，一時充滿大悲痛與大歡樂的詩篇連連推出，張志民的〈邊區的山〉（一九七八年一月），豪邁的歌聲豁然登場。當時廣大的讀者對於詩的喜愛，並非完全取決於審美觀念，一些直接錘擊喚醒人心的詩作，依然能產生廣泛的共鳴。

張志民一直以寫實的筆觸唱自己的歌，企盼從小我出發，喚起大我的情懷。〈中國，用紙糊起來了〉，就是最好的明證。本詩淺白暢曉，詩思通達，頗有一清見底的感覺，好像沒有峰迴路轉的餘韻，但當你仔細玩味，它依然平中見奇，淡中有味，從某些短捷有力的語意中，更可鑑照作者中國情懷的熾烈，以及展示輕輕反諷的效果。

公　劉（一九二七——二〇〇三）

誰曾聽見過那聲音

日落了
誰曾聽見過那聲音
月落了
誰曾聽見過那聲音
站著的坐著的躺著的走著的跑著
的銹著的怒目圓睜的咬牙切齒的
弓身躲藏的
都像風中的木葉
落了，落了，全落了
可誰又曾聽見過那聲音
——除卻我這顆琴弦一般

猝然綳斷的
心

鑑評

公劉，原名劉仁勇，又名劉耿直，江西南昌人，一九二七年生。一九四六年大學時代開始寫詩，曾任全國學聯刊物《中國學生》編輯，香港《文匯報》副刊編輯，一九四九年參加人民解放軍，歷任二野新華四分社編輯，雲南軍區《國防戰士報》編輯，中央軍委政治部創作室創作員，一九七六年後任安徽文學院院長，《詩探索》、《文學》編委，中國作家協會會員。著有詩集《邊地短歌》、《黎明的城》、《在北方》、《仙人掌》、《離離原上草》，詩論集《詩路跋涉》、《詩與誠實》等。

公劉初期的詩作，顯露他對新生活的熱情與敏感，且大多是雲南邊疆生活體驗的投影。他寫紅色的圭山，寫到處充滿音樂，充滿陽光，充滿生命躍動的猛罕平原，寫藍玻璃一樣清澈的瀾滄江。他的詩裡有撒尼人的軍號聲，佧佤人的木鼓聲，有民族仇殺的血淚所灌滿的池塘，也有岩可、岩角的舞蹈和贊哈的誦詩。一九五七年出版的《在北方》，公劉則說：「在匆忙中，我失落了葉笛，但北方送給我嗩吶」，於是他把南方的「夢幻情思」與北方「棕色土地」的廣袤、雄渾相結合，這一時期，他是由對生活的具象描寫出發，循著理性思維的邏輯發展，由實到虛，由感性而哲理。……八十年代以後，詩體形式的變化和革新，以及向傳統回歸的跡象，逐漸加強，其中藝術風格的「單純、明淨、典雅」，成為不少詩人追求的目標，公劉也致力於此，且把注意力放在現代漢語與文言詞語句式之間的結合上，那種質樸的，經過詩人特別選擇、提煉的平淡的詞語和句式，反而更有助於表現現代人那種錯綜複雜的心理狀態與生活的節奏。

〈誰曾聽見過那聲音〉是公劉一九八九至一九九〇年間的作品，顯然這首詩在表現手法上已經具有相當的現代感。作者以日落、月落，來追問誰曾聽見過那聲音，接著是站、坐、躺、跑，以及怒目圓睜、咬牙切齒的聲音，它們俱像木葉一樣蕭蕭的落了。最後突然靈光一閃，那猝然爆烈的卻是自己一顆琴弦般的「心」。讀者展讀至此，頗有惶惶而不能自己的感覺。俄頃間也使筆者乍然想及韓愈的〈湘中〉弔屈原詩，「空聞漁父叩舷歌」那種空泛悽然的興味。假如詩人無法體察當年世事的詭異，他又怎能很清脆的聽到那許許多多光怪陸離的聲音！

白　樺（一九三〇——）

一片秋葉

我從遙遠的地方飄來，
落在一棵小樅樹的腳下；
也許這是我生命的最後一個弱音，
曾經是一支長長的幸福的悲歌。
我再也不能返青了，
只會越來越憔悴。
像一顆流著血的赤誠的心，
在寒風中撲撲跳動。
我將留在你常綠的枝葉下，
任雪花漫天飛舞。
一個春天的夢，

在我心中升起。
當生命、夢和冰雪同時消溶的時候，
掛在你每一根針葉上的都是淚嗎？

鑑 評

白樺，原名陳佑華，河南信陽人，一九三〇年生於一個地主家庭，一九三八年故鄉淪陷，一九三九年父親被日軍活埋。斷續求學於飢寒交迫中，潢川中學初中畢業後正逢抗戰勝利，入信陽師範學校藝術科，一九四七年加入人民解放軍，參加洛陽、平漢、豫東、淮海及江南諸戰役，在軍中從事文宣工作。一九五三年起先後在昆明軍區、西南軍區、總政治部任創作員，一九五八年劃為右派，在軍工廠當鉗工，一九六一年在上海海燕電影製片廠任編劇，一九六四年重新入伍，在武漢軍區任創作員。一九六六年文革開始被剝奪自由，一九七六年始繼續發表作品，文改十年不斷遭到批判，如電影「今夜星光燦爛」、「苦戀」及話劇「吳王金戈越王劍」等事件。現為中國作家協會會員。著有詩集《金沙江的懷念》、《鷹群》、《孔雀》、《熱芭人的歌》、《白樺的詩》、《情思》、《白樺十四行抒情詩》等多種。

白樺創作於五十年代初期，他的詩當時明顯有西南詩人群的共同主題，表現邊防戰士的生活和邊疆人民有關的素描，一九五六年以後，白樺創作了〈鷹群〉和〈孔雀〉兩部長詩，結構龐大，情節複雜，敵我鬥爭，民族矛盾，牧主與奴隸，愛情與犧牲種種情景交織在一起。〈孔雀〉

在處理傳統的虛擬性和蘊涵人生的真實性，以及吸收傣族民間說唱藝術的滋養等方面，均有不錯的成績。謝冕稱許白樺的〈孔雀〉，「努力追求自己的藝術個性，選擇鮮麗而令人愉悅的色彩，創造富有地方民族特色的形象。」一九七九年北京《詩刊》召開詩歌座談會，白樺在會中告訴人們，他「沒有死，沒有倒，也沒有老」，「詩人的青春不以年齡為標誌，詩人的青春等於希望加戰鬥」。重新歸來的白樺，已非昔日的孔雀，他燦然以詩句宣告「思想在禁錮中成熟了」。接著他的詩作，如〈陽光，誰也不能壟斷〉、〈今夜星光燦爛〉，讓它們去點燃生命中「千萬次失望中的希望」（白樺語）。

一九九二年四月，白樺出版了《十四行抒情詩》，不少詩句展示他深沈的愛與省思，例如——

> 沒有，我們沒有……
> 我們在淚河上飄浮了兩千多年〈我們和你們〉
>
> 難道一定要血流成河的時候，
> 船才會浮動起來嗎？〈冬夜的歌〉
>
> 時間的岸遠去了，
> 愛掛在我的桅桿上，推動著我。〈初春〉

談笑風生地互相拔掉背上的箭，
在傷口裡栽種綠茵茵的希望……〈絮語〉

我們讀著這些極富生命感和潺潺意象交織的詩句，你能不沉思默想，徜徉在他的智慧裡？〈一片秋葉〉，是白樺一系列十四行中的佳作。作者滿懷真摯的愛心，即使細微如一片落葉，依然對它憐惜、疼愛不已。最末兩行是本詩最搶眼的地方：「掛在每一根針葉上的都是淚嗎？」悲情意識何其冷冽晶瑩！

流沙河（一九三一——）

了啊歌

大街更寬了啊　小車更鬧了啊
賓館愈修愈高了啊　筵席愈吃愈妙了啊
家貓更懶了啊　鍾馗更醉了啊
武松愈打愈小了啊　時遷愈偷愈貴了啊
賭錢更猛了啊　扭唱更瘋了啊
讀書愈讀愈窮了啊　寫詩愈寫愈空了啊
禮品更厚了啊　風俗更薄了啊
故人愈死愈少了啊　白髮愈生愈多了啊
這時候才看清我是一枝鉛筆
歪歪斜斜剛寫了幾個字
卻被小孩削著好玩

愈削愈短了啊
短得只剩
橡皮擦子
了啊

鑑評

流沙河，原名余勳坦，四川金堂人，一九三一年十一月十一日生於成都，四川大學農業化學系肄業。中學時代即發表詩作，一九五二年五月調到四川省文聯工作，曾先後任創作員、《四川群眾》編輯、《星星》詩刊編委等。一九五七年因發表組詩〈草木篇〉而被迫輟筆，一九七八年改正錯案後，又開始發表詩作。作品〈故園六吟〉獲一九七九—一九八〇年全國中青年詩人優秀新詩獎，一九八二年《流沙河詩集》獲中國作家協會第一屆全國優秀新詩獎。著有詩集《農村夜曲》、《告別星火》、《流沙河詩集》；詩評集《隔海說詩》、《台灣詩人十二家》、《余光中一百首》等多種。

在兩岸尚未開放探親之前，流沙河曾編著《台灣詩人十二家》，於一九八三年八月，由重慶出版社出版，率先介紹台灣詩人的詩作，引起很大的迴響。他在這部書中選的十二位詩人，每家撰寫數千字介紹文一篇，篇名也別具一格，如「獨步的狼——紀弦」，「做夢的蝶——羊令野」，「浴火的鳳——余光中」，「舉螯的蟹——洛夫」，「哀叫的鳥——白萩」，「孤吟的虎——楊牧」……。據說這是首次大規模的介紹，由於台灣詩人的語言、手法、意象都與大陸詩作不同，因此風評不錯，也讓不少詩讀者開了眼界，流沙河最初的引介之功，難以埋沒。

流沙河的詩，大抵從現實生活出發，用語平淺而富餘韻，同時自幼酷愛京戲，對於古典詩詞涉獵頗深，尤以《聲律啟蒙》這部奇書，更使他獲益匪淺。即從《流沙河詩集》諸多詩作來看，其中充滿對仗、節奏之美，比比皆是。茲引他的小詩〈冬〉如下：

小院的紅梅醒來，
飄飄的白雪吻她。
不要驚散了他的幽會，
窗啊，門啊，快關上吧！

本詩為作者〈四季歌〉的最末一首，短短四行，清明暢曉，把冬天的景象悠然點出，使人讀詩的眼睛一亮。

〈了啊歌〉，是他一九八九年春天的作品，感覺相當奇特，令人捧腹，全詩絕大部分尾句，均用了「了啊」二字，題材從現實身邊撿拾，同時更突顯文字對仗的機心，虛與實，明與暗，大與小，厚與簿……，某些難以宣說的妙趣，自可於默讀或朗讀中綻放無遺。尤其是結尾，更是無懈可擊。

信然，〈了啊歌〉的確是一首興味盎然、雅俗共賞的佳篇。

嶺南人（一九三二——）

歷史老人扔下的擔子
——站在胡里山炮台看大擔、二擔

大擔　二擔
一擔，歷史老人扔下的擔子
依然，扔在一灣淺淺的海峽
等著，江湖好漢
鍊就一身少林寺的功夫
膽敢往鐵肩上一放
一挑，就走出一衣帶水
就挑上了岸

附記：距廈門大學少許，有一胡里山砲台，站在當今世界最大的古砲下，放眼遠眺，見到一衣帶水的兩岸之間，漂浮著兩個小島，大擔，二擔，像一擔沉沉的擔子，看誰能挑上岸。

鑑評

嶺南人，原名符績忠，一九三二年十月廿六日出生於海南文昌，一九五七年畢業於山西大學中文系，同年七月到香港，在華聯銀行任職，一九六六年離港到泰國經商，經營時裝珠寶。七十年代初開始寫作，以詩、散文為主，作品散見海內外詩刊及文學刊物，一九九一年結集出版詩集《結》，一九九四年由北京人民文學出版社出版詩集《我是一片雲》。曾任泰華寫作人協會副會長、泰國華文作家協會副會長、泰華文藝作家協會常務理事、泰國文學藝術會會長。

嶺南人自開始發表詩作迄今，已歷二十餘載，他一直「衣帶漸寬終不悔」地信仰詩，迷戀詩，為詩服役，詩是他生命的光與熱的輻射。他的詩不刻意修飾，不炫耀詞彙，常能在素樸中閃現清新的美感，在平易中透露雋永的深意。是故他常自許「要想的比寫的多，不要寫的比想的多。」作者為此曾付出不少的代價。

嶺南人開始新詩創作之初，也曾意興風發一陣子，但因致力經商不得不輟筆，所幸自一九七九年，他又重新出發，王偉明特別形容這是「結裡尋他千百度」，可見詩人經歷幾番風雨，在商場馳騁，僥倖有成，再作回顧，自會怵然一驚，倍感酸楚。

〈歷史老人扔下的擔子〉，這首八行小品，是作者神遊故國，站在廈門大學附近某一古砲的觀測站，從望遠鏡裡睜大眼睛，眺望金門大、二擔的朦朧影像有感而寫，作者以此為題，顯然一語雙關，另具新意，他以如此旁敲側擊的手法，縱橫跳躍，穿越不同的時空場景，企圖化解兩岸同胞內心的怨懟與鄉愁情結，堪稱獨具慧眼的精心設計。

犁　青（一九三三——）

石頭

——為以色列寫真之一

在以色列　我看到

海畔　地上　石頭
荒丘　古堡　石頭
廢墟　鄉鎮　石頭
綿羊在石礫中尋覓青草喫下了　石頭
駱駝在坎坷的板路上淌汗踢躂著　石頭
牧羊人在砂山石礫中棲宿頂撞到　石頭
耶穌在雪白沾血的地下產房初張眼眸看望到　石頭
耶穌為阿伯拉罕造出了子孫揑揑塑塑　石頭
猶太人洗濯軀體的缸缸罐罐敲敲鑿鑿　石頭

埋著手腳和包裹著麻布屍骸的墳墓前面擋住　石頭
耶穌負馱著十字架一級一級響著
　沉重和憂傷的聲音　石頭
偌大的耶路撒冷聖宮是
　平滑　剔亮　雕刻閃閃的　石頭
默罕墨德的魂靈從麥加飛來住進了
　光芒　斑斕　豪華聖潔的　石頭
虔誠的男女伏靠在西方城牆上
　悲愴的哭聲細細長長震撼著　石頭
一塊長方形的棺柩　石頭
整齊排列著石棺的墓園　石頭
被撬走被盜竊了石塊的荒野　石頭
被修建再豎立起來的碑碑坊坊　石頭

花園　別墅　石頭
公寓　樓宇　石頭
店鋪　市場　石頭

學校　醫院　石頭
新婚情侶漫步的小徑　石頭
車輛閃閃飛馳過的行道　石頭
海濱　路旁街　心排列著
古典色彩的雕塑　石頭
後現代的架構圖案　石頭
綠樹　掩映　石頭
鮮花　繚繞　石頭
噴泉　飛濺　石頭
鐳光　輝煌　石頭

在以色列的石頭上　我看到　石頭　流出了眼淚　石頭　迸擊出火花　石頭
用鏗鏗鏘鏘的語言控訴　德國法西斯分子幹下了世界末日的罪行　他們用槍彈
射殺　用瓦斯焗燒一個個活生生的　猶太人　我看到　一塊石頭是一篇討伐納粹
分子的字字響噹噹的檄文　一塊一塊石頭寫明

在蘇聯　一百五十萬人

在波蘭　　三百萬人
在德國　　十七萬人
在立陶宛　　十三萬五千人
在奧地利　　六萬五千人
在拉多維亞　　八萬五千人
在意大利　　一萬五千人
在埃斯賓尼亞　　一千人
在希臘　　六萬人
在法國　　九萬人
在南斯拉夫　　五萬五千人
在保加利亞　　七千人
在羅馬尼亞　　二十九萬五千人
在荷蘭　　十萬零五千人
在比利時　　四萬人
在盧森堡　　三千人
在捷克　　三十萬人
在匈牙利　　三十三萬四千人

在丹麥

丹麥人划長槳馱小艇
　搶運七千二百猶太人逃生
在地球上　猶太族的小孩失去了一百五十萬人　在地球上　德國法西斯分子
的血債是殺死了六百萬猶太人

一塊微笑著的天真無邪被砍殺的少年　石頭
一塊攬抱著驚惶惶學生被砍殺的老師　石頭
一塊看望著初生嬰孩同時被砍殺的母女　石頭
一塊初綻愛情花蕾被砍殺了的痴情女孩　石頭
一塊發出了婚柬未能洞房花燭被砍殺的情侶　石頭
一塊瞎了眼睛緊摟著孫子被砍殺了的婆孫　石頭
一塊胳腮滿鬍被根根焚燒燒成焦炭的爺爺　石頭

六百萬人的肢骸一塊一塊　石頭
六百萬人的頭殼一粒一粒　石頭
六百萬人焚燒不了的
　髮夾　鏡框　履帶殘骸斑斑　石頭

左邊有閃閃的白色的燭光　　石頭
右邊有閃閃的白色的燭光　　石頭
上空有閃閃的白色的燭光　　石頭
地上有閃閃的白色的燭光　　石頭

啊　石頭流出了眼淚
　淚花注滿了鹽分濃濃的不沉的死海
　淚水嘩嘩流淌的　　石頭
啊　石頭迸擊出火花
　火花燒焦了以色列的砂山石礫
　火花劈啪啪響的　　石頭
啊　仇恨的拳頭　拳頭　拳頭　　石頭
　復仇的榴砲　飛彈　愛國者導彈　　石頭
　轟隆隆　轟隆隆
　要求土地
　要求獨立

要求和平
要求繁榮
以 色 列 的 石 頭

・一九九二年九月十六~二十日初寫於以色列Kfar Maccabiah旅館，再寫於犁青山莊

鑑評

犁青，福建安溪人，一九三三年生，幼年半工半讀，十三歲出版童詩集《紅花的故事》，一九四七年赴香港，從事貨倉、漁業、小學教師，同時寫作不輟。一九四八年赴印度尼西亞，先作教師，後經營各項實業，並與詩歌繼續結緣。一九六四年到一九八三年，作者輟筆二十載，先後從事開採、漁獵、繪建、紡織等行業，歷經人生艱苦，被稱為「千手奇人」。一九八四年後，往返於澳洲、美國和加拿大，後踏波定居香港，以不惑之年再與繆斯重聚。著有詩集《瓜紅時

節》、《紅溪的血浪》、《踏浪歸來》、《千里風流一路情》、《犁青山水》等多種。

犁青創作於四十年代，五、六十年代僑居於椰島之國，先後寫下不少緬懷鄉邦和華人奮鬥於異國星空下的詩篇，洋溢感情色彩和生活氣息，同時他能進出傳統與現代不同文化的時空，頗為難得。李元洛指出：「犁青在海外飄泊多年，但他的詩心仍然屬於中國，其作品表現的仍是一種濃郁的中國藝術精神，這就是重主體性與天人合一的精神」。他的一輯抒寫桂林奇山秀水的組詩，由於主、客體融會無間，物我對立消失，作者往往於一瞬間抓住潺潺流動的景象，透過清新的文字，纏綿的節奏，而使被表現事物的原貌，得以次第在詩中清晰浮現，讓讀者感到驚喜。

〈石頭〉是犁青近年來不可多得的佳構之一。初發表於《香港文學》第九十五期，一九九二年十一月號，後轉載於《創世紀》詩雜誌第九十七、九十八期合刊，一九九四年春季號，立即獲得不少台灣詩人的讚賞。作者於一九九二年九月中旬，赴以色列參加一項國際詩會，本詩是他感染了戰爭的烽火，於該國某一旅館草成，回港後再事刪修定稿。〈石頭〉是一篇理路分明有血有淚的抒情敘事詩，全篇籠罩在作者舖陳的各種人事物與自我、現實、歷史所突顯的相當龐雜繁複交錯的景象中，他所攫取的不論是海濱、荒丘、廢墟、牧羊人、耶穌、棺槨，或者情侶漫步的小徑、法西斯殺死了六百萬猶太人，以及轟隆隆的愛國者飛彈……這些那些都是他作品中的道具，每一件每一樁，經過作者巧手精心的安排，使讀者縱橫其間，恍如置身羅馬陰森森的古戰場，或者是進入現代戰爭博物館前一個千奇百怪的雕塑公園。全詩分上下兩層排列，每塊石頭置於底部，它們不僅顯現本詩的建築之美，同時讀起來也有抑揚頓挫之感。〈石頭〉這個因戰爭而建造的血跡斑斑現代人類的浩大墓園，幾時才能喚醒全球各民族早日停止互相殺戮之氣焰。〈石頭〉

是本詩一個寓意不凡的象徵，令人深思狂想。熊國華更指出〈石頭〉一詩，「還涉及到人類的精神困惑、信仰危機、人性異化、政治腐敗、道德淪喪、生態失衡等世界性問題，表現出寬闊的文學視境和博大的胸襟」（見《香港文學》第一二六期，一九九五年六月號）。堪稱相當持平之論。本詩如果透過現代科技充滿聲光效果之朗誦，可能更加震撼現代人那一顆顆逐漸乾涸、破碎的心靈。

邵燕祥（一九三三——）

致空氣

星光因你而閃爍
波光因你而搖曳
我的質樸到透明的朋友
你無所不在
又難尋蹤跡

光明離我而去時
我沉在黑暗裡
人們離我而去時
我沉在孤獨裡
失眠時，我從鼾息聽到了你

只有你不肯把我抛棄
在我將要窒息的時候
掀動我的鼻翼
在我生命如絲的時候
陪伴著我呼吸

哪怕那污濁的地牢
使你也染上污濁
但你輕輕噓著我的面頰
許我以濕鹹的海風
森林草野的青氣

直到走上自由的街頭
路燈照著垂拂的柳絲
我還疑是布景和道具
把丁香的芬芳吹送給我

這才是真的，真的春天的信息
蹤跡難尋又無所不在
廝守身邊卻默無一語
影子會有離開的時候
你從不離開我，我也離不開你
永不分離，永不分離，到最後的一息

鑑評

邵燕祥，浙江蕭山人，一九三三年生，在北京讀小學和中學，一九四六年開始文學創作，一九四八年考入中法大學，繼入華北大學短期學習，而後到北京新華廣播電台工作，先後任新聞廣播和文藝期刊編輯多年，並為《詩刊》、《人民文學》編委。曾任中國作家協會主席團委員。著有詩集《歌唱北京城》、《到遠方去》、《獻給歷史的情歌》、《為青春作證》、《遲開的花》、《邵燕祥抒情長詩集》、《也有快樂，也有憂愁》、《邵燕祥詩選》等十餘種，另有詩話和雜文集多種。曾獲一九七九—一九八二全國優秀新詩集一等獎。

邵燕祥早期的詩作，如一九五一年出版的第一部詩集《歌唱北京城》，充分表現了對當時社會生活的熱情，其中有的近似民歌，有的採用民間說唱藝術形式，也少許帶有四十年代（如田間〉創作的痕跡。《到遠方去》，作者則努力擺脫對生活的簡單紀錄和印象式素描，企圖從內在感情的角度切入，去抒寫人的精神性格的美。五十年代中期以後，他為探索社會、人生的深化，寫作了〈賈桂香〉，以及一些諷刺詩，對於現實的剖析比較超越，更加突出個性化的內在感受，把對生活詩意的直接抒寫轉到意象、象徵等手法的運用上。例如〈地球對火星說〉、〈時間的話〉就是例證。一九五七年他被打成「右派分子」，被迫中斷寫作達廿年之久，一九七七年，才又重新提筆，繼續他在詩藝術上的探索。這一時期如〈沉默的芭蕉〉（一九八〇年四月），〈青海〉（一九八三年七月）、〈山那邊有雨〉（一九八四年五月）等詩作，曾收入台灣爾雅版《大陸當代詩選》（洛夫、李元洛編，一九八九年出版），展示了邵燕祥清新灑脫純真的新風格。

〈致空氣〉一詩，作於一九八四年五月，曾收入綠原與德國詩評家溫弗里德．沃斯勒教授（Winfried Woesler）合編的《當代中國抒情詩》（*Chinesische Lyrik der Gegenwart*）一書。本詩風格清新，語言透明，作者把空氣作為傾訴的對象，聽他委婉敘述，既說理，又暗示，且夾雜自然的韻腳，真摯而動人。

周　粲（一九三四——）

滴入唐詩的水
——荒謬詩

在水龍頭盛了一杯水
正想喝下
那人突然喊住我
說慢著
我給你滴入
一點唐詩

水的顏色
隨即紅了起來
像五月怒放的榴花

又黃了起來
像一園未摘的枇杷
再綠了起來
像春風過後的江南岸

喝下吧　喝下吧
那人慫恿
遂舉杯
讓液體流入
每一條血管

至此
才知道那杯水
一點也解不了渴
我的喉嚨
很熱　像我的心
都在燃燒

鑑評

周粲，原名周國燦，廣東海澄人，一九三四年生，曾在端蒙小學、中正中學讀書，一九六〇年取得新加坡南洋大學文學士學位，不久又獲新加坡大學文學碩士學位，曾任新加坡政府教育部華文專科視學、新加坡教育學院中文講師、教育部課程發展署華文顧問，現已退休，專事寫作。著有詩集《孩子底夢》、《青春》、《千年之蓮》、《會飛的玻璃球》、《捕螢人》等八種，另有散文、小說、理論、遊記約七十餘種。

周粲讀初三時，在作文中寫了一首〈孩子底夢〉的詩，發表於南洋頗具影響力的大報《南洋商報》，激發他寫詩的情愫。他的詩創作領域十分廣闊，素材之選取，也幾乎無所不容。一般來說，詩應講求外形向內凝聚，內蘊向外輻射，周粲對此至表重視，他十分強調創作態度必須嚴肅，每有詩作一定要冷藏一段時期，然後才拿出來發表，讓他能坦然地面對讀者。在他的《捕螢人》詩集成書時，曾自述係從三百多首詩作中，淘汰二分之一以上。他又說：「再過若干年，如果再給我一個操生殺大權的機會，被我打入十八層地獄的詩，為數不知道又有多少？」可見作者對詩的品質的管制是如何的嚴苛。

〈滴入唐詩的水〉一詩，曾獲選入爾雅版《七十四年詩選》，當年由李瑞騰主編，他在按語中對本詩有很貼切的評鑑，特引述如後：「所謂『荒謬詩』，無非是用一種虛構的荒謬之情境去呈顯題意，頗為戲劇化。〈滴入唐詩的水〉有了顏色，有了變化，那當然是各詩本身自有其『特色』所致；至於喝了它不能解渴（原先對詩的功能有所誤解），反而喉嚨很熱，心在燃燒，當然是在說詩對於一個人的情緒具有發熱燃燒的功能，基本上這是以詩論詩，像元遺山、趙甌北的論詩絕句一樣。」本詩頗具戲劇感，一開始，作者突然喊住我（讀者），要我慢著，即是製造一種緊張懸疑的氣氛，而後水變紅、變黃、變綠，其實這都是形容讀唐詩的感覺，直到末句，而讀者的心還在燃燒，唐詩一首首如不絕的泉湧，你的意興正酣，怎能就此打住？

劉湛秋（一九三五——）

門鎖著。屋裡沒人……

門鎖著。屋裡沒人
吊籃在向蘋果獻媚
綠枱布展示著自己的溫柔
書頁中的鉛字依然散發著墨香
靜謐，卻又隱藏著歌聲

門鎖著。屋裡沒人
沒人的屋裡也有生活
一把椅子也有誕生和死亡
陽光把一切都欣賞和愛撫
便從窗戶溜走。此刻暗鎖旋動……

我傾聽那溫暖的聲音……

我傾聽那溫暖的聲音
是帶著南國濕潤的風
是穿過青翠的小樹林
天空如灑過明礬的純淨
我的心顫慄了
像在寒夜的荒原上
看到遠處一盞豆粒的燈火
像在手術後的餘痛中
睜開微弱的眼睛
我預感到你已走來
輕盈得有如幻影
但我已聞到你的呼吸
此刻，我感情裡的殘雪

都化做清甜的水霧
啊，生命是一本可愛的書
既然已經打開，就要耐心
（也不要帶絲毫的憂愁）
從開頭看到結束……

鑑評

劉湛秋，安徽蕪湖人，一九三五年生，高中時代即發表詩作，一九五五年從哈爾濱外語專科學校畢業後在工廠當翻譯，以後又擔任教師、編輯，曾任《詩刊》副主編、中國散文詩學會副會長。著有詩集《抒情與思考》、《生命的歡樂》、《無題抒情詩一二〇首》、《寫在早春的信箋上》、《遙遠的吉他》；詩論集《抒情詩的旋律》、《詩的祕密》。譯詩集《葉賽寧抒情詩選》、《普希金抒情詩選》等。

劉湛秋在擔任《詩刊》副主編期間，大陸於一九七九年萌生的朦朧詩潮，應與他在北京舉辦「青春詩會」，大量發表青年人的詩作有關。舒婷的〈致橡樹〉，北島的〈回答〉，顧城的〈遠和近〉，江河的〈紀念碑〉，楊煉的〈織與播〉，梁小斌的〈中國，我的鑰匙丟了〉，王小妮的〈我感到了陽光〉，駱耕野的〈不滿〉，傅天琳的〈一個快樂的音符〉……以及詩評家謝冕、孫紹振、徐敬亞等人的詩論，均在《詩刊》上先後刊出，造成不小的風潮。筆者之所以引出這一段，旨在說明一個詩人除了致力經營個人的詩作外，如能在編輯出版方面，能洞察機先，發掘優異詩作，鼓勵詩的新潮，亦屬功不可沒。

劉湛秋個人的創作活動，十分積極，他的詩清新灑脫，富有現代意識，手法較為新穎，注重表現感覺和情緒，既面對生活，又超越時空，頗受青年人的喜愛。

〈門鎖著。屋裡沒人〉和〈我傾聽那溫暖的聲音〉，一貫放射他自己所掌握的靜謐幽雅的氣氛和調子。前者巧喻無人的屋裡，依然充滿溫柔、墨香和歌聲，且反諷，一把椅子也會死亡，陽光輕巧溜走，而暗鎖轉動，詩的意象就在動靜自如的一開一合中完成；後者以輕呼傾聽某種聲音，從而帶出一段感情的債，雖然作者自訴「我感情裡的殘雪，都化做清甜的水霧」，但往日的一點一滴，也會耐心地讓作者細細玩味，「從開頭看到結束」，而毫無怨尤。寫情而能至此，夫復何言。

昌耀（一九三六——二〇〇〇）

斯人

靜極——誰的嘆噓？
密西西比河此刻風雨，在那邊攀緣而走。
地球這壁，一人無語獨坐。

雄辯

一

有雄辯之慾望。

有亟亟於報國用世之心，
有切切於求賢問聘之思，
有信息斷絕的憂愁、悔恨、狂怒。
有履險臨危之無懼，
有開路建碑築亭之歆羨，
有金元拜物之可疑，
有精力渴待揮霍淨盡之傻念，
有蒙詬病之虞。

有雄辯之慾望。
呀呀呼——
到處是人慾情聲。

二

你聽：一記記乾牛皮的訇訇訇……
乃如土地之呼吸，

乃如晴空之吐納，
乃如眾心之同聲一摶。
在中國之春的狂歡節，
許多古人在許多行走著的高樁上浪遊，
好像從雲端投給你微笑。投給你節日調味的
五色鹽，投給你五色的天雨花。
復活的龍族在火的爆裂中追戲自己的尾巴。
大頭娃娃樂呵呵，
乃是你們少年期之再現。

在最不容流淚的日子，
有人淚流如注。

三

乃有雄辯之慾望。

新世紀的曙光

將國產輕騎的投影
投上180度幅廣的環形山壁作牛獸遊走。
作牛獸遊走之大特寫，
作慷慨悲歌，
作慷慨悲歌……

牛陣越過欄架，
地面響起巨大的轟隆……

崑崙摩崖，
無韻之詩。

鑑評

昌耀，原名王昌耀，湖南桃源人，一九三六年生，一九五〇年考入部隊文工隊，五十年代初期參加過朝鮮戰事，一九五四年開始發表詩作。著有詩集《昌耀抒情詩集》、《命運之書》（昌耀四十年詩作精品）等。

這位出生於南國的詩人，由於長期在大西北生活，因而他一開始創作，就表現出對青藏高原特殊景觀的喜愛，傳達他對於那一大片充滿原始野性的荒漠，深深感受到〈被這土地所雕刻〉的種種新鮮的景象。譬如看到〈以奶汁洗滌的〉柔美的天空，〈情竇初開〉燃燒熊熊篝火般的處女地，以及品嘗像初雪一般冷冽滋味的〈裸臂的雪〉，和在黃河的狂濤中拚死搏命的船夫，這些活生生的景象，一一轉化從而也豐富了昌耀的詩境。一九五七年，作者因兩首小詩被打入「右派」，遭受了長達二十年的監禁和苦役，重新復出後，他也無法忘懷這一段顛沛流離慘痛經驗的陰影。邵燕祥在《命運之書》的序中說：「昌耀心中的青海，他在這塊土地上的沉思與遐想，都是別人無法替代的。他的獨特的發現，寫入一首詩乃至凝為一句詩，有誰知道融匯了他多少反復多次的經驗、禪定般的審視，融匯了他多少個人苦樂之情和世事滄桑之感呢」？昌耀特別重視錘鍊詩的語言，尤其是內在的節奏與氣韻，現代漢語與文言詞語句構的匯通，使其產生一種力道，一種強勁奇詭而又冷凝隱祕的藝術效果。

　本書選入〈斯人〉和〈雄辯〉，大致呈現了昌耀詩作的兩種情態。前者短小精鍊，詩人頗富宇宙的情懷，展示孤絕的大寂寞，莫非他要與天地對話，與春秋拔河？徒使今人興起若陳子昂登幽州台的黯然與悲愴。後者亦不逾三十六行，作者詩後注明係一九八五年元宵節的隨感，表面上看，作者意興風發，呈現當年物阜民豐之勝景，實則是內心憂憤莫名，不然怎會有「在最不容流淚的日子，有人流淚如注」。昌耀塑造詩的意象與處理詩的轉折，往往就是那麼淡淡的幾句，因而觸及人心之最痛處。所謂〈雄辯〉者，不過是詩人假借的「反諷」而已。

彭浩蕩（一九三六——）

呵，盧舍那

在洛陽龍門的唐代石窟中，規模最大，藝術精美的是公元六五七年雕刻的高達一七・一四米的盧社那像

這裡
喧囂和紛擾無聲無息
歲月的涓涓細流靜靜地歸匯
唯一只有你
至高無上地超然世外
我輕輕走來
默默仰望你，長久長久

好像一粒微塵，皈依著
煙波浩渺的永恆

一切，你都看到了
一切，你都聽到了
在這塊土地上
你怎會是
一堆冰冷的石頭？

一顆再博大的心
也難於承擔人間的一切呵
夜深人靜
你也許有嘆息和眼淚
而當天邊透出第一縷晨曦
你會偷偷抹去淚痕
繼續把一個寧靜的微笑
許給芸芸眾生

一千三百年對你
不過是一場小寐
我卻經受不起
歲月的消磨和太多的坎坷
會憔悴會蒼老會消失
但有一件東西
歲月的滔滔洪水
永遠淹沒不了
那就是
我的愛，我的
祈願

都託付給你
託付給你
放在你手心裡了
呵，盧舍那

願你世世代代
含著寧靜的微笑
守護好
這塊親愛的土地

鑑評

彭浩蕩，湖南湘鄉人，一九三六年十二月生，一九五八年畢業於北京師範大學中文系，曾任湖南廣播電視大學中文系副教授。著有詩集《對十二位巫女的祈求》。詩作曾入選爾雅版《大陸當代詩選》。

他從中學時代就開始寫詩，處女作〈我們的〉發表於一九五六年，一生充滿坎坷傷痛而帶有傳奇色彩，大學時代被打成右派，沉淪二十年之後，仍然保有一顆赤子之心。他從開始寫詩時起，就把寫詩和朗誦詩結合在一起，經常在大學、廠礦區，街頭和旅途上朗誦詩，被譽為「行吟詩人」。

一九八七年十二月，《創世紀》詩雜誌第七十二期，特載大陸名詩人作品一二〇首，其中即有彭浩蕩的〈描景寫情六首〉，包括波月洞、青城山、我的心遺失在桂林等描繪中國山川的詩篇。一九八八年九月《創世紀》出刊兩岸詩論專號，曾闢有〈台灣看大陸之部〉，筆者即對彭浩蕩的詩作〈張家界國家森林公園〉作簡約的評述：先引該詩一節如下：

深夜，猿猴啼叫的時候
黑魅魅的山靈開始舞蹈
峽谷裡走出一串串安徒生的童話

上述詩句所展現的都是活生生的景象，尤其作者懂得利用安徒生來作全詩意象之轉折，使人讀之興味盎然。

〈呵，盧舍那〉，是一首禮讚的詩，更是一尊至為精美的雕塑。彭浩蕩曾在一封短簡中說出他的緣起：「盧舍那大佛雕像，神態端莊寧靜，富有一種安撫人們心靈的魅力。八十年代初，文革浩劫剛過不久，心理的傷痕，尚未平復，我見到她後，不禁潸然淚下。她彷彿對我說：『孩子們，麵包會有的，明天會好起來！』涅克拉索夫說：『在俄羅斯，只有石頭不會哭泣』，而中國人民所受的磨難，遠遠超過俄羅斯，故我認為，在中國，石頭也會哭泣，為何盧舍那不哭呢？我悟出來了，她晚上偷偷哭。和盧舍那相比，我的生命太短暫了，看不到中國的復興，只有祝願託付給她，這首詩可以說是我的遺囑。」作者的創作動機已攤在我們的眼前，筆者似乎不必再作畫蛇添足的注釋了。

戴　天（一九三七——）

石頭記

時間是一九六九年
地點是殖民地
人物是我
事件是
突然
我的心中
生長著
一塊石頭

那是一種
沒有黃昏的夜

那是一種
不得不煞車的
決定
那是一粒砂
不在
眼睛裡

對於種子
人們最怕的
就是死
對於夢
是醒
對於石頭
是不斷的
生長

假如瞳孔裡

有泰山
那些蒼翠
那些雄偉
在剎那之間
都只不過
是一粒
翠玉的球

假如血管裡
潛伏著
大江
啊，黃河鯉長江鰣
都停止了
遨遊
都凍在
那裡

於是葉脈一樣的
手
被一隻小蟲
蠶食
於是聲音
陌生得
像隔著河流的
吶喊

有一個小孩
走來
吐一口痰
在我
臉上
並且說：
「我從沒見過
這麼醜的石像」

鑑評

戴天，本名戴成義，廣東大埔人，一九三七年生，曾在大陸、台灣、香港等地求學，台灣大學外文系畢業，曾應邀赴美國愛荷華大學國際寫作中心研究，歷任《現代文學》編委，美國國際交流總署香港分署叢書部（即「今日世界」出版社）總編輯，《讀者文摘》遠東有限公司高級編輯，《八方》文學雜誌編委。著有詩集《岣嶁山論辯》、《石頭的研究》、《戴天詩選》及散文、翻譯等多種。

戴天創作年代甚久，在台大讀書時，即在詩壇嶄露頭角，早年發表在《好望角》上的〈橫看〉、〈擺龍門〉、〈花雕〉諸詩作，既有象徵主義的色彩，也有超現實主義的奇詭；八十年代初期他在中國時報「人間」副刊發表以揚州八怪為素材的一組詩，十分傳神，而富禪趣。作者曾嘗試用生態學的觀點，探索詩與人文、語文的相依、相生關係。他認為：「從宏觀上看，詩是文學的一個品種，文學是一個個『個人』的思想、感情受內外在多種因素影響的結晶。『個人』是在某一種人文生態系統的條件下生存的，『個人』與『他個』不是閉塞的，而是相關的。這是一個縱深（時間）、橫向（空間）的人文網絡。一首詩放到這樣的網絡去看，也許是一個『點』，一條『線』，一方『面』，實際上『牽一髮而動全身』，是組成大生態中的小生態，『你中有我，我中有你』，從而構成詩的生態學的關係」。戴天是喜歡多變的人物之一，但萬變不離其宗，他依然堅持自己一貫的抒情風格。

〈石頭記〉，是作者《石頭的研究》諸詩作中一個小小的圓點。一開篇即點明時間、地點、人物。純然，他是抒寫一個中國人浪跡海外孤獨的心聲。然而作者並沒有搶天呼地的嚎啕，也沒有聲嘶力竭的賁張，更沒有血淚斑斑的控訴，他祇輕輕地揮灑幾下，放出少許的意象，立即鋪展一脈安安靜靜的畫面，且讓讀者去看去說去想，他的這尊〈石頭記〉是怎樣的堅硬凜冽，怎樣傲岸地對準黃河長江，補織那一頁頁淒風苦雨的歷史。

吳岸（一九三七——二〇一五）

無題

一

聽海浪一夜喋喋不休
晨起
船卻在原處

二

一生千姿百態
最後總得擺一個正直
當落棺時

古甕

你驚醒在我的驚醒中
記起了忘卻的來路
在哪個朝代
哪個酒鎮
你記起海上的顛簸
一如我感到就義前的烈焰
沉睡了千年之後
我驚見你釉的唐光
你驚見我唐的釉彩
我驚醒在你的驚醒中

鑑評

吳岸，本名丘立基，祖籍廣東，一九三七年七月廿四日生於砂勞越古晉，自幼在這裡長大，接受中英文教育。初中時期即對文學發生興趣，一九五三年開始在新加坡文藝副刊《世紀路》發表作品，被已故作家古影稱為「拉讓江畔的詩人」。而後曾任砂勞越華文報文藝副刊《拉讓文藝》主編、大馬華文作家協會副會長、砂勞越華文作家協會會長、《拉讓江》文學季刊主編。著有詩集《盾上的詩篇》、《達邦樹禮讚》、《我何曾睡著》、《旅者》、《榴槤賦》等多種。

吳岸為譽滿大馬的華文詩人，一九九四年六月由馬來西亞千秋事業社刊行的《馬華七家詩選》，以吳岸為首，依次是溫任平、何乃健、田思、方昂、游川和傅承得，每人收詩七至十首。吳岸在卷前〈詩觀〉中的自剖，親切而有創見。他說：「我覺得詩是一種非常自我的個人體驗，但它又同時能傳達給別人，能感動別人。有自我才有個人獨特的性格和風格。真摯是感人的唯一因素，虛假只能製造譁眾取寵的效果。……我不斷地在生活的真實感受與藝術表達形式的矛盾困惑中，在傳統與現代意識的衝突中，尋找詩人的方位。沒有豐富的生活內容而尋求形式的改變，是徒然的，那只能是一種外表的塗飾與化妝而已。」

吳岸的詩側重追求生活與現實的完美結合，不論寫情、詠物、敘事，他都力求與表現的對象相契合，展示一種均衡、真摯、精緻的美。我們從〈無題〉一、二和〈古甕〉中，自可感受到他那獨有的直抒胸臆的情趣，前者每首短短三行，可是它負載的意象，都在「一動一靜」的對比中，「一生一死」的輪迴中，使人一驚。後者從〈古甕〉久遠的年代回溯，諸多壯烈的歷史事件豁然再現，而詩也就在你我相互驚醒、對視的剎那間完成。這不正是作者所強調的「真摯與美，是詩的生命」的具體回應嗎？

任洪淵（一九三七——）

時間，從前面湧來

從前面湧來　時間
沖倒了今天　沖倒了
我的二十歲　三十歲　四十歲
　　　　　　　倒進歷史
生命不是一塊陸地　空間在崩潰
　　　　　　　　　茫茫的
白浪　把我淘洗一空
背後沒有依靠　年代與年代
一些築在紙上的岸　急速漂去
　漂著一個一個枯黃的太陽

漂過史記最早的紀年
在神話的邊緣　還是
　第一次月出
　第一個秋
第一座南山
　第一杯酒

第一個人
時間　從前面湧來

鑑評

任洪淵，四川邛縣人，一九三七年八月十四日生，北京師範大學中文系畢業，曾任北京師大中文系副教授。著有詩與詩學合集《女媧的語言》。

任洪淵於一九七七年開始發表作品，寫作態度十分嚴謹。他為當代詩歌美學第一次表述的三篇文章，如〈當代詩潮：對西方現代主義和東方古典詩學的雙重超越〉，〈找回女媧的語言——一個詩人的哲學導言〉，〈我生命中的三個文學世紀〉。讀者如能讀完這三篇理路清晰，見解精闢的談詩文字，自會對他的創作脈絡了然於心，以下筆者不作概括式的綜合，而簡約引用作者的話為證：「我在武昌上中學，家住在漢口。幾年裡，我每周都要兩次乘船渡過長江與蛇山互相聾斷又互相連接的地方。我覺得，是我的船在來來回回把斷了的江和山連結起來。在古黃鶴樓的舊址，看山的一線無首無尾，江的一線無始無終，自己便沉落在江與山互相穿越的無窮大的『十』字裡：是時間？是空間？無限神祕的宇宙意識。好多年之後，康德《純粹理性批判》結尾的沈思震撼了我：『頭上是燦爛的星空，胸中是道德的規律』：此二者令我滿心驚奇和敬畏，思之愈久，念之愈深，愈覺其然。」他又說：「我從不把一個漢字，拋進行星橢圓的軌道，尋找人的失落。俑，蛹，在遙遠的夢中蝶化，咬穿了天空也咬穿了墳墓飛出：輕輕撲落地球，搧著文字旋轉，我的每個漢字互相吸引著，拒絕牛頓定律。」（引自《女媧的語言》作者序）

任洪淵對女媧語言（漢字）的專注與深情，令人動容。由於上述兩節精彩的敘述，我們再來讀〈時間，從前面湧來〉，自然備感親切，其實本詩不過是作者假借時間的變動不居，驗證人間一切，最終都是空幻，哪裡有南山？儘管如此，每個人站在歷史的十字路口，他還是無法避免被時間犁平，依稀船過水無痕。本詩瀰漫的「空無意識」，「時空變異」，以及對歷史的撫觸，特別是結尾「第一個人」的出現，請愛詩人不妨詳加審視。

謝　馨（一九三八——）

電　梯

水銀柱般
上上　下下
　　上　下
　　　下
上
高樓的體溫
比女人的
心
更難伺侯
　　七樓
　　　　三樓

二樓
九樓
充滿階級鬥爭底動盪
和不安

攝氏100°
華氏32°
沸點　冰點
或是溫開水
毫無表情
出出　進進
去去
來來的許多
數不清的
臉
水銀柱般
升　降

起　　　　　　落

高樓的血壓
比天氣的
善變
更難預測

鑑　評

謝馨，上海市人，一九三八年生，在台灣接受教育，於國立藝專影劇科肄業，曾在航空公司服務，當過空姐，而後落籍菲國，一住廿餘載，曾為菲華文藝協會理事，千島詩社、萬象詩社同仁，台北「創世紀」詩社社務委員。著有詩集《波斯貓》，《說給花聽》及翻譯等多種。曾獲《創世紀》詩雜誌四十周年優選作品獎。

謝馨從事新詩創作，始於八十年代初期，由於她的詩內涵豐盈，題材多樣，手法新穎，深入淺出，因而享譽菲華詩壇。謝馨主張寫詩，要從個人的心靈自然流淌出來，致力追求物象心靈化和心靈物象化的境界。她覺得萬事萬物皆可入詩，關鍵是要有一雙善於捕捉真、善、美的眼睛。許多極平常的事物，一到作者筆下即轉而化為詩的幻象，綻放出美妙的詩之花朵。從〈一滴水〉到〈薄紗窗帘〉，從〈花圃〉到〈手抓飯〉，從〈紅燒獅子頭〉到〈指甲〉……，這些詩作，信手拈來，都顯得意趣盎然。作者詩的形式，受西方現代詩潮的影響，譬如《波斯貓》詩集中即有不少作品，講究詩行上上下下多重層次的排列，頗具立體主義的效果。張香華於一九八六年主編的《玫瑰與坦克》（菲華詩卷）即曾稱許「謝馨的詩，文筆嫻熟，意象瑰麗，語言極為嫵媚，形式與內容都趨於圓滿」。羅門為她的詩集作序時，更直指「謝馨是移情、愛、感、知、靈、悟於一體，善於製作生命場景的女詩人，她的詩不僅流露柔情蜜意，同時又能綻放豪情逸意。」

〈電梯〉一詩，選入向陽主編，爾雅版的《七十五年詩選》一書，當年詩後按語由筆者執筆，大意如下：〈電梯〉是現代都市不可缺少的公共設施之一，作者以詩人的情懷，將平時觀察所得，點點滴滴，透過一己獨特的筆觸，賦予它以另一種嶄新的形象。為了達成預期的視覺效果，本詩在排列上，自可見其匠心。以高低行參差不等的語句，襯托出電梯的上上下下；以女人的心、水銀柱攝氏華氏的沸點與冰點，來丈量電梯的體溫，頗具畫龍點睛之功。全詩著力於整體氣氛的營建與運行，尤其難能可貴。

月曲了（一九四一——二〇一一）

天色已靜
——悼詩人王若

你淺酌豪飲
沒有理由去和未來乾杯
盡乾了　這瓶
好苦澀好甘醇的人生
醉不成藉口
而未回家
你是去了哪裡
我們問執情不放的筆
又問空白的稿紙
只不敢問風

也怕問樹影

今夜　天色已靜
你穿過上門了的門
你穿進落鎖著的窗
看到等你的人還在等
伸不出什麼
也要伸出一隻手
去撫摸她憔悴的臉
而你的手
她以為
以為是冰冷的月光

今夜　你回來
步不成聲
星光替你踏入家
家是比天堂溫暖的

雖房間的燈火
照得你好痛
你也要留下
走入她的眼睛
住在回憶裡
永不再出來

鑑　評

月曲了，本名蔡景龍，福建晉江人，一九四一年出生於馬尼拉，從小喜愛詩歌，六十年代正式嘗試新詩創作，先後加入菲華自由詩社、耕園文藝社、菲華文藝協會，並為千島詩社發起人之一，亞華作協菲律賓分會理事。曾獲菲律賓王國棟文藝基金會第一屆新詩獎。著有詩集《月曲了詩選》。

月曲了的詩，取材相當廣泛，每每能以出人意表的獨特視角切入生活，探索人類內心隱密的世界，字裡行間常縈繞著一股淡淡的輕愁，意象紛繁，引人遐思。作者的語言，看似鬆散，實則極富凝聚的張力，且詩中知性與感性能加以適切的調和，詩的意韻從而得以貫穿全篇。作者幼年時期曾在北平逗留過，深信他對於文化中國、地理中國一定有所體察，因而詩中不時瀰漫著一股深濃而苦澀的鄉愁，自在意料中。〈自畫像〉就是最佳的見證：

畫我的眼睛
在遙遠的窗口看童年
畫我的鼻
深深的吸著家鄉的泥土
畫一塊東方古硯
讓黑夜深磨著深磨著

〈天色已靜〉是一首極為突出淒婉的悼詩，係為亡友王若而寫。發表之初，因一「靜」字之辯論而驚動菲華詩壇。蕭蕭在〈月曲了的世界〉一文中對本詩有極清晰之詮釋。「天色已靜，設定了簡單的生活情節，正是朋友死了之後，我們去慰問未亡者，應該有朋友在的地方，可是為什麼還不見朋友回家呢？這種悵然若失的感覺在第一節裡已經表現出來，一般的悼亡詩寫到這裡已經不錯了，但月曲了卻在第二、三節有超現實的設想，設想朋友的亡魂回來，然而陰陽兩隔，也無法相知相感了。」作者敘述亡魂回來之後，伸出的手卻成冰冷的月光，將現實的環境與超現實的想像揉和，情與境交融。最後一節寫出夫妻相戀不捨與家的溫暖，因而更顯現好友未回是多麼的令人黯然傷痛。本詩之最感人處，莫非就是作者捕捉的那種「無懈可擊」的真誠。

王潤華（一九四一——）

皮影戲

傀儡的誕生

一把鋒利的刀
把牛皮剪成我的形體
另一把尖銳的鑽
雕刻成我凹凸的性格

再繪上一些色彩
我便是人人愛好
會演會唱的傀儡

影子的家庭背景

我雖然是影子
　只在神祕的夜晚演戲
我卻是光明的兒子
　沒有燈光的普照，我就活不了
我的鄉土，如一塊潔白的紗布
在污黑的社會，我會找不到自己

我從不在路上
　留下一個足跡
我常常唱動聽的歌
　卻沒有用自己的聲音
我在家的時候只是平面的側影
　在舞台上卻表現立體

傀儡的自白

別以為
我喜歡鬥爭，常常
機智的為搶奪王位而戰
或者
多情的跟所羅門的公主戀愛

一根無形的線，分別繫在我的四肢上
我非常迷信，沒法子不接受這個命運的玩弄
一個躲藏在後台的老人
控制住我的喉嚨
要哭或要笑
全由他的聲音來決定

影子的下場

戲演完之後

如果你走進舞台的後面
你會發現我們這些英雄美人
全是握在醜陋老人手中的傀儡

被玩弄過之後
我們的頭一個個被摘下來
身體整齊的被疊在一起
放在盒裡，而且用繩子紮緊
於是我們又像囚犯，耐心的等待
另一次的日出

鑑評

王潤華，原籍廣東從化人，一九四一年生於馬來西亞，現為新加坡公民。台灣國立政治大學畢業，美國威斯康辛大學文學博士，曾任南洋大學人文與社會科學研究所所長、新加坡國立大學文學院助理院長、新加坡國立大學中文系教授、新加坡作家協會會長。曾獲得中國時報散文推薦獎，東南亞文學獎，新加坡文化獎及亞細安文學獎。著有詩集《患病的太陽》、《高潮》、《內外集》、《橡膠樹》、《南洋鄉土集》、《山水詩》、《王潤華自選集》等。另有論著多種。

王潤華在台灣讀書時，深受當時西方現代派詩潮的影響，文字比較硬澀，側重自我私語的抒情；赴美留學後漸次化為文字簡約、厚重、注重感性與知性的調和，表現手法進入另一個新的層面；到新加坡期間，詩的素材更加擴大，從〈象外象〉到〈山水詩〉，從〈橡膠樹〉到〈皮影戲〉，……他在語言上樸實凝煉，在意象上更見成熟渾圓，且力求一首詩整體結構的完美。而他對自己山水詩的詮釋更其透澈：「美必須有內涵，尤其要有哲理內涵，我嘗試學王維，像他的禪意，談玄悟道的哲理，表現在一種空寂之中的山水裡。完全摒棄演義性、分析性的語言，排除知性的侵擾，讓理性完全消融在景物中。這時候，我真的見山不是山，見水不是水」。

〈皮影戲〉組詩，由四個短章組成，前二節寫傀儡的誕生和自白，以頗具分析性的語言，突顯傀儡的身世與處境。如「一把尖銳的鑽，雕刻成我凹凸的性格」，「一個躲藏在後台的老人，控制住我的喉嚨」。後二節則概說影子的背景和下場，以自白和自嘲的方式交互運行，「我是光明的兒子，沒有燈光的普照，我就活不了」，「被玩弄過之後，我們的頭一個個被摘下來，耐心等待另一次日出」，全詩就在那種十分生活化、形象化、戲劇化的調侃中落幕。據作者供稱，這首詩曾在新加坡作朗誦演出，效果甚佳。

莊垂明（一九四一——二〇〇一）

瞭望台上

指向前面
嚮導說：
「那就是邊界
不可擅越」

站在落馬洲的瞭望台上
我偷問蒼鷹
凜風、鳴蟲
什麼叫做邊界
他們都說：
「不懂」

鑑評

莊垂明，福建晉江人，一九四一年八月生，菲華師範專科學校畢業，曾任菲華文藝協會常務理事。曾主編《菲華自由詩社選集》（一九六一），一九八五年曾獲菲華「河廣詩獎」首獎，詩作曾入選台灣《聯副三十年文學大系》詩卷，《七十二年詩選》、《一九八四台灣詩選》、《小詩選讀》、《玫瑰與坦克》（菲華詩卷）等。作者詩作產量不多，但文字功力深厚，結構嚴謹，意象突出，往往由於詩人輕輕的一擊，而使吾人讀詩的心靈，為之悚慄與黯然神傷。而他自己則常感喟：「我喜歡在起落呼應的鳥聲中，在許多看似對立，卻又在泥土的根鬚相連的大樹下，快樂地檢討我的詩觀，寫我的詩。」他的〈一張照片〉一詩，曾入選《一九八四台灣詩選》，蘇紹連等多位編委曾集體簡評這首詩，馮青曾指出：「有隱隱的沉哀，有異鄉人對『家』和中國極『血肉』的認定和滿足。」李弦則說：「從小中見及悠悠的時空，具有溫馨的情懷。」對了，他的詩常有一股潺潺的暖流，有時化作撫慰心肝的淚滴，有時又化作燙貼肝腸的血液。

〈瞭望台上〉，初刊於一九八三年九月卅日「聯合副刊」，後收入蕭蕭主編的《七十二年詩選》。該詩誠然寫出了所有人類都應關切的課題。或如編者在詩後按語中的小評：「鄭愁予的〈邊界酒店〉說：『不能跨出一步，一步即成鄉愁』。莊垂明在〈瞭望台上〉說：『那就是邊界，不可擅越』。——為什麼為什麼現代人的邊塞詩不在西北荒原，卻在東南水域？作者此詩又顯示另一個意義：人為的政治力量才會有邊界，對於大自然的蒼鷹、凜風、鳴蟲，牠們是無所謂邊界的。——這點，值得所有人類深思。」

桑恆昌（一九四一——）

再致母親

總想到您墳上去，
總算有了機會，
您的墳也去世了。

母親，葬您的時候，
您才三十多歲，
青春染過的長髮，
飄在枕上。

我已滿頭「霜降」近「小雪」，
只要想起您總覺得還是個孩子。

在兒子的心上，
您依然增長著年壽。

母親，走近一些呵，
讓兒子數數您的白髮。
母親，葬您的時候，
您的墳是圓的，
像初升的太陽——
一半在地上，
一半在地下。

您的墳是圓的，
地球也是圓的——
一半在白天，
一半在黑夜。
您睡在地球的懷裡，
地球就是您的墳墓呀，

母親！
不論我在哪裡呼喊，
您都會聽到我的聲音。
為了離別時的那行腳印，
您夜夜失眠到如今。

鑑評

桑恆昌，山東武城人，一九四一年十二月六日生。少年喪母，父親桑蔭峰國學根基深厚，他從小即受其薰陶和濡染，中學時代對新文學產生濃厚興趣，一九六一年由平原一中高中畢業，後被保送到軍事院校，在空軍服役，一九六四年進武漢空軍雷達學院學習，一九六七年自願去拉薩空軍部隊，一九七二年退役，一九七五年調《山東文學》任詩歌編輯，一九八五年協助孔林創辦《黃河詩報》，《黃河詩報》主編。著有詩集《光，是五顏六色的》、《低垂的太陽》、《桑恆昌抒情詩選》、《桑恆昌懷親詩》、《靈魂的酒與輝煌的淚》、《愛之痛》（桑恆昌情詩選）等多種。

桑恆昌的詩作，題材相當廣泛，從他於一九九一年五月增訂的《桑恆昌抒情詩選》來看，大致包括自喻、詠物、哲理、政治抒情、紀遊、愛情、懷親，題贈等八類。作者慣以質樸、俚俗的語言，親切、自然的調子，單刀直入的意象，去建構他自己的創作世界。馬啟代在其著述的《桑恆昌論》一書中說：「桑恆昌的詩都是真情的藝術，愛情詩對他是個考驗，也成為最能透視這位山東漢子熾熱情懷的最佳視角」。金樂敏則以另一種角度切入：「桑恆昌，作為一個詩人，在詩中他是一個完全徹底的唯『心』主義者。對他來說，心靈世界感覺上的真實性是至高無上的，而客觀世界一切科學物理的定論都是毫無意義的。由此，他的詩篇才形成了有別於客體世界的純主體世界」。是以桑恆昌再三強調：「真正有意義的創作都是新生命的誕生，生命有重複的嗎？」又說：「我寫得很苦，甚至感到詩是要命的。有人說這是成熟的表現，如果是這樣，我選擇難而拒絕成熟。」而詩人的獨特體悟與自我冷靜的觀照，乃成為他建立自己詩體的不二法門。

〈再致母親〉是桑恆昌的純情之獻，讀畢全詩幾乎讓筆者淚眼滂沱，不能自己，或許咱們對母愛有極其相似的情境！但作者攫取意象的手法相當新銳而精確，每一節每一句都是那樣的真摯犀利，深深直撲你的心靈。像這樣值得再三吟誦的懷親詩，還需要浪擲筆墨加以詮釋嗎？

淡瑩（一九四三——）

楚霸王

他是黑夜中
陡然迸發起來的
一團天火
從江東熊熊焚燒到阿房宮
最後自火中提煉出
一個霸氣磅礴的
名字

錯就錯在那杯溫酒
沒有把鴻門燃成
一冊楚國史

卻讓隱形的蛟龍
銜著江山
遁入山間莽草
他手上捧著的
只是一雙致命的白璧

據說
有蛟龍必有雲雨
被圍三匝
大風忽起
鴻溝以西以東
都是雲都是雨

他被雷聲風聲雨聲
追趕至垓下
糧絕
兵盡

狂飆折斷纛旗
烏騅赫然咆哮
時不利兮可奈何

「田園將蕪胡不歸
千里從軍為了誰」
是誰的歌聲
捲起滾滾黃沙
他辨不出
那方有太陽
那方有雨水

行至烏江
他的臉
如初秋之花
一片一片墜下
江上的粼光

是數不盡的鏡台

此岸
敵軍高舉千金萬邑的榜告
他那顆漆黑的頭顱
沒有比這時
更閃爍
更扎眼

彼岸
婦孺啼喚八千子弟的魂魄
縱使父老願再稱他一聲
西　楚　霸　王
他的容貌
已零落成黃昏

烏江悠悠

東渡
無船載得動昨日的霸氣
身後
天兵的旌旗捲起風跟雲

他把寶劍舞成數百道
人鬼隔絕的路
倏地張大嘴
一口咬住那股寒鋒
三十一歲的鮮血
直沖青天
終於跌入逆流

大江東去
他的頭顱跟肢體
價值千金萬邑

及五個誥封
浪淘盡千古風流人物
他的血在烏江嗚咽

鑑評

淡瑩，本名劉寶珍，廣東梅縣人，一九四三年九月十六日生，六十年代初期到台灣大學外文系就讀，畢業後進入美國威斯康辛大學，獲碩士學位，一九七一年夏天赴加州大學聖塔芭芭拉分校教書，一九七四年隨夫婿王潤華到新加坡定居，曾任新加坡國立大學華語研究中心講師，《星座》詩社同仁。著有詩集《千萬遍陽關》、《單人道》、《太極詩譜》、《髮上歲月》。曾以《太極詩譜》一書獲一九八〇年新加坡全國華文詩歌大獎。

像所有女性詩人一樣，淡瑩一開始創作，也是自小我的玲瓏世界出發，而後逐漸把視野擴大，從早期的浪漫抒情階段，經由充滿幻想，表現內心隱祕世界的西方現代主義實驗階段，然後再過渡到回歸古典，並試圖將現代與古典相結合，從而形成一種既典雅又現代的新風格。晚近出版的《髮上歲月》，也正是她近年詩的美學觀的呈現，全書真情流溢，意象澄明，其探索的觸角顯然更擁抱現實，切入人生，所謂「詩的蛻變也就是生命的蛻變」（洛夫語），以致她更加珍視自己得以從早期的紛亂中走出，建立近期的新秩序，從而展現一種回歸到中華人文精神本位的穩健風采。

淡瑩的另一特點是不斷開拓新的題材，嘗試大手筆大氣魄比較陽剛性的創作。〈楚霸王〉是一個典型的代表。全詩充滿「逼人的意象」，從鴻門宴，到彈盡糧絕的垓下，再到浪淘盡千古人物的烏江，這期間真是風雲詭祕，一步一個陷阱，咱們且看作者怎樣點字成金，大開大闔，把這一段最精彩最昂揚最淒絕的歷史情節，搬上稿紙，突顯在讀者的眼前。尤其作者對於語言的運用，情節的推演，人物情緒的掌控，形式的排比，字與字的空隔，上句與下句的斷與連，以及某些突兀神祕氣氛的釀造，在在均有淋漓盡致的演出，特別是「詩中營造出古代世界的雄奇景觀」（鍾玲語），值得愛詩人與研究者的縝密探討。

和 權（一九四四——）

桔仔的話

咱們恆是一粒粒
酸酸的桔仔
分不清
生長的土地
是故鄉
還是異鄉

想到祖先
移殖海外以前
原是甜蜜的
橘

而今已然一代酸過一代

只不知
子孫們
將更酸澀
成啥味道

鑑評

和權，本名陳和權，祖籍福建永寧，一九四四年十一月廿五日出生於菲律賓，中正學院畢業，曾任菲華現代詩研究會《萬象詩刊》主編。著有詩集《桔仔的話》、《你是否撫觸到衣襟上被親吻的痕跡》、《落日藥丸》，並編有《萬象詩選》。與林泉、李怡樂合著詩評集《論析現代詩》。曾兩度獲得菲律賓王國棟文藝基金會新詩獎，菲華兒童文學研究會童詩獎，僑聯總會華文著述獎首獎，《新陸》小詩獎，中興文藝獎新詩獎，及大陸寶雞詩獎等。詩作入選海內外多種詩選本。和權是菲華詩壇的中堅人物，詩作散見海內外報紙副刊、文藝期刊和詩刊。他的詩觀，十分明確，從他的語言、節奏、張力、意象，我們可以感知他對素材的運用，最基本的要求是「言之有物」。換言之，和權不是一個充滿夢幻的虛無主義者，而是一個熱烈擁抱現實的自我主義者。他的詩追求精鍊、準確、真誠，和海外另外一位詩人非馬一樣，都力圖把文字盡量壓縮沉濺，使其爆發出一剎那張力燦爛的火花。

和權善於經營小詩，一九八七年筆者編著的《小詩選讀》，即曾收入他的八行小詩〈拍照〉一首，該詩語句短小而厚實，敘事清晰而俐落，純是作者偶然靈光之一閃，其中滿佈以退為進，亦虛亦實，似真似假的情境，藉以達到娛悅讀者的目的。有人以「自然美、純淨美、精短美、親切美、暢曉美」（姚學禮語）來稱許他，亦頗貼切。

〈桔仔的話〉，曾收入爾雅版向陽主編的《七十五年詩選》一書。本詩結構單純，引喻明確，文字淺顯，但是卻道出了海外華僑共同普遍的心聲。他們自喻是一粒粒酸澀的桔仔，可見在海外創業的艱苦，一方面有自哀自憐「是故鄉，還是異鄉」情結的難解，同時又要為下一代華人的變質（酸澀）而憂心如焚。而這種進退維谷無助與無奈的精神傷痛，必然還要繼續延伸下去。本詩語淺而情深，充分展現作者有強烈尋根的歷史感，值得玩味。

葉坪（一九四四——）

獨坐

獨坐無語於很秋很秋的寂靜之夜
曠野上
坦蕩且別有一番情致
我不是石頭
聽水聲自遠方汩汩而來汩汩
而去
浸潤在如水的風中

那水上該有一朵落花該有一片
紅葉麼
我無法看到落花的慘豔

但
想像紅葉的火焰
一定依然暖暖的鮮紅
使一些可歌可泣的故事明亮起來
如水聲不絕

一陣突然襲來的寒意催我歸去
猛想到
田裡的稻菽早已顆粒歸倉
唯有這水上飄流的故事聲聲纏綿
不知將泊於何處
又由誰去收拾

在這很秋很秋的寂靜之夜
使我獨坐無語……

鑑評

葉坪，原名葉連根，浙江紹興人，一九四四年生，十三歲投身於粉墨生涯，受戲曲文化及中外古今名著的薰陶與影響而走上文學之路。曾任溫州市作家協會祕書長、台灣《創世紀》詩雜誌社務委員。曾與曹劍合編《青年愛情詩》、與初軍合編《中國東部詩叢》，並多次在詩歌大獎賽中得獎。著有詩集《江南一片葉》、《太陽與酒》。詩作曾入選《創世紀詩選》第二集。

葉坪的詩，充滿了蘊涵、多彩的生活情趣和深沉的哲理色彩。他常以樸實、淡素的筆調，抒發自己獨特的思絮和情志，能給人以清新雋永、美好的感染和啟迪。作者也曾自述：「詩是生命意識和生命體驗的折光，我的詩是我內心真摯的聲音的回響。感謝生活的恩賜，讓我嘗遍人生的酸甜苦辣。十三歲唱戲，跋涉江湖，風雨兼程。『文革』中被錯打成『五．一六』分子，又領略過鐵窗的滋味。……而今已過不惑之年，愛詩之心依舊，得失自知」。筆者曾在數年前給他的題詞中作了以下的陳述：「詩是知性的舞蹈，詩是靈魂的顫弦，願你的筆寫盡人生的滄桑」。雖然並非全然對他詩作的評述，但就某些象徵性的意義而言，依舊對葉坪有很大的期待，因為他一直是熱愛生活，曝曬自己生命的詩人。

〈獨坐〉是葉坪詩作中一首令人沉思默想的佳篇，純是作者於某一孤獨靜謐的氛圍中完成。他熱愛泥土，熱愛大地，熱愛石頭，與夫大自然界的一花一木，以及不經意潺潺而來的水聲。本詩以〈獨坐〉靜觀所得所視所感而織就的景緻，恰似一縷縷如風的意象，輕輕飛上讀者的心頭，只教人冥想，或者把自己帶入王維一片幽靜的〈竹里館〉裡，讓「明月來相照」吧。

黃國彬（一九四六——）

沙田之春

胸中遍地江湖，
一只黑色的水禽
拍著雙翼
消失在
一片
漠
漠
的
水
光
中，

毛毛雨落在沒有行人的路上，
落在白色的田裡，
毛毛雨落在彎腰插秧的農夫
背上的蓑衣，
深山的樹叢
傳來一兩聲
子規濕濕的鳴叫，
池塘生春草，
魚兒的嘴在水面開合，
漣漪散向四邊，
田裡，青蛙跳了出來，
濕黑的樹葉上，蝸牛
慢慢伸出了黏滑的觸角——
轟隆一聲我醒來，
一架黃色開土機的巨螯
又挖起了一堆山泥倒入海裡；
沙田馬場，一望無際的黃土，

正繼續聲勢洶洶向吐露港那邊掩殺——
磅磅磅磅，寂靜如水晶碎裂，
一艘強力引擎快艇
正剳開澄清的海面
朝我這邊全速削來，
後面留下一道慘白的疤痕，
以及一縷一縷的黑煙。

鑑評

黃國彬，祖籍廣東新會，一九四六年生於香港。一九四八年至一九五八年曾回內地，後於香港皇仁書院及香港大學就讀，並獲香港大學文學碩士學位。曾於一九八〇年到義大利翡冷翠研究但丁，後任香港大學英文系講師，為《詩風》雙月刊編輯。加拿大多倫多大學博士，曾任香港嶺南大學翻譯系韋基講座教授兼主任、香港中文大學翻譯系講座教授等。曾獲中文文學雙年獎之散文獎。著有詩集《攀月桂的孩子》（一九七五）、《指環》、《地劫》、《息壤歌》、《微茫秒忽》（一九九三）等。評論集《從蓍草到貝葉》、《中國三大詩人新論》、《千瓣玫瑰》、《陶淵明的藝術》，並詳有但丁《神曲》等。

自一九七五年到七七年，黃國彬以極旺盛的創作力，出版了前述的三本詩集和一本評論集，在短短的三年裡，他與詩結緣，寫詩、譯詩、論詩、編詩、教詩，故而余光中曾戲稱他是「五馬分詩」。

作者對中外詩歌，涉獵範圍甚廣，因此他的詩作，既有文化感，也有歷史感，題材更是多元化，友情愛情、鄉村都市、現實神話、生命死亡、音樂哲學、天文地理，無不一一入詩。在篇幅上，有長達一千行的如〈星誄〉，也有短短三數行的如〈鈴蘭〉。

一九八二年九月，台北爾雅版的《感月吟風多少事》（現代百家詩選），輯入他的三首詩，其中有一首小詩〈鰻〉，頗為引人矚目。

魚蝦趁春汛入海
我從大海逆春汛
鞭入內陸，
像一把火炬，熊熊
在幾千里外
留下我的體溫

作者處理意象的手法，係採迴旋與側擊，有時順勢而為，有時又逆勢操作，不然他怎能在千里外留下早已冷卻的體溫，令讀者莞爾！

〈沙田之春〉，作於一九七六年三月十九日，作者主在寫大自然給予沙田以美景，可惜正被日益眾多的機械文明所破壞，令人浩歎。黃維樑在分析本詩時指出：「現代文學之中，機械文明破壞大自然之美，是個具有普遍性的主題。詩裡的沙田，其實是世界上千千萬萬遭受此劫的地方。……詩人目睹這破壞的過程，難免分外為大自然惋惜，作者比常人敏感，才會寫〈沙田之春〉。他敏感之外，還有精思，而精思使此詩成為佳作。……本詩以「轟隆一聲我醒來」一行為分界線，這行之前是夢想，之後是現實。夢想的境界是寧謐和諧的大自然之美，現實是美的破滅。……前後兩段所寫截然不同，但讀者只覺其對比之強，而不覺其轉變之突兀，原因是此詩轉折得自然渾成。」（引自〈攀史詩的月桂〉一文，見黃維樑著《怎樣讀新詩》，五四書店，一九八九年四月，第二〇九—二一一頁）。

〈沙田之春〉，讓我們自豁達的抒情與機智的諷刺中，獲得了至高的喜悅。

藍　菱（一九四六——）

空山聽楓紅

鐘點不可能比這更暗
更靜　我們小立於風裡
索找　千萬鼓聲在
呢喃的耳裡
所有的夢冬為
霜

不移絲毫　但
大地以千枝探索
我們深眼的脈河
要是明日　對季節來說

我們的孤獨不再
顯得陌生
我們情願在十指下旋轉
在一堆舊名字中
數落一個又忘了別個
看
山
自回音裡升起

葉子們都被刻在石上
說　請忘了這些
　　　　地球的音響很稀薄

只有殘燼
只有殘燼才是
遲遲的來者　而
山的額頭上
此際正滿溢日暮紅雲

我們甚至不能算遲

鑑評

藍菱，本名陳婉芬，福建晉江人，一九四六年六月四日出生於菲律賓馬尼拉，畢業於菲律賓遠東大學，一九六八年赴美留學，獲愛荷華大學藝術碩士學位，現旅居美國。曾為《創世紀》詩社同仁，現為《現代詩》季刊社編委。著有詩集《第十四的星光》、《露路》、《對答的枝椏》；另有散文集《野餐地上》、《萬戶燈火》等。

藍菱自幼很有才情，十四歲在菲出版處女詩集《第十四的星光》，立即震驚菲華詩壇。我們透視這冊薄薄的小書，認為那是她啼聲初吐，彈著個人小小心曲的時代，免不了會有別人的影子；四年後她又推出《露路》一冊，至此，女詩人內在的星光已被認定，對生命、愛情、事物的觀念均有自己的詮釋。如果說「當六十年代林泠、敻虹灑給我們以數不清的靈魂的花雨，藍菱卻以另一種不似溫柔的溫柔那樣親切的調子圍繞著我們。」她企圖集婉約、輕快、深沉於一握，又彷佛是在一座意象撲面的橋上，豁然響起一陣陣篤篤的鞋聲。一九七三年第三本詩集《對答的枝椏》出版，更展現作者在感情、意象與文字之間的配合上，隱隱透露更深一層的意義。里爾克說：「凡瞭解一切藏在語言背後的人有福了。」那麼，詩貴在言外，這也是她這本詩集所致力經營的。八十年代中期以後，她的詩作，如〈島上來信〉、〈米〉、〈在飯桌前〉，則更趨切近生活與現實，拉近抽象與想像的距離，由於語言的明確度大增，似乎親摯了許多。

〈空山聽楓紅〉，是她七十年代初期的詩作，依然呈現其語音、意象、節奏一貫的美感。題目本身即讓讀者陷入一種寧靜的玄想，楓紅是「看」而非「聽」，可是作者卻執意如此，當然她的言外之意是很明顯的。換言之，本詩是她在山中以自己特有的聽覺與視覺，與滿山蕭蕭的楓葉相對，而次第興起的一點一滴枝枝葉葉內心感覺之漣漪。所謂鐘點更「暗」，夢冬為「霜」，山自回音中「升起」，殘燼是遲遲的「來者」，以及地球的音響「很稀薄」……，純然是作者當時以自己的特有感覺，穿插對某些事物（內在與外貌）扭曲甚至變形的素描，而作者個人卻一直徜徉在那種朦朧靜謐的氣氛中，他人是否與她當時的感覺世界相疊合，似乎是餘事了。這是一首充滿忘我情懷的詠物詩，且讓我們專注的聽它誦它，似乎遠比苦苦的解它剖它有趣得多了。

傅天琳（一九四六——）

揹帶

她只是順著風順著河流走去
並隨便剪下身後的一段路
用來揹她的孩子

就這樣她和孩子纏在一起了
笑聲疊在背上
哭聲疊在背上
一條揹帶從孩子的肩母親的肩搭下
在母親胸前交叉挽成結
　　挽成蝴蝶

她徑直往前走著
竹籃裡的種子怎麼也播不完
母親的愛怎麼也播不完
孩子只有種在母親背上才能生長
即使秋天
她也能聽見出芽的聲音
　　蝴蝶結在胸前翩翩飄起

母親和孩子纏在一起
白夜也解不開
雷電也劈不開
也許只有在孩子下地的時候
蝴蝶結才會緩緩鬆開
還原成路

鑑評

傅天琳，四川資中人，一九四六年生，一九六一年在重慶市電力技術工人學校畢業後，分配到重慶北碚園藝場果園工作十九年，然後調到北碚文化館，現任重慶出版社編輯，中國作家協會會員。著有詩集《綠色的音符》、《在孩子和世界之間》、《音樂島》、《紅草莓》、《太陽的情人》，曾獲第一屆全國優秀新詩集獎。

傅天琳於一九七八年開始踏上詩創作之路，她的首部詩集《綠色的音符》（一九八一年），是以果樹園的生活情景為對象，充滿彩色的描繪和讚美勞動者芬芳的汗水，同時也展現從六十年代初到七十年代末生活的坎坷與不平，而她次第以詩篇來繪出某些生活經歷與感情體驗。第二部詩集《在孩子和世界之間》（一九八三年），她已跨進一個比較廣闊的人生世界，許多詩的意象，相當精緻而幽微，鋪展出她在母親和孩子之間，一幅親切深情而又鮮活跳動的二重奏。到了《音樂島》（一九八五年）與《紅草莓》（一九八六年），她的作品題材和境界都有明顯的擴大，無論感受、情緒，由於接觸到一些新的陌生的事物，諸如現實社會的變革，以及造訪異域所帶來的文化衝突等引起的反思，使她的作品不自覺地散發某些童話般的語調和遐思，企圖超越自我的感受，而去採拾呈現北方森林的雄奇景觀（如抒書寫大興安嶺的詩）。傅天琳從早期語言、意象的單純明淨，而到近期的比較豐繁與緊密，這都是由於她歷經種種特殊體驗而捕捉到的相應的方式。引她自己的話則是：「我尋找用詩表達自己，更希望以此培育並校正靈魂，因為我對我與生俱來的脆弱、狹隘和敏感無可奈何。」這不正是象徵一個寫詩的心靈，她不是時時刻刻在觀察、採拾和修正自我嗎？

〈揹帶〉是一首飄著母愛，飄著生活意象水花的好詩，從首節「隨便剪下身後的一段路，用來揹她的孩子」，以這種鮮活的奇想，再搭配實景，母子親情水乳交融的畫面由此誕生。以後三節作者有更細膩動人的演出，三個蝴蝶結點出三種不同的情景，俏皮、巴望、落實，直到孩子下地，它才「緩緩鬆開」，就讓孩子從這條布滿生命血絲小小的揹帶所鋪成的路，載歌載舞地走下去。

傅天虹（一九四七——）

龜碑

山石的骨架
組合
一些垂直的
或者彎曲的線條

立於荒野
渲染草莽的
全都是
秦代的聲音漢代的聲音

駝起方知沉重

腐敗是主要的內容
楓葉
一次次哭紅了秋天

伸長了脖子
莫非是想告訴來者
腳下的土地
等待重新立法

鑑評

傅天虹，祖籍安徽，一九四七年生於南京，自幼酷愛新詩，小學高年級時即有習作見諸報刊。南京師範大學中文系畢業，香港廣大學院文學士，曾任香港《當代詩壇》主編、銀河出版社總編輯、《文學報》副主編。詩作曾獲大陸第一、二屆雨花文學獎，台灣一九八六年度優秀青年詩人獎，詩作曾入選台灣爾雅版《七十三年詩選》、《七十七年詩選》。著有詩集《酸果集》、《火花集》、《流入沙漠的河》、《花的寂寞》、《香港詩情》、《傅天虹詩選》等多種。

傅天虹自幼寄養在外婆家，童年生活東飄西蕩，備極艱苦。文革時期，逃離南京，四處流浪，並學得做木匠的好手藝。一九八三年輾轉赴香港，雖然經濟拮据，他對詩歌的活動出版，依然作出很大的奉獻。一九八七年十二月六日，台灣詩人洛夫、向明、張默曾在台北太陽飯店為傅天虹詩作舉行了一個小型座談會，分別發表對他詩作十分客觀的感想。洛夫曾指出：「傅天虹早年歷經苦難，來到香港仍然橫逆叢生，必須面對新環境所帶來的生活與精神的雙重壓力，但他那頑強的生命力，不屈於逆境的意志力，再配合他對文學藝術的熱情與專注，使他的詩作表現出一種罕有的，令人驚心的撞擊力量。」向明則剖陳：「他的詩不僅是他個人在逆流中奮勇上游的紀錄，同時也是一個苦難時代的見證，一個受傷民族的見證。」張默的看法是：「我對他詩作的總體印象是感情熱熾，節奏輕快，語言單刀直入，對人間展示無限的愛心。」同時更列舉他的一首小詩〈問〉為證——

真想問一問
風
這樣不知疲倦的清理
莫非搖掉最後一片葉子
世界就乾淨了

顯然，作者以「風」為這首小詩的引子，由風想到動蕩，想到春華秋實，最後風把所有葉子都吹落了，世界真的就一塵不染了。本詩以疑問句結束，啟人遐想，可圈可點。

〈龜碑〉發表於一九九四年十二月《台灣詩學》季刊第九期。全詩脈絡分明，想像飛躍，語言靈動，寓意深刻，藉碑石而發思古之情懷，極具婉曲錯綜之美，令人悠然神往。其中不乏飛來的佳句：如「楓葉／一次次哭紅了秋天」，「渲染草莽的／全都是秦代的聲音漢代的聲音」，……確確引人怦然心動。

梁秉鈞（一九四八——二〇一三）

靜物

本來有人坐在椅上
本來有人坐在桌旁
本來有人給一盆花澆水
本來有人從書本中抬起頭來

現在他們到哪兒去了？

那個隨著音樂起舞的人
那個喜歡吃麵條的人
那個愛喝白開水的人
那個戴頂帽子擋陽光的人

現在他們到哪兒去了？

是一個想與你好好說話的人
是一個想與你緊緊挽著手的人
是一個想與你一起高聲唱歌
想與你一起仰望天空的人

現在他們到哪兒去了？

變成一個分水給陌生人喝的人
變成一個為信仰而停止進食的人
變成一個含著眼淚勸告武警的人
變成一個為朋友擋去子彈的人

現在他們到哪兒去了？

輾成了碎片
撞成了彈孔
吹成了風砂
撒成了灰塵

現在他們到哪兒去了？

變成了你我身畔永遠的影子
變成了我們每日的陽光和空氣
變成了生活裡的盆花和桌椅
變成了我們總在讀著的那本書

鑑　評

梁秉鈞，曾用筆名也斯，廣東新會人，一九四八年生，香港浸會學院英文系畢業，美國聖地牙哥加州大學比較文學博士，曾任教香港大學英文及比較文學系。著有詩集《雷聲與蟬鳴》、《遊詩》、《游離的詩》；小說集《養龍人師門》、《剪紙》；散文集《灰鴿早晨的話》、《神話午餐》、《山水人物》；另有集思編的《梁秉鈞卷》，收詩、散文、小說、論文四輯。

梁秉鈞崛起於六十年代後期，被譽為文壇多面手，詩在他的文學創作上仍佔有極重要的位置。大陸女詩人鄭敏對他的詩有很率真的評述：「梁秉鈞的詩，尤其是他的《游詩》（廣義的）是一些微妙的腳印，我們打開他的詩集，在這些腳印前，感覺到人生的振盪留下的似有似無的微波。那吸引著你，而又不太捕捉得到的微微震動，是他的詩對我的魅力。當生活變得很刻板，缺少新鮮感時，我喜歡打開他的詩集，走進他的微妙的感覺世界。讀他的詩，你絕不能過分緊張地追問：這是什麼意思？你要說什麼？敏感的詩人要求敏感的讀者，一切盡在不言中。」而洛楓認為他的詩是：「在提供白描、具體呈現的基礎上，開展而來流動的、跳躍的、甚至是不穩定、不確定的審美情態，這種轉變，是詩人接受外地城市、文化、生活衝擊產生的，同時也是個人內在自覺、自省和自我調整的表現。」或如他自己所提出的「發現的詩學」。梁秉鈞也很喜歡明朗可解的詩，但那絕不是一眼看穿的那一類。

透過上述的看法，我們來欣賞他的〈靜物〉，自然比較容易切入。本詩是作者筆下偶然一閃的一個小品，是詩人觀察周遭人與物的生活實況，把他們的一舉一動，緩緩推移到他所設計安排的場景中。是故不論是安靜的桌子、椅子、盆花、書本，或是動盪的舞者，歌者、吃麵條的人、擋子彈的人，他（它）們統統都是「靜物」，隨著時空的變異，互有不同的位置與表情。本詩從表面上看，依稀有那麼多人、物在熙熙攘攘，吵著要這要那，實則可能是空無一人空無一物，統統都不存在，所謂人間的哀愁，怨懟，譏諷，無聊等等，只不過是一時的現象。梁秉鈞藉〈靜物〉來探測未知，抒發物換星移，撫觸黑白不分的詭譎，他不講求約定俗成，他要急急突破語言的重重路障，不正是給現代詩開闢另一條潺潺的活水？

北島（一九四九——）

回答

卑鄙是卑鄙者的通行證，
高尚是高尚者的墓誌銘。
看吧，在那鍍金的天空中，
飄滿了死者彎曲的倒影。

冰川紀過去了，
為什麼到處都是冰凌？
好望角發現了，
為什麼死海裡千帆相競？

我來到這個世界上，

只帶著紙、繩索和身影，
為了在審判之前，
宣讀那被判決了的聲音：
告訴你吧，世界，
我——不——相——信！
縱使你腳下有一千名挑戰者，
那就把我算做第一千零一名

我不相信天是藍的；
我不相信雷的回聲；
我不相信夢是假的；
我不相信死無報應。

如果海洋注定要決堤，
就讓所有的苦水都注入我心中；
如果陸地注定要上升，
就讓人類重新選擇生存的峰頂。

新的轉機和閃閃的星斗，
正在綴滿沒有遮攔的天空，
那是五千年的象形文字，
那是未來人們凝視的眼睛。

收穫

一隻蚊子
放大了夜的尺寸
它帶著一滴
我的血
我是被夜的尺寸
縮小了的蚊子
我帶著一滴

夜的血
我是沒有尺寸的
飛翔的夜
我帶著一滴
天堂的血

鑑評

北島，原名趙振開，浙江湖州市人，一九四九年生於北京，一九六九年高中畢業，到建築公司當了十一年的混凝土工和烘爐工，一九七八年底創辦《今天》文學雜誌，共出刊九期，一九八〇年調中國報導社工作，一九八六年應杜倫大學（Duran University）之邀，到英國研究英國當代詩歌，現為香港中文大學中文系教授。著有《北島詩選》，本書曾獲第三屆全國新詩集獎。另有《北島、顧城詩選》、《北島詩集》、《在天涯》（北島詩選）等。

北島從事新詩創作，始於一九七〇年，他的好友遇羅克被殺，使他的思想開始向內凝聚，〈宣告〉、〈結局或開始〉就是悼念遇羅克的詩作，充滿對現實命運的質疑與憤怒，他的詩一開始就顯現冷峻孤傲的氣質，充滿懷疑反叛的色彩，〈一切〉就是例證。

一切都是命運
一切都是煙雲
一切都是沒有結局的開始
一切都是稍縱即逝的追尋

這首十四行體的小詩，曾被評為「虛無灰暗」，如果我們加以檢視，自會發覺，每一句是一個意念，但其含蓄的都是現實人生的情景，婉曲而繁雜，雖用語略帶肯定的語氣，使人讀後難掩一股悲天憫人的情懷。其實北島詩作所呈現的面貌，早已引起當時批評界的注意，彭萬榮直指：「響徹在北島創作中的主旋律，是他對於那塊歷史土地淒愴、冷峻、沉鬱的凝思」。王乾則認為：「呼喚人的尊嚴，人的價值，對殺戮和閹割人性和人道的暴行的憤懣、仇恨、沉痛，構成了北島詩歌人道主義的主調」。由於北島被人賦予一種「反叛者」的形象，他的眾多詩篇也曾引發不少絕對不同的議論，以下梁秉鈞的話頗有見地：「說到反叛，說到不願寫沒感受到的優化的觀念，我們得提到北島的詩。青年往往是反叛者，或者因為他們不必害怕權威，不必依附權勢，亦有理想和天真，堅持自己認為對的事。反叛者往往喜歡提問，反叛者不相信既定的俗套答案」。筆者以為大陸新詩潮的崛起，至少使新詩走向現代化提前了若干年，不然中國當代新詩一直封閉在規格化、統一模式的桎梏中，豈能延伸活潑它的新生命。

〈回答〉初刊於《詩刊》（一九七九年三月），〈收穫〉則收入於《北島詩選》（一九九三年牛津大學出版社）。兩者風格、語言、表現手法，確是不同。北島顯然是在穩定的成熟中。

〈回答〉係作者向當時社會發出挑戰的宣言，擎起變天的火把，在讀者心中留下的烙印是深刻而巨大的。〈收穫〉是北島晚近的小品，作者以十分冷冽的觀物態度，以一隻蚊子為描寫的對象，其實那隻蚊子即是作者自己，最後蛻變為天堂的血，全詩時空轉移快速，語字簡約，反諷犀利，純然已臻至另一「言外之旨」的新境。

江河（一九四九——）

填海

她和海水玩得正開心時
海把她收了去
讓這瞬間的歡笑波光粼粼地展開
鳥睏了夢見她
羽毛凌亂地裹起赤裸的身子
雲在海上投下陰影

遺恨青春不能常在
她用翅膀撲打陽光
她用委婉的叫聲把時辰弄彎
鳥兒徒勞無益地夢見了她

從此鳥把她帶在心上
像一隻籃子在光中搖盪
在透亮的林子裡睡
從霧中醒來
教她於山海之間投擲發光的石子
濺開黎明敲響黃昏
中午圓滿地安靜下來
她夢見自己的身子成了潔白的石頭

端莊地站在陽光裡有多好
蓬鬆地在風中流動有多好
岩石裂開　果核裂開
她終於成了另一個，成了一隻鳥
白羽毛　銜著光潔的石頭
她飛得很高
像一個黑點兒，一個浮動的字

海平靜地等著一個島濺落

鑑評

江河，原名于友澤，北京市人，一九四九年生，一九六八年高中畢業，一九七七年開始寫作，他的處女作，於一九八〇年五月在《上海文學》發表，後收入早期詩集《從這裡開始》（油印本），與《太陽和他的反光》（一九八七年，人民文學出版社），又大陸各種不同版本的朦朧詩選，也都收有他的詩作。

江河的詩作，大致可概分為三個階段，分別展示了不同的創作路線。「第一個階段（一九七七—一九八一），作者懷抱浪漫主義的理想，以民族戰士的姿態，傾吐出深沈憂鬱的愛國意識。在《從這裡開始》一書中清晰可見。第二個階段（一九八二—一九八四），作者一反前期的推崇個人英雄主義，強調集體意識，以反英雄的神話和幽默諷刺的詩風，重新建立文化意識和塑造民族精神的內涵，〈太陽和他的反光〉組詩堪為代表。第三個階段（一九八五年以後），作者褪盡了英雄色彩，也隱沒了遠古神話，不談祖國，不談文化，以反思和批判精神，透過普通人的日常生活，來揭開生存的真諦。〈接觸〉等詩作就是這個時期的標誌。」（以上資料參考莊柔玉著《中國當代朦朧詩研究》一書第五章，一一九—一二二頁，台北，大安出版社，一九九三年五月出版）。

綜觀江河的詩作，除了強調「自我的省思」，他對「民族精神的挖掘和塑造」也極為重視。在壁華、楊零編的《崛起的詩群——中國當代朦朧詩與詩論選集》，（香港當代文學研究社，一九八四年）一書中所錄〈青年詩人筆談——請聽聽我們的聲音〉，江河曾很深澈地說了一段話：「屈原驚人的想像和求索、震撼、痛苦著每個詩人和讀者，一直到今天，那些用古詩和民歌的表現方法來衡量詩的人，一味強調固有民族風格的人，正是形式主義者。民歌的本質在於民族精神。這才是我們該探求的地方，其中包括對民歌劣根性的批判」。從他的詩作〈紀念碑〉、〈沒有寫完的詩〉、〈追日〉到〈交談〉，可以探索江河的歷史感、生存感，在不斷的追求與創發中，展露了詩人一貫的求新求變的真誠。

〈填海〉展示了詩人想像的翅膀，「她」是這首詩素描的中心，如第一節「海把她收了去」，第二節「她用翅膀撲打陽光」，第三節「她夢見自己成了潔白的石頭」和第四節「她飛得很高，像一個浮動的字」。從這些不同的動作和形象，你還不能捕捉作者在〈填海〉一詩中所攫取的豐盈的愛嗎？

芒　克（一九五〇——）

陽光中的向日葵

你看到了嗎
你看到陽光中的那棵向日葵了嗎
你看它，它沒有低下頭
而是在把頭轉向身後
它把頭轉了過去
就好像是為了一口咬斷
那套在它脖子上的
那牽在太陽手中的繩索

你看到它了嗎
你看到那棵昂著頭

怒視著太陽的向日葵了嗎
它的頭幾乎已把太陽遮住
它的頭即使是在沒有太陽的時候
也依然在閃耀著光芒

你看到那棵向日葵了嗎
你應該走近它
你走近它便會發現
它腳下的那片泥土
每抓起一把
都一定會攥出血來

鑑評

芒克，原名姜世偉，一九五〇年出生於瀋陽，在北京長大，一九六四年考入北京三中，一九六九年在文革上山下鄉運動中，與同班同學岳重（根子）和多多（原名栗世征）一起到白洋淀插隊，同住一間小屋，當時他們絕未想到這間小屋後來會成為聞名於北京地下文壇的《白洋淀詩派》的發源地。一九七〇年初，他到山西和內蒙去闖蕩了幾個月，這次流浪生活由於觀察和體驗，大大開啟了他的眼界，一九七一年開始他的詩創作生涯。一九七二年與北島等人認識參與《今天》雜誌的編務，以後成為朦朧詩派的重要詩人之一。一九九〇年他與唐曉渡、孟浪、默默等人創辦《現代漢詩》。著有詩集《陽光中的向日葵》、《芒克詩選》。

芒克的詩所關注的是表現自我的主觀感受，自然景物在他筆下不再是客觀描寫的對象，他率先打破傳統寫實和直抒胸臆的方法，賦予他呈現的對象，以另一種嶄新的形象和感覺。「我」的敘述在他的詩中不僅是表現一種敘述人的意識，而有更複雜的多面性。譬如他的〈十月的獻詩〉，其中的「我」，一會兒指莊稼，一會兒指勞動者，一會兒指土地。……

秋天悄悄地來到我的臉上
我成熟了　〈莊稼〉

我將和所有的馬車一道
把太陽拉進麥田　〈勞動〉

但願我和你懷著同樣的心情
去把道路上的黑暗打掃乾淨　〈黎明〉

芒克這種敘述人的角度不斷變化，導致人與世界經常互換位置，啟發新的感覺，的確值得鼓掌。

芒克早期的詩作，大多短小精鍊，活用口語，八十年代後期他創作了一〇〇七行長詩〈沒有時間的時間〉，是他最重要的作品。「全詩以探索個人存在的情境，生和死，過去和未來，時間沒有開始也沒有結束，以經驗、思想、情感的片斷交替演出，形成一種沒有秩序的秩序，可能性的多層寫意，以及上下求索，對宇宙性的思考，在中國現代詩中還很少見」。（參考吳德安〈地下詩人芒克〉一文）。

〈陽光中的向日葵〉，展現一種傲然孤獨的生存情境，令人驚覺。詩中「向日葵」的形象或許就是詩人自喻，向日葵想要切斷太陽手中的繩索，向日葵悍然怒目向太陽逼視，甚至把泥土一一捏出血來，像這些直接切入眼前事物，活生生的詞彙，再融入個人生存的現實，使其交相重疊所衍生的意象，自會給予讀者更大的思考空間。

伊　蕾（一九五一——）

我的肉體

我是深深的岩洞
渴望你野性之光的照射
我是淺色的雲
鋪滿你僵硬的陸地
雙腿野藤一樣纏繞
乳房百合一樣透明
臉盤兒桂花般清香
頭髮的深色枝條悠然蕩漾
我的眼睛飽含露水
打濕了你的寂寞
大海的激情是有邊沿的

而我沒有邊沿
走遍世界
你再也找不到比我更純潔的肉體
我的肉體，給你的財富
又讓你揮霍
我的長滿青苔的皮膚足可抵禦風暴
在廢墟中永開不敗

鑑評

伊蕾，原名孫桂貞，天津市人，一九五一年生，一九六九年到河北省梅興縣插隊務農，一九七一年調鐵道兵某工廠從事文宣工作，一九八二年調河北省廊房地區文聯開始專業創作，一九八四年考入北京魯迅文學院學習，一九八六年進入北京大學作家班，一九八八年畢業後回天津工作，曾任職天津市作家協會。著有詩集《愛的火焰》、《愛的方式》、《獨身女人的臥室》、《伊蕾愛情詩》、《叛逆的手》、《女性年齡》等。

伊蕾於一九七四年開始發表詩作，她將自己對詩創作的追求，概分為「情緒型、未來型、悲劇型」三種。她擅長描述探索女性長期被壓抑禁錮的心靈，渴望衝破傳統的羈絆，擁抱健康自由真實的生活，避免陷入悲劇的困境，由於她的率直、真誠與膽識，使她的某些詩作，如《獨身女人的臥室》，既受讀者的讚揚又夾雜著非議的聲浪。她曾侃侃自述：「我使我的語言像石頭，拙樸而沉重；像水一派痴情，蒼蒼茫茫；像火，因痛苦的扭曲而瘋狂。」而她也就是希冀以其閃亮清新的語言，走進讀者的心靈，建造一抹幽幽且深刻的愛的夢幻。

〈我的肉體〉正是展現了她突破禁忌的詩觀，大膽而又幽微，野性而又細膩，透明而又朦朧，她敞開了自己的肉體，「我是深深的岩洞」也是「淺色的雲」；「乳房百合一樣透明」、「眼睛打濕你的寂寞」；「我沒有邊沿」，「讓你揮霍」，「在廢墟中永開不敗」。讀這些生動嫵媚而又閃爍的詩句，你的思維是否「像嬰兒，第一次聽到植物的呼救」（引王小妮詩句）。

沈 奇（一九五一——）

十二點

十二點是只打呼嚕的貓
十二點沒有耗子沒有跳蚤
十二點管閑事的狗也不知逛哪去了
十二點太陽不偏不倚不急不躁
十二點是位沒脾氣的老太太哼著小調
十二點牆壁很白樹很遠馬路很燙天空藍得無聊
十二點誰想幹什麼就幹什麼連影子也縮成一團
十二點是自由活動時間一個民族都在睡覺
十二點大家睡得都很好看
十二點每個人的姿勢都很有個性也不缺乏苗條
十二點誰也不願放棄放棄了也沒什麼關係

十二點只是十二點一眨眼就這麼過去了

鑑　評

沈奇，陝西勉縣人，一九五一年生，一九六六年初中畢業，而後下鄉擔任教師、鐵路民工、鋼廠爐前工，一九七八年考入大學，畢業後留校，一九七九年以後，先後在《詩刊》、《飛天》、《延河》及台港報刊發表詩和詩論，現任教於西安財經學院文學院，並為中國作家協會會員。著有詩集《和聲》、《看山》、《生命之旅》（詩與詩論合集）。編有《西方詩論精華》、《台灣現代詩論精華》、《鮮紅的歌唱》（大陸當代女詩人小集）等。

沈奇早期的詩作如《和聲》，難免受到五十年代傳統遺風的影響，題旨比較顯露，構思傾向平面；到了《看山》和《生命之旅》，顯然有很大的突破，不論語域、情境，都力求顯現自己的藝術個性，他這種不斷探索與企圖超越自我的精神，頗引人注目。牛漢曾在《生命之旅》序中指出：「他的詩視野廣闊，有表現陽剛之美的大山、大海、大沙灘，也有感情細膩、很柔美、飄逸的畫面，說明他作為詩人的生命體是豐滿的，具有多方面的創作素質」。而作者在追求詩的現代感與捕捉表現詩的新方法，一直未曾懈怠。丁當在形容他創作時的一段話相當傳神：「清醒目睹自己製造的玩具一個又一個地破碎，但他仍懷著極大的耐心修復它們，他的手指是多麼靈巧，他的神情是多麼莊嚴，而這個過程又是多麼優美」。沈奇對詩執著的理念是：「意象為水，情感為風，智慧為帆，能融會三者一體，方得詩之精氣，詩之全魂」。每位詩人若能運用詩的技巧，達此渾圓之境，豈不壯哉妙哉。

〈十二點〉，作者所抒寫的雖只是某一特定的時空，但沈奇所捕捉的視點非常清晰、單純而鮮活。一開始藉一只打呼嚕的貓揭開序幕，跟著以一些微不足道的瑣事，一些看似無聊卻又不能缺少的動作，來點燃詩中的意象之火，每天都有日正當中的十二點，它抽象又寫實，它無奈又反諷，但吾人每天就在一個民族呼呼大睡的懶慵中逝去，能不幡然省悟。

舒　婷（一九五二——）

致橡樹

我如果愛你——
絕不像攀援的凌霄花
借你的高枝炫耀自己；
我如果愛你——
絕不學痴情的鳥兒
為綠蔭重覆單調的歌曲；
也不止像泉源
長年送來清涼的慰藉；
也不止像險峰
增加你的高度，襯托你的威儀。
甚至日光。

甚至春雨。
不，這些都還不夠！
我必須是你近旁的一株木棉，
作為樹的形象和你站在一起。
根，緊握在地下
葉，相觸在雲裡。
每一陣風
我們都互相致意，
但沒有人
聽懂我們的言語。
你有你的銅枝鐵幹
像刀、像劍，
也像戟；
我有我紅碩的花朵
像沉重的嘆息，
又像英勇的火炬。
我們分擔寒潮、風雷、霹靂；

我們共享霧靄、流嵐、虹霓。
彷彿永遠分離，
卻又終身相依。
這才是偉大的愛情，
堅貞就在這裡：
愛——
不僅愛你偉岸的身軀，
也愛你堅持的位置，足下的土地。

神女峰

在向你揮舞的各色花帕中
是誰的手突然收回
緊緊捂住自己的眼睛
當人們四散離去，誰
還站在船尾

衣裙漫飛，如翻湧不息的雲
江濤
　　高一聲
　　　　低一聲
美麗的夢留下美麗的憂傷
人間天上，代代相傳
但是，心
真能變成石頭嗎
為眺望遠天的杳鶴
而錯過無數次春江月明

沿著江岸
金光菊和女貞子的洪流
正煽動新的背叛
　　與其在懸崖上展覽千年
不如在愛人肩頭痛哭一晚

落葉

一

殘月像一片薄冰
漂在沁涼的夜色裡
你送我回家，一路
輕輕歎著氣
既不因為惆悵
也不僅僅是憂鬱

我們怎麼也不能解釋
那落葉在風的攛掇下
所傳達給我們的
那一種情緒

只是，分手之後
我聽到你的足音
和落葉混在了一起

二

春天從四面八方
向我們耳語
而腳下的落葉卻提示
冬的罪證，一種陰暗的回憶
深刻的震動
使我們的目光相互迴避
更強烈的反射
使我們的思想再次相遇

季節不過為喬木
打下年輪的戳記
落葉和新芽的詩

有千百行
樹卻應當只有
一個永恆的主題
「為向天空自由伸展
我們絕不離開大地」

三

隔著窗門，風
向我敘述你的蹤跡
說你走過木棉樹下
是它搖落了一陣花雨
說春夜雖然料峭
你的心中並無寒意

我突然覺得：我是一片落葉
躺在黑暗的泥土裡
風在為我們舉行葬儀

我安詳地等待
那綠茸茸的夢
從我身上取得第一線生機

鑑評

舒婷，原名龔佩瑜，福建泉州人，一九五二年生，五歲以後一直生活在廈門，初中二年正值「文革」，當了三年多「知青」，八年多工人，一九六九年開始寫作，直到十年後（即一九七七年）才得以公開發表，她曾加盟北島主編的民間刊物《今天》，成為大陸朦朧詩派代表人物之一。《福建文學》曾經對她展開長達十一個月的討論。作品被譯為二十多種外國文字。著有詩集《雙桅船》、《會唱歌的鳶尾花》、《始祖鳥》，另有《舒婷、顧城詩選》、《舒婷的詩》，入選大陸各種版本的《朦朧詩選》。

在舒婷的成長歷程中，遇上好幾次「橫掃一切」的風暴，時代的坎坷和個人的逆境，使她富有一顆善於體恤溫婉的心，和強烈自尊的人格，而這也構成她早期詩作的審美形態。《致橡樹》、《神女峰》的廣泛流傳，就是最好的例證。作者善於表達帶有憂傷、委婉、細膩的情感，因而造成她的詩作所散發的特殊的魅力。或如謝冕所指的：一種「混亂的豐富性」使她的詩譜出「動人的美麗和憂傷」。

莊柔玉在〈舒婷詩歌的人道立場〉一文中，更確指她的詩在「捕捉細膩感觸重拾人性尊嚴，流露矢志不渝的愛情，以及綻放理想痛苦光輝的景象」諸方面，均有相當圓融的表現。如果借用她自己的話則是：「我通過我自己深深意識到：今天，人們迫切需要尊重、信任和溫暖。我願意儘可能地用詩來表現我對『人』的一種關懷」。而這番自白，也就構成舒婷詩作廣泛而永遠的主題。

〈神女峰〉、〈致橡樹〉和〈落葉〉三首，均是舒婷的名篇，它們各有所指，展現不同的面貌和風采。每當遊客乘船經過長江三峽，「神女峰」總是高高地在向我們招手，令人目不轉睛，唯恐那美麗的一瞬稍縱即逝。誠如她所詠嘆——

衣裙漫飛，如翻湧不息的雲
江濤
　　高一聲
　　　低一聲
美麗的夢留下美麗的憂傷

而我們的視矚，也就在那「高一聲低一聲」洶湧的江濤聲中暫時留住。

〈致橡樹〉表面依稀抒寫對樹木眷愛的真情，實則另有寓意，那應是一種深澈的自覺。非僅男女的情愛。所有的人都是平等的，廣泛的人道主義精神，借本詩而得以渲洩無遺。

〈落葉〉的感覺是細緻的，踏實的，它是作者向另一個快要化為塵土的生命所發出的輕輕的歎息，「樹卻應當只有一個永恆的主題」，那就是「我們絕不離開大地」，詩人一再詮釋生與死的話題，會在本詩中得到肯定的回答。

小宛（一九五三——二〇一〇）

梨樹

我在一夜的風中
突然消瘦成一株梨樹

濃縮了一生的歲月
飄下來的雪
而我的枝頭
總是被壓彎
有時是花葉
有時是梨
此時，卻是一聲
正在融化的

瀑布

鐘聲

倆人對坐
有一條河水
從心的這一頭
流向那一頭

不料，有一人絕情而去
那慢慢循環的河
忽然頓住
然後直奔斷崖
一瀉千尺

鑑評

小宛，本名范術婉，一九五三年四月廿日生，一九六六年小學畢業，雖然上了初中，卻是自學，後在一研究所當學徒，一九八〇年調到黑龍江水利專科學校圖書館工作，一九八五年隨夫婿由哈爾濱調到西安音樂學院任職。

一九七三年，當作者廿歲時，立定志向要當作家，想成為像托爾斯泰那樣的大作家，一直勤寫小說，猛讀古典詩詞，寫一些押韻而勉強的古詩，但是廿七歲那年，突然提筆寫起十四行詩，研究新詩理論的朋友看了都鼓掌叫好，從此與詩結緣。著有詩集《消瘦的時光》，散文集《我是上帝的情人》。

《悠悠秋水》（秋水廿周年詩選）曾收入她的詩作。一九九二年一月《創世紀》詩雜誌第八十七期，曾刊出她題為〈我將怎樣去讀你〉詩六首，清新的風格，水般透明的語言，立即引起不少詩友的注意。記得其中有一首〈雨後〉是這樣的：

是什麼把我們隔開
而那驚響的門鈴
只不過是寂寞時
雨後的簷滴

短短四行，作者很巧妙地把門鈴、寂寞、簷滴三者揉和在一起，藉以托烘雨後氤氳的情韻，恰似一幅淡淡的水墨。

〈梨樹〉、〈瀑布〉基本格局上仍屬小詩的範疇。前者鋪展的意象在雪的枝頭與融化的鐘聲，它們如何能剪接在一起；後者以兩人對坐方式，展開一場輕俏的對話，最後高潮出現，一瀉千尺，抒情於焉完成。

于 堅（一九五四——）

墜落的聲音

我聽見那個聲音的墜落　那個聲音
從某個高處落下　垂直的　我聽見它開始
以及結束在下面　在房間裡的響聲　我轉過身去
我聽出它是在我後面　我覺得它是在地板上
或者地板和天花板之間　但那兒並沒有什麼鬆動
沒有什麼離開了位置　這在我預料之中　一切都是固定的
通過水泥　釘子　繩索　螺絲或者膠水
以及事物無法抗拒的向下　向下　被固定在地板上的桌子
向下　被固定在桌子上的書　向下　被固定在書頁上的文字
但那在時間中　在十一點二十分墜落的是什麼
那越過掛鐘和藤皮靠椅向下跌去的是什麼

它肯定也穿越了書架和書架頂上的那匹瓷馬
我肯定它是從另一層樓的房間裡下來的　我聽見它穿越各種物件
光線　地毯　水泥板　石灰　沙和燈頭　穿越木板和布
就像革命年代　祕密從一間囚房傳到另一間囚房
這兒遠離果園　遠離石頭和一切球體
現在不是雨季　也不是刮大風的春天
那是什麼墜落　在十一點二十分和二十一分這段時間
我清楚地聽到它很容易被忽略的墜落
因為沒有什麼事物受到傷害　沒有什麼事件和這聲音有關
它的墜落並沒有像一塊大玻璃那樣四散開去
也沒有像一塊隕石震動周圍
那聲音　相當清晰　足以被耳朵聽到
又不足以被描述　形容和比畫　不足以被另一雙耳朵證實
那是什麼墜落了　這只和我有關的墜落
它停留在那兒　在我身後　在空間和時間的某個部位

鑑評

于堅，四川資陽人，一九五四年生，雲南大學中文系畢業，現為雲南師範大學文學院教授，一九八三年與韓東、丁當等創辦民間詩刊《他們》，著有詩集《詩六十首》、《對一只烏鴉的命名》，詩劇《關於彼岸的一次漢語詞性討論》，長詩《檔案》、《棕皮手記》等。曾獲第十四屆聯合報新詩獎，《創世紀》詩雜誌四十周年詩創作獎。

于堅為大陸第三代重量級的詩人之一，他特別重視詩中的語感，認為語感是詩人心靈的呼吸。他的詩作大多取材於日常生活的點點滴滴，慣以淡漠、冷靜，甚至不動聲色的語調，來陳述他的繁複多姿的意念。不論靜觀與激情、痛苦與淡漠，自然現象的捕捉與深入的思考，繼而構成他詩作的獨特身姿。他曾說「我是站在餐桌旁的一代，上帝為我安排一種局外人的遭遇，我習慣於被時代和有經歷的人們所忽視」。因此他更可以透過「局外人」的處境，對於人生採取某種適當的距離來觀照、審視，「但對於人，這距離就成了一種痛苦」，而這也就形成于堅作品中內蘊深沉的緣由之一。

一九九四年九月，于堅曾以〈避雨之樹〉等一輯詩作，獲得《創世紀》四十年詩創作獎，商禽對他的詩有很透徹的詮釋：「讀于堅的詩，首先別企首在他的詩中找到美麗的詞藻，摘取金句、警語，也別想尋繹出什麼象徵，甚至我們也不可能聽到他的『內心的獨白』。他也很少使用形容詞，至於我們常說的『意象』，對于堅而言，亦是大為不同的。或許應該稱之為『視象』。大多數的時候，于堅的詩都是『看』出來的，有點像一台攝影機，對準事物，慢慢移動，有時接近，有時推遠，景象和焦距都控制得很準確。」一

〈墜落的聲音〉一詩，曾獲聯合報新詩首獎，並被選入《八十一年詩選》，洛夫對這首詩的解讀是這樣的：「有人認為〈墜落的聲音〉是一首詭異的詩，不僅意象閃耀不定，而意蘊尤難索解，對於台灣詩讀者而言，這是一種很陌生也很新鮮的表現方式。作者在得獎感言中曾自陳其詩觀：『我主張一種澄明的、知性的，客觀樸素的詩歌，它不是引領我們前往某個伊甸園，而是引領我們返回到我們與生俱來的那個永恆的存在之中。』作者所謂『永恆的存在』，依筆者的理解，那就是生命的價值。通常這種價值是上升的，但不幸愈到近代，這種價值日益下墜，而墜落的聲音只有詩人聽到。簡言之，這首詩是透過一些最原始，最卑微的如水泥、釘子、繩索、螺絲、石灰、沙、木板、布等形而下的事物，來表達詩人的形而上的思考」。同時也是作者藉各式各樣的聲音來暗示他對時空的錯置，以及現代人在狹隘的水泥方塊中竄來竄去，那種無法言說的疏離與孤絕。或許作者企圖以詩來化解與掙脫某些困境，然而可能嗎？

匡國泰（一九五四——）

一天（組詩）

時間：公元一九九一年農曆十月十四日
地點：中國湘西南山地某村

卯時：天亮

乳白的晨曦
擠在齒狀的遠山上
喂，請刷牙

一個孩子從耀眼的門環中走出
扛在肩上的柴扒像一枝巨大的牙刷
好像去參加節日前的大掃除

「杭育、杭育」
搬開童年的一粒眼屎
看見姊姊的牙齒
刷得像東方一樣白

辰時：早餐

堂屋神龕下
桌子是一塊四方方的田土
鄉土風流排開座次

上席的爺爺是一尊歷史的餘糧
兩側的父母如秋後草坪
兒子們在下席挑剔年成

女兒是一縷未婚的炊煙
在板凳上坐也坐不穩……

巳時：變幻

母親在裡屋
打開箱子翻衣服

一件藍的
又一件綠的
不斷地翻下去

窗外的山就漸漸有了層次
（隱隱傳來播種冬小麥的歌謠）

午時：悵惘

鳥中午休息
天空乾乾淨淨，沒有任何墨點
如沒有檔案的兒童

未時：老鷹叼雞

「老鷹叼雞囉！」
小村一片驚惶

許多腳跳起，又落下來
（多謝喙下留情
沒有把萬有引力叼到天上去）

「慌什麼？」
村前的古樟樹咕噥著脫了襪子
把世世代代的根
伸到溪澗裡去濯洗

申時：窖紅薯

以一坨坨壯碩的沉默
父親把手伸進窖裡

填空（　）

完了用一塊塊木板把窖門封起來
板子的順序號碼是：
一二三四五六七……

四顧無人

寂靜的歲月是一個更大的
空

酉時：日落

太陽每天衰老一次
殘留在山脊的夕照，是退休金嚒
爺爺蹲在暮靄裡
磅礡著一聲不吭

似乎不屑於理會
那一抹可憐的撫恤

懸念比蛛絲更堅韌
告別這世界時，爺呵
別忘了對落日說一聲：
且聽下回分解

戌時：點燈

揹一捆從地裡割回來的薯藤
一捆極度疲軟的夜色
母親在一幀印象派畫深處喊：
娃，點燈

孩子遂將白天
藏在衣袋角裡捨不得吃掉的
那一粒經霜後的紅棗，摸索出來

亮在群山萬壑的窗口
愈遠愈顯璀璨

亥時：關門

一個少女猶如拒婚
把擠進門的山峰輕輕推出去
說：太晚了

「回來呵！」
柴扉裡傳出招魂般的呼喚
遠山弱小的星星能聽見
砰，整個地球都關門了嗎
母體內有更沉重的栓

子時：戴月

月亮是廣場上的燈
月亮照著毛茸茸的夜行者
月光從瓦縫射落
照徹桌子上的一隻空碗，空碗裡
一粒剩餘價值如濛濛山谷裡的
一個小小人影兒

好像灌木叢裡窸窸窣窣響

「口令?!」
「回家。」

丑時：嬰啼

一根根電桿在蒼茫月色浮動
電桿上貼著一張張紙片：

天青地綠，小兒夜哭
請君一念，日夜安宿

寅時：雞鳴

雞叫頭遍
發現身邊，竟斜斜地躺著
地圖上一段著名的山脈

雞叫二遍
夢遊者悄然流落異鄉
（時間穿多少碼的鞋子？）

雞叫三遍
哎呀呀
曙色像綿羊一樣爬上山崗

鑑評

匡國泰，湖南隆回人，一九五四年生，曾當過水泥工人、農村電影放映員、隆回縣文化館攝影專幹、中國攝影家協會湖南分會會員、中國作家協會湖南分會會員。著有詩集《如夢的青山》、《鳥巢下的風景》、《青山的童話》。一九八九年獲湖南省青年文學獎，一九九二年獲台灣《藍星詩刊》屈原詩獎首獎。

匡國泰，生長在一個山青水秀、雞犬相聞的小農村，從而培育他熱愛鄉土，熱愛生活，熱愛藝術的性格，他對人生充滿感懷與憧憬，就像他所描繪的「太陽照在我們的玻璃上」那樣的晶瑩與透明，是故我們從他的詩裡得到的「不是人工裝飾的噴泉，而是大自然清亮的不會枯竭的山溪，它的流淌就是詩的歌唱」（李元洛《青山的童話》代序）。

匡國泰詩的語言是質樸的，對事物的觀察是細緻的，而寫作的態度更是真誠的，從而也就構成他詩作的特殊傾向：「自然的流動」。不論他寫〈牧女〉、〈石磨〉、〈鳥巢〉、〈童年〉、〈水桶〉、〈蜻蜓〉、〈空碗〉……等等，詩中的人物、器皿、風景、情節，所有被他精心安排的一點一滴，它們都在靜靜的流動著，向讀者喃喃敘說一些令人心驚的童話：不信請看〈大地〉一詩短短的兩行：

螞蟻長長長長的隊伍
抬著一粒米飯，穿過二十世紀

像這樣特殊的景觀，作者只輕輕地揮灑一下，他的意象即如一股山泉潺潺而出，令人領略不盡的餘韻，達到語近情遙的鵠的。

〈一天〉是他近年的代表作，除獲得《藍星》的屈原詩獎，同時被選入《八十一年詩選》。這首詩給他帶來極好的聲譽。梅新對本詩的表現手法指出三個特點，特引述如下：「一、用字口語到幾乎讓人以為不能成詩的情況，但詩行之間經由組合，卻意外顯現詩的特殊效果。二、裡外相合，物我兩融。三、意象準確、簡潔，想像空間大」。全詩結構完整，文字洗鍊，寫鄉村用現代手法，創造現代的感覺，令人耳目一新。

嚴　力（一九五四——）

根

我希望旅遊全世界
我正在旅遊全世界
我已經旅遊了全世界
全世界的每一天都認識我的旅遊鞋
但把我的腳從旅遊鞋裡往外挖掘的
只能是故鄉的拖鞋

還給我

請還給我那扇沒有裝過鎖的門
哪怕沒有房間也請還給我
請還給我早晨叫醒我的那隻雄雞
哪怕被你吃掉了也請把骨頭還給我
請還給我半山坡上的那曲牧歌
哪怕被你錄在了磁帶上也請還給我
請還給我
　　我與我兄弟姊妹的關係
哪怕只有半年也請還給我
請還給我愛的空間
哪怕被你用舊了也請還給我
請還給我整個地球
哪怕已經被你分割成

一千個國家
一億個村莊
　也請你還給我

鑑評

嚴力，祖籍浙江寧波，一九五四年生，自幼在北京長大，一九七四年開始寫詩，一九七九年從事繪畫創作，並成為星星畫會會員，一九八五年留學美國，一九八七年，他和旅美的一些中國青年前衛詩人在紐約創辦一行詩社，並擔任《一行詩刊》主編。著有詩集《這首詩可能還不錯》，小說集《紐約不是天堂之門》等。

嚴力崛起於七十年代後期，是一位具有相當自覺意識的前衛詩人，他的文體兼具現代主義和後現代主義的特色，充滿軒昂的宇宙情懷和猛烈的突破意識。在回溯當代大陸青年知識分子的心路歷程之餘，也對西方資本主義社會的複雜思維，開始探索吸納和反思。即以他於一九九一年七月由台灣書林出版公司刊行的《這首詩可能還不錯》來看，其中不少詩作確實展現了作者與台灣年輕一代不同的風貌，主要在於他的思考方式和語言的選擇。下面且錄他的一首四行小詩〈夜〉為例。

夜晚如狗

叼吃著門窗裡漏出的光
偶而有一盞燭火走在狗群中
像是被黑暗含在嘴中的一塊糖

作者捕捉意象的方式，確是與眾不同，一開頭就讓人驚詫，燭火是被黑暗含在口中的一塊糖嗎？而詩人詮釋〈夜〉的感覺就是如此，儘管吾人難以一語道破，你卻絕對不能信口雌黃：它是謎語。

作者曾說：「詩，是人體這塊土地上的石油。與真正的石油一樣，它也是在人體內孕育了長久之後形成的。雖然每個詩人都有著勘探和挖掘它的本領，而怎樣使用它與真正的石油一樣地各有所異」。以之我們來看他的〈還給我〉、〈根〉這兩首詩，似乎隱隱可以尋索作者思路的線索。前者的意念還是從日常瑣事開始，先自可視的景物，而後慢慢推演到不可視的，而其詩趣也就在一連串的「還給我」的急促聲中萌生。後者則反問人的〈根〉在哪裡！以「我」和「世界」拉踞、重疊，交錯，「鞋」是無辜的仲介，可見作者的鄉愁還是相當濃郁。嚴力在這兩首中所展現的不同手法，不容忽視。

梁小斌（一九五四——）

雪白的牆

媽媽，
我看見了雪白的牆。

早晨，
我上街去買蠟筆，
看見一位工人
費了很大的力氣，
在為長長的圍牆粉刷。
他回頭向我微笑，
他叫我
去告訴所有的小朋友，

以後不要在這牆上亂畫。

媽媽，
我看見了雪白的牆。

這上面曾經那麼骯髒，
寫有很多粗暴的字。
媽媽，你也哭過，
就為那些辱罵的緣故，
爸爸不在了，
永遠地不在了。
比我喝的牛奶還要潔白、
還要潔白的牆，
一直閃現在我的夢中，
它還站在地平線上，
在白天裡閃爍著迷人的光芒。
我愛潔白的牆。

永遠地不會在這牆上亂畫，
不會的，
像媽媽一樣溫和的晴空啊，
你聽到了嗎？

媽媽，
我看見了雪白的牆。

中國，我的鑰匙丟了

中國，我的鑰匙丟了。

那是十多年前，
我沿著紅色大街瘋狂地奔跑，
我跑到了郊外的荒野上歡叫，

後來，
我的鑰匙丟了。

心靈，苦難的心靈
不願再流浪了，
我想回家，
打開抽屜、翻一翻我兒童時代的畫片，
還看一看那夾在書頁裡的翠綠的
三葉草。

而且，
我還想打開書櫥，
取出一本《海涅歌謠》，
我要去約會，
我向她舉起這本書，
做為我向藍天發出的
愛情的信號。

這一切，
這美好的一切都無法辦到，
中國，我的鑰匙丟了。

天，又開始下雨，
我的鑰匙啊，
你躺在哪裡？
我想風雨腐蝕了你，
你已經鏽跡斑斑了；
不，我不那樣認為，
我要頑強的尋找，
希望能把你重新找到。

太陽啊，
你看見了我的鑰匙嗎？
願你的光芒

為它熱烈地照耀。

我在這廣大的田野上行走，
我沿著心靈的足跡尋找，
那一切丟失了的，
我都在認真思考。

鑑　評

梁小斌，一九五四年出生於山東榮城縣，曾下過鄉，當過工人，並在安徽合肥製藥廠工作。一九七九年開始發表處女詩作，曾獲全國詩歌獎，中國作家協會安徽分會的會員。

一九八〇年十月，北京《詩刊》一次刊登了梁小斌的詩作〈雪白的牆〉、〈中國，我的鑰匙丟了〉兩首，由於風格清新，感情真摯，立即引起全國詩歌界廣大的反響。梁小斌曾經說過：「單純性是詩的靈魂，不管多麼了不起的發現，我希望通過孩子的語言說出來。」這兩首詩的出現，是在大陸剛結束那場驚天動地歷史性的大災難之後，意義非比尋常，詩人說出了很多人的心聲，讓那些曾經被摧殘、窒息的心靈，獲得暫時的解脫。梁小斌以後也被歸屬為大陸朦朧詩派的代表人物之一，可是他的詩作卻有別於同一時期另一些剖析歷史事件的作品。

梁小斌認為：「所謂意義重大不是由所謂重大政治事件來表現的。一塊藍手絹，從曬台上落下來，同樣也是意義重大的。給普通的玻璃器皿以絢爛的光彩，從內心平靜的波浪中覓求層次複雜的蔚藍精神世界」。為什麼一定要把詩作，故意弄得龐大複雜，硬梆梆的扳起面孔，讓人不敢親近。

大陸朦朧詩的浪濤，早已成為歷史，睡在中國新詩的插頁裡。可是這兩首詩〈雪白的牆〉、〈中國，我的鑰匙丟了〉，似乎還留在某些人雪白的記憶裡，閃爍燦亮。

永遠地不會在這牆上亂畫，
不會的，
像媽媽一樣溫和的晴空啊，
你聽到了嗎？

「詩是感情的學問，一定要開展對於感情、感覺的研究，詩的顯微鏡就是要觀察人類感情的基本粒子……多研究一下詩怎樣寫得動人」。作者這些親摯的語話，似乎正是當代新詩永生不滅的預言。

楊煉（一九五五——）

藍色狂想曲

太陽的影子躺在波浪上
黎明搖著棕櫚葉，搖著綠色的光
從我身邊跑來，給每一塊礁石
布置潔白的鴿子。就在那兒
夜晚擊落飛舞的白鷗。峭壁震顫
發出黑色的回響。就在那兒
寒冷的磷火陰森地擺動
喧囂的白晝已經死去

我的夢在顫慄的水藻間遊蕩
天空和大海的胸襟

插滿千千萬萬朵紫羅蘭
芬芳的世界從另一個世界敲響
可就在那兒，我留給沙灘的濕漉漉的腳印
被無情的潮汐舔平。就在那兒
夏天的暴風雨瘋狂地傾瀉

無數的記憶凝結著冰雹的白光
就在那兒，少女們走出金色的貝殼
在清涼的月光下歌唱
天空是美好的，海水是寧靜的
但是，秋天最後的星星
卻孤寂地閃爍，紅色的月亮
像一個渾圓的，八月的橙子
隕落在我心的深淵裡，就在那兒
露珠的戒指摔得粉碎

而屋簷下透明的葡萄串在哪裡呢

雪山似的幻想，草地上的天真在哪裡呢
就在那兒，一隻小船的屍體
靜靜記載著遙遠的風暴
帆曾像狂歡的孩子
在大海的泡沫中嬉戲叫喊
就在那兒，時間鳴響著衰老
我的夢落葉一樣不可挽回地飄零

天空是美好的，海水是寧靜的
看吧，就在那兒，高高聳立的岩岸上
我的白樺樹沉默著
像一根不再抖動的桅杆
世界的色彩在它腳下變幻
就在這兒，在無數飛逝的瞬息之間
它不感謝陽光，也不伴隨蟬的憂愁歌唱
只有生長證明著自己的命運

鑑評

楊煉，一九五五年生於瑞士伯爾尼，一九七四年高中畢業後回到北京昌平鄉插隊，並從事詩的創作，一九七七年返京，考入中國廣播藝術團創作室，為中國作家協會北京分會會員。詩作曾被選入多種詩選，著有詩集《禮魂》、《易》（台灣現代詩社，一九九四年三月版）。

自一九七九年，楊煉開始發表詩作，從此孜孜不懈，寫了很多長、短詩作和組詩。依照楊煉的準則，他早期的詩，應屬「自發」的詩，雖然有豐富想像和思辨力，但尚未建立完整的意識結構。譬如〈織與播〉的直抒胸臆，〈烏篷船〉傾訴對中華民族命運的關愛，〈自白〉，流露對傳統文化的壓迫感，〈大雁塔〉則開始對生存情境的挖掘，〈火把節〉希望借由對哲學、歷史文化的探求，而讓讀者不斷反思與尋索。自一九八四年發表的〈半坡〉、〈敦煌〉、〈西藏〉之後，楊煉才認為自己的詩，已進入「自覺」的階段。所謂「自覺」，即是「它作為人類全新經驗的起點，將方式和語言統一為行為，將觸角伸展得盡可能廣闊，從而能夠在創造另一個自然的努力中使精神歷險與更新」。他的〈諾日朗〉（藏語，男神）則以生命和苦難來解釋自己的詩作，並揭示生存的真諦，具備了「智力的空間」多層結構的特點。楊煉的詩，從「自發」走向「自覺」，當然是一大突破。或如石光華對他的期許「他自覺走向人類情感與理性的歷史原野，自覺追求崇高與深邃境界的歷史性轉折，是一個巨大的象徵」。

〈藍色狂想曲〉是楊煉一九七九—一九八〇期間的詩作，照他自己的界定，是傾向「自發」的篇章，然而它充滿閃耀的想像，錯落的感覺，鮮活的語意，飽滿的詩趣，則毋庸置疑。全詩不乏飛翔的語句：如「太陽的影子躺在波浪上」，「芬芳的世界從另一個世界敲響」、「無數的記憶凝結著冰雹的白光」、「草地上的天真在哪裡呢」、「我的夢落葉一樣不可挽回地飄零」

……詩人對自然的摯愛，對色彩的禮讚，對命運的期盼，實則是作了相當傳神的詮釋。

翟永明（一九五五——）

秋天

你撫摸了我
你早已忘記

在秋天，空氣中有豐盛的血液
一隻鳥和我同時旋轉
正午的光突然傾瀉
倒在我的懷抱
我沒有別的天空像這樣出其不意
仰面朝向一個太陽
或者發抖，想著柔軟的片刻
樹都默默無聲，靜靜如吻

如無力的表情假裝成柔順

羊齒植物把綠色汁液噴射天空
三葉草的芬芳使我作嘔
秋葉飄在臉頰上
一片已嚐到甜蜜的葉子睥睨一切

現在才是另一隻手出現的時候
像種種念頭，最後有不可企及的疼痛
我微笑像一座廢墟，被光穿透
炎熱使我閉上眼睛等待再一次風暴
聲音、皮膚、流言
每個人都有無法挽回的黑暗
它們就在你的手上

你撫摸了我
你早已忘記

鑑評

翟永明，祖籍河南，一九五五年生於四川成都，一九七四年高中畢業下鄉插隊，一九七六年調到兵器工業部二〇九所工作，一九七七年進成都電訊工程學院讀書，一九八〇年畢業仍回原單位服務，現居成都寫作兼經營酒吧。著有詩集《女人》、《在一切玫瑰之上》、《翟永明詩集》。一九八七年獲四川省優秀作品獎。

翟永明於一九八〇年開始新詩創作，一九八五年完成組詩《靜安莊》，一九八六年完成組詩《人生在世》。她在〈黑夜的意識〉裡曾如此說：「每個女人都面對自己的深淵，不斷毀滅和不斷認可的私心痛楚與經驗，這是最初的黑夜，它升起時帶領我們進入一個全新的，一個有著特殊布局和角度的，只屬於女性的世界。」

作者的告白，展示她大部分詩作的主題和方式。她暗示女性在重重道德感的壓抑下，心理情結的難以解放，她企圖為女性尋求自由開放之路做更深切前衛的抗爭。她的詩以超現實的意象和視覺所組成的結構，使其個人的隱祕經驗面貌在詩中呈現得更為清澈。沈奇在《鮮紅的歌唱》一書中，介紹翟永明她們這一群的詩時指出：「語言性別的特徵已徹底消解，再不是那些……『女孩兒家式』的青春絮語，而更追求意象的直覺感，尋求意識的原始性敞瀉。」她的〈黑房間〉一詩，頗有不吐不快甚至顛覆傳統的叛逆性。茲舉一節如下：

在夜晚，我感到

我們的房間危機四伏
貓和老鼠都醒著
我們去睡，在夢中尋找陌生的
門牌號碼，在夜晚
我們是瓜熟蒂落的女人
顛鸞倒鳳，如此等等

作者形容她們待字閨中的處境是〈黑房間〉，好一個反諷的妙喻。或者像「歲月把我放在磨子裡，讓我親眼看到自己被碾碎」那樣的況味。

〈秋天〉的感覺，在作者的筆下是呈現怎樣的情狀呢？諸如「空氣中有豐盛的血液」、「正午的光突然傾瀉，倒在我的懷抱」、「樹都靜靜如吻」、「三葉草的芬芳使我作嘔」、「一片已嚐到甜蜜的葉子睥睨一切」、「聲音、皮膚、流言，每個人都有無法挽回的黑暗，它們就在你的手上」。詩人最後的結論是：「你撫摸了我，你早已忘記」，這不就是〈秋天〉最最美麗的謊言嗎？阿門。

王小妮（一九五五——）

許許多多的梨子

植物的聲音
在桌子上光滑地出現。
第一次聽到植物的呼救。
像嬰兒
站在燃燒的鮮紅草坪上
它現在蒼白至死。

在我家甜橙似的燈罩下
你的手靈巧透明。
使用一把敏銳的刀。
你不能

這樣削響梨子。
我在身邊突然
觸摸到了活的強暴。

果實行動在樹上
隨風自由。
你優雅地轉動著刀。
優雅地傷害。
刀影巨形走過
像我們四肢無理的人類。

我觀察我的雙手。
觀察我日夜喜愛的
別的雙手。

但是有許許多多的梨子。
樹輕易地

哺育又搖落它們。
許許多多梨子的地球。
人們見了就叫渴。

·一九八八年，五月

鑑評

王小妮，吉林長春人，一九五五年生，一九七四年中學畢業到農村插隊，一九七七年考入吉林大學中文系，畢業後分配長春電影製片廠工作，後到深圳某公司任職。一九七九年以後開始在報刊雜誌發表作品，被譯成多種外國文字，入選各種重要詩選，現為中國作家協會會員。

王小妮的詩〈我感到了陽光〉、〈風在響〉、〈碾子溝裡，蹲著一個石匠〉，曾於一九八〇年四月、十月先後發表於北京《詩刊》，由於她的獨特的聲音，全心靈的開放，從而引起詩壇廣泛的注目。她極為重視觀察事物，以及對它們所產生的感覺和印象，希冀藉自己的筆把那些美妙的景象予以呈現。借用她的話則是：「我應該走怎樣的路：一是語言返回自然，用大量的口語入詩，二是追求意象的直覺感，也就是可見性；我反對矯揉造作，尋求意識近於原始性的流露，最後就是加強詩的內在容量，加強詩的凝固性，濃縮性」。她的〈我感到了陽光〉，所表現的細膩敏銳的感覺，令人印象深刻，茲舉一節如下：

啊，陽光原是這樣強烈
暖得人凝住了腳步，
亮得人憋住了呼吸，
全宇宙的光都在這裡集聚。

這種直接強烈的表達，這種鮮明形象的捕捉，使人讀了之後立即產生心靈的震顫，彷彿是內心深處的一根絲弦被輕輕的撥響。

〈許許多多的梨子〉，依稀透過作者的視覺、觸覺、聽覺所流淌的情感的波浪，一寸一寸向讀者的思維逼近。她以敏銳的觀察、靈巧的手法，描繪梨子被人類分食的情景，彷若嬰兒一樣在呼喊。本詩藉梨子巧喻人類的貪婪，作者習以反語襯托詩的氣氛之運行，（如第四節）表現技巧之創新，可圈可點。

李經藝（一九五六——）

紙上的河流

雪白的河流
抵在盡頭

紅房子
黑鐵壺
老巷口

春天慢慢微笑
冰涼的頭髮
站在身後

小小的歌兒
一直移動
女孩摸著沙岸
一個人走向深處

許多波濤
許多魚影
許多漂流

紙上的河流
神祕的決口

鑑　評

李經藝，安徽人，一九五六年出生於北京，一九八〇年畢業於安徽師範大學歷史系，後年移居泰國曼谷，曾任記者，兼事翻譯，泰國華文作家協會理事。著有詩集《白中白》等。

李經藝開始詩創作於八十年代中後期，從她處女詩集所收入的七十餘首詩作來看，她表現的大致可分為兩個主題：「一是有感於現代人的生存困境和困惑，在獨特的生命體驗下，對人類命運表現的終極關懷和感悟。由此大略可知詩人的探索方向——一種要求更為深入的精神詢測，及企圖排斥時間的功用而迴返本初之美的渴望。二是另一類主題，則展現了詩人的心靈世界和情感體驗二者的交融」（陳貞煜語）。林煥彰在她的詩集序言中則試圖解說「這樣晶瑩又蘊含深層意味的詩，彷彿每一首每一句都是詩人自身的告白，值得讀者細細品味；一個瘦弱的女子何以要隻身離鄉背井，而她又何以能倔強獨自面對異域現實複雜的環境和種種難以逆料的遭遇」？誠然是「你的悲傷，萬分美麗。」古遠清在賞析她的〈七月〉和〈蟬聲〉二詩時，曾作了以下的總結：「李經藝的筆調語姿與思維方式，與中國大陸老一輩詩人不完全相同。她的文字跳動，有時帶有中國古典詩詞的投影，有時卻染上現代藝術的濃彩，這種組合，正表現了移居海外的中國現代詩人的風姿，而她的表現手法既不浮淺又不晦澀，可謂恰到火候」。

〈紙上的河流〉，或者可移情為作者靈感的草原，詩人的鄉愁印象依稀在「紅房子、黑鐵壺、老巷口」的景物中次第浮現，自第三節，詩人把在他鄉的情景悄悄輸入，以自己「冰涼的頭髮」對比「春天慢慢的微笑」，這「慢慢」二字，頗有調節緩和氣氛之作用。接下去第四、五節是描繪自己獨自向前摸索、交疊眼前種種流動的物象，最後則在一聲「神祕的決口」的唏噓中結束。全詩語調低沉，感覺悲鬱，寫出了作者羈旅異地寂寞之情懷，徒然令人興起「煙波江上使人愁」的感嘆；於是她以稿紙作為靈感惟一馳騁的草原，有何不可。

顧　城（一九五六——一九九三）

一代人

黑夜給了我黑色的眼睛，
我卻用它尋找光明。

遠和近

你，
一會看我，
一會看雲，
我覺得

你看我時很遠，
你看雲時很近。

昨天，像黑色的蛇

昨天
像黑色的蛇
盤在角落
它活著
是那樣冷
死了，更不會熱
它曾在
許多人的心上
緩緩爬過
留下了青苔
塗去了血色

現在
它死了
壓在一座
報紙的山下
難以捉摸
無數鉛字
像螞蟻般聚會
討論著
怎樣預防它復活

鑑評

顧城，上海市人，一九五六年九月廿四日生於北京，一九九三年十月八日在威西克島砍殺妻子後自盡，震驚世界。他於一九六九年隨父下放山東農場，一九七四年回到北京，做過翻糖工、搬運工、木工、漆工、編輯等多種工作。一九七七年發表第一首詩〈生命幻想曲〉，一九七九年成為民間文學刊物《今天》同仁，與北島、舒婷等成為朦朧詩派主要代表人之一。一九八〇年獲星星詩歌獎，一九八四年獲香港大拇指詩獎。一九八三年在上海與謝燁結婚，一九八七年出國講學，漫遊歐美，一九八八年赴紐西蘭任奧克蘭大學亞洲語言及文學系研究員，後辭職赴威西克島隱居，繼續創作。著有詩集《舒婷顧城抒情詩選》、《黑眼睛》、《顧城詩集》、《顧城童話寓言詩選》、《北島顧城詩選》等多種。

被譽為「童話詩人」的顧城，他的作品想像豐富、線條明淨，語言清澈，充滿溫情，逕自放射著一股說不出的魅力。他常認為：「詩就是理想的樹上，一顆閃耀的雨滴」。又說：「萬物，生命，人都有自己的夢，我也有我的夢，遙遠而清晰，它不僅僅是一個世界，它是高於世界的天國。我要用心中的純銀，鑄一把鑰匙，去開啟那天國的門」。因此顧城的世界「是以童心為準則，以童話為中心的天地，由星星、蟈蟈、風箏、釣魚、露珠等組成的『淨土』，充滿人性和柔情，絕不許暴力和邪惡的存在」（引自王乾．讀顧城的《黑眼睛》）。

顧城力求在詩作中追求自我的風格，淨化並深化自己的視域，企圖開拓精神感覺的空間，但是理想與現實總是背道而馳的，他的困惑與迷茫，並不因為他熱中於和諧、寧靜、歌謠般的童話世界而消逝。……最後終於因他的轟然一斧，殺妻和自盡，而使顧城想「和那些偉大的星宿一起燒灼著宇宙的暗夜」的願望，似乎是漸行漸遠了。

本書選入〈一代人〉、〈遠和近〉、〈昨天，像黑色的蛇〉三詩風格各具，其意蘊則透明易解，但擲給讀者的感覺卻無法界定，且讓咱們的思維到他幽幽冥冥的世界暫時浮沉一下吧！

歐陽江河（一九五六——）

拒絕

並無必要囤積，並無必要
豐收。那些被風吹落的果子，
那些陽光燃紅的魚群，撞在額頭上的
眾鳥，足夠我們一生。

並無必要成長，並無必要
永生。一些來自我們肉體的日子
在另一些歸於泥土的日子裡
吹拂。它們輕輕吹拂著淚水
和面頰，吹拂著波浪中下沉的屋頂。

而來自我們內心的警告像拳頭一樣
緊握著，在頭上揮舞。並無必要
考慮，並無必要服從。
當刀刃捲起我們無辜的舌頭，
當真理像胃痛一樣難以忍受
和嚥下，並無必要申訴。
並無必要穿梭於呼嘯而來的喇叭

並無必要許諾，並無必要
讚頌。一隻修辭學的喇叭是對世界的
一個威脅。它威脅了物質的耳朵，
並在耳朵裡密謀，抽去耳朵裡面
物質的維繫，使之發抖，
使之在一片精神的怒斥聲中
變得軟弱無力。並無必要堅強。

並無必要在另一個名字裡被傳頌

或被詛咒，並無必要牢記。
一顆心將在所有人的心中停止跳動，
將在權力集中起來的骨頭裡
塑造自己的血。並無必要
用只剩幾根骨頭的信仰去懲罰肉體。

並無必要饒恕，並無必要
憐憫。飄泊者永遠飄泊，
種植者顆粒無收。並無必要
奉獻，並無必要獲得。

種植者視鹼性的妻子為玉米人。
當鞭子一樣的飢餓驟然落下，
並無必要拷打良心上的玉米，
或為玉米尋找一滴眼淚，
一粒玫瑰的種子。並無必要
用我們的飢餓去換玉米中的兒子，

並眼看著他背叛自己的血統。

鑑評

歐陽江河，原名江河，祖籍河北省，一九五六年九月十八日生於四川瀘洲市，曾任職於四川省社會科學院文學研究所。詩作、批評文字散見大陸、台灣、香港及海外中文期刊出版物，著有詩集《袖珍花園》、《紙，烏托邦》、《紙幣、硬幣》等。

歐陽江河為大陸第三代現代詩人，由於處在一個社會劇烈變遷的時代，故而視野日形開闊，現代意識更為強烈，他對詩中哲學意蘊的探索，對語言，意象和表現策略的運用，莫不極為關切和專注。依據筆者讀其詩作的體驗，他的表現手法確實與朦朧詩人群不同，更與台灣年輕一代詩人大相逕庭。他不講求一首詩個別詩句的華麗與美感，也不刻意鋪陳五彩繽紛的意象，他彷彿在發表個人內心的自白，但又不是，因此要從他的詩一句一句平面去解讀，可能徒勞無功，他著重整體的結構，而且你必須細讀幾遍之後，才能感覺得出他那與眾不同的味道。從容、平淡，彷彿沒有高潮，這是他詩作表面所呈現的風格。然而果真是這樣的嗎，等你徹底領悟之後，你會從心裡發出感歎，原來作者的奧祕還是深藏不露。曾有人批評大陸第三代詩作，「普遍喜歡表現個人內心的獨白，夾雜概念的演繹與無趣的推理」。但這些缺失，似乎甚少顯現在歐陽江河的作品中。請先看一下他〈十四行〉中的首節：

一朵花要在另一朵花裡開放

一個難看的大鼻子詩人要在
另一個俊俏的鼻子後面寫作和戀愛
如今這奇異的大鼻子碰到我的面龐

一連串的大鼻子混雜在一起所造成的扭曲的畫面，讀它的人，你能不抿嘴一笑。再以〈拒絕〉一詩來論，他的調子十分平順，手法非常新銳，全詩以「並無必要」領航，一程一程的向前推演，連續不斷的「並無必要××」，你就可能感到作者脈搏的震動了。他所謂的〈拒絕〉，也可以辯證為「不拒絕」，人間的善惡，人生的無奈，有必要這樣，有必要那樣，才能一一化解嗎？

李漢榮（一九五八——）

生日

你不記得你的生日
你好像沒有生日
你好像捨不得使用自己的記憶
你的記憶只刻寫兒女們的履歷
花也有自己的生日，草也有自己的生日
我的母親卻沒有自己的生日
我從你滿頭白髮推算你的生日
卻推出了一個下雪的日子
我從你縱橫的皺紋猜測你的生日
卻猜出了一個乾旱的日子
我從你傾斜的步履聯想你的生日

卻想出了一個地震的日子
天上，太陽和月亮沒有自己的生日
地上，我的母親沒有自己的生日
多麼悲哀，我沒有最神聖的節日

鑑評

李漢榮，一九五八年七月八日生於陝西勉縣，大學中文系畢業，曾當過中學語文教師，縣司法局副局長，縣文化館副館長，現任陝西省《漢中日報》副刊編輯。著有詩集《母親》、《駛向星空》，另有散文、隨筆、評論等多種。

從李漢榮已出版的兩部詩集，可以窺探他的創作軌跡：《母親》大部收入是短詩，以日常事物、現實情景為表現的對象，風格比較質樸純真；《駛向星空》，以長詩或組詩綴成，規模龐大而意象繁複。沈奇稱他為「星空詩人」，當是指作者一種勇於開發探險的精神。

作者除致力詩創作外，對詩的評論也默默投入，其中發表的〈詩的本質及其當代處境〉，純屬一篇理路清晰見解卓越的詩論美文，特節錄其中一段如下，更可佐證他的詩和理論乃是相輔相成的運行。

「一塊石頭進入詩，它就不再是石頭，而是意蘊無窮的祕碼，它呈現時間、歷史、命運、毀滅、再生的可能，以及被一雙手拾起來時它所能感受到的難言的幸福，在互相交換體溫之後，那雙手很快消失了，石頭上添了一道神祕的紋路。

「在詩裡，一塊石頭也會變得如此激動人心！想一想吧，從亙古到現在，岩漿分娩了它，在時間的荒野滾動了億萬年，和那雙手短暫相握之後，它又將在時間的荒野裡滾動億萬年。

「那雙手與石頭相握的時刻，就是詩呈現的時刻。」

從上述作者對詩所持的理念，他引用石頭的妙喻，證之他的創作的醞釀期，應是相對的冷靜與沉潛。以之我們來檢視他的〈生日〉一詩，可能會獲得某種程度的契合。這首詩沒有誇張的字眼，沒有炫奇的意象，仿若一篇平平凡凡的告白。可是當你從頭到尾細讀幾遍之後，你會慢慢改變先前的感覺，一種技巧之外的技巧，一種語言之後的語言，默默貫穿全詩，不由自主被它樸實無華的風格所激盪。

「花也有自己的生日，草也有自己的生日」，「我的母親卻沒有自己的生日」……而真正的讀者，也就在一種無限寧靜的氣氛中，讓他的詩在咱們的心裡完成。

葦鳴（一九五八——）

不是

日落不是日的歸隱
月黑不是月的躲避
星黯不是星的隕落
雲散不是雲的告別
風止不是風的妥協
雨憩不是雨的枯竭
潮退不是海的怯懼
山崩不是地的分裂
岩裂不是石的解體
沙滾不是泥的逃亡
塵定不是塵的休止

土流不是土的移情
花飛不是花的變節
草萎不是草的心灰
樹靜不是樹的沉默
葉飄不是葉的離群

血凝不是血的衰老
淚乾不是淚的無情
聲嘶不是聲的意冷
力竭不是力的倦怠
長眠不是您的死亡
死亡不是您的沉寂
沉寂不是您的投降
我們會等待
無聲處
一聲驚雷的號令

鑑評

葦鳴，本名鄭煒明，祖籍浙江寧波，一九五八年十二月十三日出生於上海，一九八四年畢業於澳門東亞大學中文系，獲一級榮譽文學士，一九八七年獲文學碩士，曾任教澳門大學中文系、香港中文大學、澳門東亞大學等，現任香港大學饒宗頤學術館副館長（學術）・高級研究員。曾獲香港中文文學獎詩組優異獎（一九八八），陝西省建材杯全國新詩大賽特別榮譽獎（一九九一），台灣《創世紀》詩雜誌四十周年詩創作獎（一九九四）。著有詩集《雙子葉》（合集）、《黑色的沙與等待》、《血門外無血的沉思》、《無心眼集》、《傳說》等。

葦鳴很早就開始從事現代詩的創作，作品散見海內外華文刊物，一九九四年九月，他以一組詩〈祭〉、〈述懷三章〉和〈不是〉獲得《創世紀》四十周年詩獎，使其聲名大噪。這批詩曾刊於《創世紀》一〇〇期紀念號，並附得獎評語，對他的風格有深入之詮釋：「在葦鳴的詩裡，我們似乎讀到了許多快速通過，而來不及記得的某些東西。這些產自我們時空的垃圾資訊，或歷史排洩，像經過碎紙機處理過後的殘敗景象，拼織成我們生命困境中的可怕記憶。」又說：「葦鳴在詩的取材上有著高度的生存敏銳，和隨機取樣而出的血淚交織。這是一個心懷天下的知識分子，和深具悲憤情懷的詩人所可能表達出的對這個世界真摯的關切，我們可以發現他對探索時間所消磨的一切事物，有著多麼濃烈且專注的理念。」（向明執筆）葦鳴一直在澳門這塊殖民地成長生活與工作，《黑色的沙與等待》這本詩集，題材多與澳門有關，或說是對該地區人與事有感而發，強烈展現一種難以宣說的歷史的傷逝；同時他對中國新詩自六十年代以降的現代主義，難以在大方向建構出涉世的干預，和未能展現更深刻圓融的格局感到疑慮，是故他希望自己的詩能為建造這種未知的新風貌而努力付出。

〈不是〉寫於一九八九年七月，本詩形式別具，寓意深廣，以「不是」否定句貫穿全篇，有旗手的作用。第一節選擇日月星雲，風沙花草為主線，詮釋自然界輪迴現象，非人力所可主導；第二節則以血淚死寂為引子，捕捉生命綿延的諸多情態，不無傷感，而最後結句卻出人意表，另有所指，大大增強了本詩輻射的效用。

趙　瓊（一九五九——）

隱弧

一道彈弧，洞穿了音樂的背景
我的梳妝匣裝滿了蟬聲

一滴樹皮的潮濕
等待在針尖上

我摳心自啖；思緒
猶如白晝的紅蝙蝠超越倫理的聲波
眼睛視而不見
我大口吞噓你的所有
直到晨光從背後斜刺過來

一千把雪亮的匕首
肢解著每塊顫慄的黃昏
疑心如狐，繞來繞去
惡夢似狼，忽出忽入
一聲脆雷發出尖叫
一雙白蝴蝶
飛出虹弧下的墳塚
我的黑貓咪，別怕
魚兒正在暝色裡潑剌
憂傷的小雨，涼涼地
一勺勺把東方餵亮……

鑑評

趙瓊，滿族，西安籍，一九五九年五月廿一日生於黑龍江省牡丹江市，先後畢業於齊齊哈爾師範學院英語系，西北大學中文系作家班，曾任陝西省文化廳西北民間藝術博物館館長、陝西省民族書畫家協會副會長。著有《趙瓊現代詩畫選集》。譯有《美國自白派詩選》、《美國垮掉派詩選》、長篇詩劇T．S．艾略特著《大教堂謀殺案》等。另有美術評論及詩畫作品在國內外十多個國家發表。

趙瓊亦詩亦畫，創作態度十分嚴謹，從她的詩畫作品中，似可捕捉她力圖在科學理性滲透到人類生活每一個層面的今天，用童貞的眼睛和女性特有的直覺，去表達生命、自然、歷史、文化以及我們共同的存在，尋求一種特獨的、具有立體精神的個性化藝術語言。

台灣爾雅版《鮮紅的歌唱》（大陸當代女詩人小集），於一九九四年五月出版，曾經引發愛詩人不少的掌聲，趙瓊有兩首詩作被輯入。她在篇首的詩觀中說：「詩是充滿生命的符號。」這精簡有力的話語，令人雀躍。而她寫給女兒的詩〈小天使捲毛頭〉也極有新意，特錄末二節如下——

誰在陽光的隱匿裡
對你口試，我的捲毛頭
我神經的麥桿，擎起的穗兒
哎呀，汽車把人踩倒了
我快點把天玩黑
媽媽好早來接我

捲毛頭，我傷心院落裡
毛蕊花怒放，朝著炙肉的鏡子

撫摸你，像月光
夢遊在一地雌蕊上

寫親情如此細膩純真，不落言詮，令人心醉。

〈隱弧〉是一首充滿感覺意象動態的抒情詩，係作者於某一晨景中的自我剖白，她釀製的視覺、聽覺效果極為驚人。讀詩的人不妨敞開個人想像的翅膀，究竟她那「隱匿的括弧」裡，倒底珍藏了多少屬於個人生命跡線的祕密。本詩的精華，落筆在最後幾句，請讀者慢慢體味。

貝　嶺（一九五九——）

當時間像一匹倒下的馬

當時間像一匹倒下的馬
綻開，一瞬就是一生
一個巨大的馬頭
風，鎊緊它的喉嚨

所有的臉都在經歷末日
斂起，猶如鋼鐵的吻
這乾燥之夜最後的洗滌
謎，穿透全身

鑑評

貝嶺，姓黃，一九五九年十二月生於上海，六歲遷回北京，曾下鄉務農及在工廠作工，一九七八至一九八二年在大學讀書時期，曾參與北京西單民主牆運動，及地下文學活動。大學畢業後曾作過教師、圖書管理員、看護、記者、編輯、深圳大學管理系講師，並參加八十年代中國大陸主要地下文學、詩歌活動，一九九〇—一九九三年應邀前往美國布朗大學為駐校作家和英語系訪問學者，一九九三年在波士頓創辦《傾向》中文文學人文季刊，並為該刊主編。著有詩集《今天和明天》、《主題與變奏》。

貝嶺於八十年代開始詩創作，熱心參與詩的活動，一九八五年曾與孟浪合編《當代中國詩歌七十五首》選集，一九八六年十二月在紐約《華僑日報》發表〈作為運動的中國新詩潮〉一文，為年輕一代鼓吹。訪美期間，詩作較少，《主題與變奏》則收錄他一九七九—一九九一年期間的詩作。洛夫在序言中直陳：「貝嶺使用的語言符號，對客觀事物的敏感，對現實世界的反思，以及透過意象所呈現的內心隱祕，我們都可找到追尋的蹤跡。而他流亡海外之後，除了原有的反抗情緒之外，更增添一種日漸擴大的孤絕感」。是以這本詩集就是此一進程歷歷如繪的見證。而他的好友雪迪則指出：「貝嶺詩歌業已展現形式的成熟與思考的成熟。文字有力，簡潔，讀起來有擊鼓的感覺」。

當你細讀〈當時間像一匹倒下的馬〉，你會產生怎樣的感覺？實則作者在本詩中，對時間的描繪是相當的傳神，既然作者有如此的巧喻，那我們也可以這樣說「時間像一棟大廈轟然的倒塌」，或者是「時間如海嘯般歌唱著走來」，當然還可以有其他各式各樣的比擬。而這就是詩人創造的神奇。貝嶺這首詩雖僅短短八行，由於用語緊湊有力，意象濃烈鮮明，頗具深深攫住一剎於永恆之中。最後筆者特別提出「一個巨大的馬頭」、「歛起，猶如鋼鐵的吻」，願與愛詩人共同探討它所展示的意義。

黑大春（一九六〇——）

密封的酒罈

就像一隻死去的鳥
躺在血泊中的巢死去的
鳥銜著花枝還夢想能被圍繞
就像一個想在空中飛舞的人創造
那些衝出室外的浮雕的露台卻被欄杆
摟住了腰呵剛剛嚥氣的姥姥就這樣就這樣
坍塌在你口中的塔壓住了你那層層湧上來的話
鐘聲從此在鐘裡懸掛呵密封的酒罈從此讓我的
口水流成瀑布一般當旋轉著的月蝕的蝸牛
靜悄悄地露出頭上那兩瓣閃耀的犄角
剛剛嚥氣的姥姥呵再也不能為我

輕輕哼起那支搖籃裡的童謠
那支搖籃裡的搖籃裡的
那支童謠那支童謠

鑑評

黑大春，原名龐春清，河南人，一九六〇年四月五日清明生於北京西苑，從小被來自山東曾讀過私塾，闖過關東，抵抗過日本侵略者的外祖父，和熟諳民間故事、傳說的外祖母帶大。一九七四年中學時代學習寫詩，泰戈爾的《飛鳥集》，拜倫、普希金的抒情詩被視為黃金。一九七九年結識朦朧派幾位主要詩人，受其薰陶，從而第一次離家遠行，並帶回處女詩作〈綠島〉。一九八〇年與同代詩人多人創建《圓明園詩社》，一九八六年結集出版個人處女詩集《圓明園酒鬼》。一九八八年底與同仁創辦《黑洞》新浪漫主義雜誌，舉行巡迴朗誦。同年加入《幸存者》詩歌俱樂部。一九九三年與友人出版《食指、黑大春現代抒情詩合集》。

黑大春詩創作高潮期，應為一九七九年以後，他自認其代表詩作計有〈白洋淀的獻詩〉、〈東方美婦人〉、〈圓明園酒鬼〉、〈當我在晚秋時節歸來〉、〈祭〉、〈贈一平去波蘭〉、另有組詩〈驪歌〉及短詩〈家園的歌者〉。他強調「把詩歌帶到聲音裡去」的新浪漫主義。同時他也反問：「我們還能夠……歌唱多久」。……

黑大春的詩創作，近年傾向於歌謠風，茲引〈圓明園酒鬼〉一節如後：

這一年呵每當我從夢中醒來
就再也摸不到自己那個麻木的腦袋
原來，它已經變成了一個古銅色的陶罐
它已被一位亞洲的農婦抱在懷裡走向荒蕪的田園
我那永不再來的夢境呵就是陶罐上漸漸磨損的圖案

這些詩句如譜成曲，透過演唱者聲音的詮釋，可能效果更好。而強調詩與歌的結合，正是黑大春多年來所致力的方向。

〈密封的酒罈〉，是一首圖象詩，亦即早年台灣林亨泰、白萩所指證的「以圖示詩」的詩作，把它稱之為「視覺詩」，亦頗允當。本詩選自《當代青年詩人自荐代表作選》（周俊編，河海大學出版社，一九八九年八月），它的形式像一只酒罈，裡面裝的可不完全是酒，既有曩昔的回憶，也有親人的素描，新穎，別有洞天，而閃耀著鮮活的影像，與搖曳不止的聲律，好一只「靜止的中國花瓶」。

李　岩（一九六〇——）

黃昏的隱者

假如一萬年以後
地球——這宇宙的玩具還沒有損壞
就仍有不知名的隱者坐在松下的石上
聽明月的水流緩緩上升

把季節裝在杯子裡，啜飲

鑑　評

李岩，一九六〇年七月十四日生於陝西佳縣一個俯臨晉陝大峽谷的小山村，一九八三年陝西師範大學中文系畢業，並嘗試過多種職業。在海內外刊物發表部分詩作，一九九四年開始油畫創作，現居陝北某城鎮。自編詩集《天地謠及其他》、《鏡中藝術品》、《陝北謠曲》、《黃昏的隱者》。

李岩詩創作生活，始於八十年代中期，他對事物的觀察眼光非常銳利，從而也形成他十分凝鍊冷冽的詩風。譬如他寫〈裸秋〉，以「落葉的果子紛紛墜地，彷彿成熟得焦頭爛額」；寫〈詩人之田〉，以「零亂的頭髮比額頭更加疲倦」；寫〈把你的月亮給他〉，以「在所有的屋頂上面又皺又黃，把你孤孤單單地給他」。……如是等等。雖然以上僅是摘出一些抽樣的斷句，但它們所蘊含的飽滿的詩想，還是無法隱藏。

〈黃昏的隱者〉，是一首寓意相當豐富深刻的小詩，首先從題旨上來看，它就十分耐人尋索。是黃昏時分中的一個旁觀的隱者，還是暗喻黃昏本身就是一個真正的隱者，這兩者位置的交錯，可以衍生不同的情境和詮釋。

作者首先指出「假如一萬年以後」，實則是未界定任何時間，只是地球上某一個黃昏而已，而那個隱者，或許是詩人自喻，他仍有閑情逸致坐在松下的石頭上，聽水聲看明月，他是與世無爭，一心想尋找人間永遠的桃花源，只是這個理想的伊甸園還在等你嗎？現在是什麼季節，當前又有什麼樣的風景，也許可從杯盞裡察知，但又有何用。本詩所隱喻的人生某些哲理，以及對宇宙作無常的觀照等等，似可再作考察。

韓東（一九六一——）

記憶

一隻桔子
在一隻衣袋中
隱藏

一個名字
和一隻水果
並列，等於
一種容貌

一個女人
把一隻桔子

從一隻衣袋
移入
一個胃

一棵桔樹
脫離所有的果實
停留在
一扇窗前

鑑評

韓東，一九六一年五月十七日生於南京市，八歲隨父母下放到蘇北農村，在那裡度過了童年，一九八二年畢業於山東大學哲學系，曾在西安及南京審計學院任哲學教師，現專業寫作。一九八四年冬曾與丁當、于堅、呂德安、王寅、小君等創辦他們文學社，出版民間刊物《他們》。除在國內外發表大量詩作外，尚有詩學論文及小說創作。著有詩集《白色的石頭》。詩作獲選入多種重要詩選集。

韓東崛起八十年代中期，在他早期詩作中，如〈山民〉、〈有關大雁塔〉，業已展現一種寧靜與滿不在乎的姿態。「有關大雁塔，我們又能知道些什麼，我們爬上去，看看四周的風景，然後再下來」，他的詩不僅表現自我風格的藝術要求，同時也展現作者企圖以新的視角心態去切入現實，這與楊煉一九八〇年發表的〈大雁塔〉，充滿理性激情與滔滔雄辯的基調，迥然不同。他曾自述：「作為一個詩人就是要寫，不斷地寫。不能天人合一的時候就要自欺欺人。但我堅持認為天人合一的境界是唯一的境界。只有在為了這個境界到來的情況下，我才在大段無聊的時間裡自欺欺人。從這個意義上講，寫一首真正好的詩就是一次解脫。中國詩歌的問題就是根據種種原則的替代品太多了」。因此韓東和他一些第三代散居各地的伙伴們，乃不斷地以新視角新手法新感覺去完成他們的詩篇。

「為詩歌的勝利乾杯」，這是他們最早的聲音，也是最美麗的聲音。〈記憶〉一詩，是韓東展示個人創作新視角新感覺的佳構。作者在安靜地觀察某些事物的運行，以極單純的意念，把它們組合、顛倒、甚至抽離，以造成一種錯置的突兀和喜悅。筆者初讀它時，依稀像進入保羅·克利至極單純的線條世界，我在輕輕反覆的細數著一隻桔子、一隻衣袋、一個名字、一隻水果、一種容貌、一個胃、一扇窗，我希望重新組合，為它們配對，我也驚詫作者何以能抓住如此簡單俐落表現事物的方式，他的所謂「一隻，一種，一棵，一扇……」不正是人類在瑣碎的日常生活中無法扔掉的種種記憶的組合嗎？

吉狄馬加（一九六一——）

致印第安人

瑪雅文化被稱為美洲印第安文化的搖籃，它最突出的、著稱於世界的輝煌文化，就是它的「十八月太陽曆」，它和彝族的「十月太陽曆」堪稱為世界文化史上東西兩半球相互輝映的雙璧。

——題記

今夜，原野很靜
風在山崗上睡去
南方十字星座
流出許多祕密
只有人的血液裡
哼著一支古老的歌曲

這時我想起你
南美的印第安人
我想起有一顆永恆的太陽
幻化成母親的手掌
在一年十八個月裡
撫摸孩子古銅色的臉龐
我想起草原上自由的部落
男人剽悍得像鷹
女人溫柔得像水
於是老人樹在美洲
把星星般的傳說升起
古老的民族
太陽的兒子
美洲因為你
才顯得如此的神奇
我想起土地上那些河流
都是那麼悠久

燦爛的瑪雅文化
一條人類的文明的先河
它從遠古的洪荒流來
到如今氣勢照樣磅礴
不絕的民族
傳統的兒子
人類因為你
才看到了自己的過去
童年的自己

今夜，原野很靜
風在山崗上睡去
只有人的血液裡
哼著一首古老的歌曲
這時我想起印第安人
想起了我親愛的兄弟
就在這寂靜充滿世界的時候

我聽見了自己的靈魂裡
說出了纏綿的話語
因為在東方
因為在中國
那裡有一支古老的民族
他們有著像你那樣輝煌的過去
有一顆永恆的太陽
照樣幻化成母親的手掌
撫摸那古銅色的臉龐
因為在東方
因為在中國
那裡有一個彝族青年
他從來沒有見到過印第安人
但他卻深深地愛著你們
那愛很深沉……

鑑評

吉狄馬加，彝族，四川涼山人，一九六一年六月廿三日生，按照彝人父子連名的習慣，全名應為：吉秋・略且・馬加拉格，一九八二年畢業於西南民族學院漢語言文學系，七十年代末期開始文學創作。多次獲獎，包括全國詩歌獎，少數民族文學獎，四川文學獎，星星詩刊優秀作品獎。著有詩集《初戀的歌》、《一個彝人的夢想》等。

吉狄馬加是一個視野相當開闊的創作者，他立足彝族，兼學漢族及西方現代詩學，建立自己詩藝的特色。通常我們讀漢族詩人寫有關少數民族生活情景的詩篇，總有不生不熟的感覺，惟有作者把個人的靈、肉與彝族文化揉合在一起，才能把飯煮熟。吉狄馬加是個十足道道地地的民族詩人，他的詩不僅充滿少數民族渾厚剛健的氣勢，也像一縷縷從天而降的飛瀑，使人感到無比的暢達。他在〈一個彝人的夢想〉（組詩）寫彝族歌謠的感覺，頗為令人陶醉：「就是那種旋律，多麼熟悉而又深沉的旋律，它就像母親的乳房，它就像妻子的眼睛。就是那種旋律，它幻化成燃燒的太陽，它披著一身迷人的星光。就是那種旋律，不知是誰推開了彝人的木門，一串金黃的淚滴流進了火塘。」像這樣透明、質樸、炙人的詩句，如不是出自吉狄馬加之手，豈能有這樣熱烈滾燙的效果。

〈致印第安人〉，是一個中國彝族詩人一首最最真誠的頌歌，透過這首情真意摯的詩篇，道盡了他對燦爛的瑪雅文明不盡的嚮往，同時也訴說對古中國無垠的繫戀，他渴望以詩歌為媒介，把兩個古老民族的情感深深串連起來，就如同他的詩：

今夜，原野很靜
風在山崗上睡著
只有人的血液裡
哼著一支古老的歌曲
這時我想起印第安人
想起了我親愛的兄弟
就在這寂靜充滿世界的時候

孟浪（一九六一——）

釣趣

釣魚
釣他自己

沉在湖心了
這個賦閒的日子
很深很深

最後
他的釣桿上
掛著一面湖
歸家時讓黃昏風吹乾

啪答一聲
他自己終於掉了下來
和他走到一起

他說
這是釣趣
鮮活的

鑑評

孟浪，原名孟俊良，祖籍浙江紹興，一九六一年八月十六日生於上海吳淞，一九八二年夏畢業於上海機械學院精密儀器工程系，曾在深圳大學工作，為獨立撰稿人。著有詩集《本世紀的一個生者》，《更驕傲的心》（英譯），與徐敬亞合編《中國現代主義詩群大觀一九八六—一九八八》，一九九二年獲首屆漢詩獎。

孟浪於一九八五年一月，與陳東東、劉漫流、陸憶敏、默默、王寅等創組海上詩派，並印行《海上》、《大陸》詩刊（油印本）。他們自稱：「上海有那麼十來個人，都孤獨得可怕，常常走不到一起，他們高談闊論，製作一種被稱作『詩』的東西。他們常常對自己說，你幹你自己的活兒，一直幹到你累死，讓別人幹別人的。他們所做的一切，也許只不過想恢復人的魅力而已。正是這一點，他們比一切人都顯得格外真誠」。就是由於這樣滿不在乎的一群人，而使孟浪對詩一直忠心耿耿，迷戀不已。而現在他則是大陸第三代詩人中的佼佼者。

較之韓東、于堅他們，孟浪在詩的表現手法上另具一格，從其詩作，可以看到他對語言的約制，他不太用長句，而以更踏實的意象，向讀者的心靈竄進。下面先列舉〈有什麼東西在拉我〉為證：

我把手拉回自己身邊
用更有力的東西拉。

我把自己的身子拉回屋裡
用比我更有力的東西拉。

我把屋子拉走
我在屋裡沉沉睡去。

有什麼東西在拉我

我把屋子拉回我的土地。

我的土地把我拉向它的深處
有什麼東西在拉我的土地。

我懸在空中，像一個神
比任何時候更用力。

這首詩也就在反覆拉回、拉走的節奏中，把作者意圖塑造的意象推向最後的頂峰。〈釣趣〉的題旨，至為明顯，本詩的情趣灑落在幾個單純的意念中，「魚、自己、湖」三者與釣桿交織而成的影像，久久驅之不去。

陸憶敏（一九六二——）

老屋

自從我搬出老屋之後
那舊時的樓門
已成為幽祕之界
在我歷年的夢中顯露凶險

當我戴著漂亮的軟帽從遠處歸來
稍低的牆上還留著我的指痕
在生活的那一頭
似有裂帛之聲傳來
就像我幼時遭遇的那樣
我希望成為鳥

從窗口飛進
嗅著芳香的記憶

但當厄運將臨
當自殺者閒坐在我的身旁
我局限於
它昏暗悠長的走廊
在夢中的任何時候
我都不能捨此屋而去
就像一隻懨懨的小獸

鑑評

陸憶敏，江蘇南通人，一九六二年生，一九八四年畢業於上海師範大學中文系，從業後擔任教師、編輯，南京《他們》詩派代表詩人之一。詩作曾選入多種選集，包括《中國當代實驗詩選》、《新詩潮詩集》、《鮮紅的歌唱》等。

陸憶敏於八十年代中期開始詩的創作，是大陸第三代女詩人群中相當具有前衛色彩的菁英。她對詩的探索是：「我的詩常常顯示出一些精神狀態，即使涉及死亡的問題，我也並不處於消沉之中。」因此某些詩評家泛指第三代詩人喜歡表現個人的孤獨和絕望的情境，在她的詩中似乎占的比重不大。所謂孤獨，大概是指詩作不被當代主流人士所肯定、同情與瞭解；至於絕望，據他們自己的解釋，乃是一種超乎現實，超乎政治，鋪天蓋地而來的無奈，以及一種形而上的迷思。依據筆者對她個別詩作的考察，她的語感非常敏捷，意象極為婉曲，例如〈元月〉一詩的片斷：

當我的皺紋向桌下滑落
也使它
寂寞並有了回響（第二節末三句）

我吩咐灑掃之後
就把舌頭留在桌上（末二句）

輕巧，俏皮，超現實的情趣，一體在詩中綻放，你能不驚服她選擇語言的功力。是的，語言，語言，語言，實在今古往今來所有創造性的詩人發狂，怎樣運用它才能擊中一首詩的核心，而它運作的軌跡又在哪裡，真是令人躊躇。

在詩人的筆下，她的〈老屋〉究竟顯現怎樣的風貌，諸如它「已成幽祕之界」（第一節），「似有裂帛傳來，我希望成為鳥，從窗口飛進」（第二節），以及「它昏暗的長廊，就像一隻慵懶的小獸」（末節），我想經過如此的抽樣，讀者對本詩題旨的把握，似已瞭若指掌。

王良和（一九六三——）

槍決之前
——伊朗兵之獨白

為何我不該回家呢？這麼晚了
回去美麗的克魯阿巴多
那裡有我善良的族人
黃昏猶在水溝洗衣
哼一首愉快的歌呢
還是笑談家裡的瑣事？
水一定流過我家門前
殘黯的青燈下
白髮斑斑的母親
該在趕織絢爛的地毯

歇一會吧，好嗎？
早上烤的麵包都冷了
晚餐時間已經過去
給妹妹吃一點乳酪吧
她的臉瘦黃得可憐
我答應過，一定帶她上市集的
賣了毯，給她買一條紅花裙子
為何還不睡呢，母親？
明早還得頂著銅瓶汲水
把麥粉擀成薄薄的餅
毯織不完就算了
縱然我說過
等毯織好，就會平安歸來
念我的時候切莫在夜裡抬頭
聽說這是流星隕落的季節
今夜，天會黑得特別快
如果妹妹不肯睡，且對她說

哥哥，哥哥很快就回來了……

為何我不該回家呢？這麼晚了
回去美麗的克魯阿巴多
那裡有我善良的族人
年老的母親，和可憐的妹妹
（預備）
這一次離開你們
（開槍）
便不再離開你們了

鑑評

王良和，祖籍浙江紹興，一九六三年於香港出生，畢業於香港中文大學新亞書院中文系，香港大學哲學碩士，現任香港教育大學中文系副教授。曾獲第七、八、九屆青年文學獎，第三、四、六、八、十一屆中文文學獎，一九八三年度大拇指詩獎，第二屆中文文學雙年獎詩獎及散文推荐優秀獎。著有詩集《驚髮》、《柚燈》、《火中之磨》、《樹根頌》、《時間問題》等多種。詩作曾入選《香港當代文學精品》詩歌卷（一九九四年長江文藝出版社）。

王良和崛起於八十年代中期，在香港連獲多項詩獎，證明他一雙寫詩的手是多麼的靈巧。鍾玲在他的詩集《火中之磨》（一九九四年，新穗出版社）的序中說：「王良和已經逐漸發展為一個智性很強的詩人，在本集中，以誠摯、抒情的語調，展現他對智性的追求，展現他對生活敏銳感受的反思。」又說：「他希望讀者閱讀的是他的中心，他思索的靈魂，所發掘對生命、宗教、文化的沉思。」

實則，王良和的詩創作素材，也是相當專注而廣泛的。即以《火中之磨》詩集來論，第一輯純以羅丹雕塑為對象；第二輯〈時光的刻刀隨欖核旋轉〉一詩為最撼人。一開頭，他就如此剖白：

當他想像欖核的形狀
一枚橄欖核就在掌中
彷彿耶穌落入了十字架
它落入了案上的鉗子
固定了位置，平靜地
等待釘。刻刀舉起

作者以如斯巧妙的對比，想像欖核在掌中，好比耶穌落入十字架，這兩種情景可說絕然不同，而他竟然很適切地把它們安置在一起，確確製造一些令人突兀的感受，你能說這不是作者的匠心獨運？接著第三輯〈在浮木上回頭看你〉，寫夫妻出遊的深情，充滿默默的關切，想像細膩而耀目。而第四輯的〈童話故事〉，和第五輯的〈在蓮花裡沉思〉，具現了作者巧思的介入和精神的淡出，但詩中的猶疑氣氛仍不時圍繞著作者的思緒旋轉，故而他才會有「一片蔚藍的光影重重壓下，倉皇間牠抓住兩根鐵枝，拉向自己的翅膀」。

〈槍決之前〉，寫於一九八五年三月十八日，觀兩伊戰爭白熱化有感而作。作者模擬一個伊朗兵士的獨白，渴想回家與親人團聚的種種，然而戰爭是殘酷的，槍子兒是不長眼睛的，作者以第一人稱的語調，娓娓婉婉，確是賺人淚下，一種高度人道的汎愛觀，在本詩中不自覺地表露無遺。

仝曉峰（一九六三——）

秋天的男人

秋天的男人喜歡站在秋天的陽光裡
陽光明媚
秋天的男人往往由於秋天
而顯得疲憊

秋天也很累
秋天果實纍纍
秋天帶給你安寧然而你卻
無法安寧
秋天
就像一個情慾勃發的女人

真實、赤裸且任你撫摸
秋天因此又寂寞又熱烈
許多念頭深入你的內心如紙張爆裂
你無法言說這種感覺
在秋天
有許多東西該浮出水面繼而又
沉下去
秋天　秋天
一望無邊

鑑　評

仝曉峰，安徽省人，一九六三年生，西安交通大學工學學士，大學期間開始文學創作，先後在海內外文學雜誌、詩刊上發表詩作，曾任《影視知識鑑賞辭典》副主編、西安交通大學學報編輯，曾獲當代青年詩歌大賽一等獎。

仝曉峰開始創作於八十年代中期，產量不多，但品質管制甚嚴，辛鬱等主編的《創世紀詩選》第二集刊有他的十行詩作〈石頭〉一首，頗能顯現他的才情：

石頭
還是石頭。或者風
或者祖先的面孔
就是這些
那些鳥夢也夢不見的地方
那些汽車死也跑不到的地方
就是這些
中國的西部
除了石頭、風和祖先的面孔
就是死亡

全詩就是這麼簡單的幾筆素描，而中國廣大貧瘠的西部，荒涼千里的西部之全貌，就在他絕對肯定愴然的語氣中禮成。

仝曉峰對他詩作每一首的布局都非常重視，他也喜歡創造一些連綿重疊的旋律美，〈秋天的男人〉可為見證。本詩一口氣用了十二個「秋天」，非常別緻而充滿透亮的新鮮之感。他的語言粗中帶細，詩中情緒的把握極有分寸，而寓意也極深澈。「秋天，秋天，一望無邊」，讀者就在這種蒼蒼朗朗的感覺中，掩卷。

林 珂（一九六三——）

死亡，是這麼一個情人

死亡，是這麼一個情人
他嗓音低沉，身著黑袍
在必經之路等著我
等我去赴那神祕的約會

未曾謀面，卻早已靈犀相通
我常在夜裡重溫
重溫剪斷臍帶的咔嚓聲
剪子的雙腳，我的雙腳
這其中充滿了該有的暗示

死亡，是這麼一個情人
你的信心比我的耐心還要久長
韌性十足，如訓練有素的聲帶
一聲呼喚，就足以響徹我整整的一生

具有如此穿透力的只剩下你了
具有如此誘惑力的只剩下你了

奔赴死亡。奔赴死亡
你在那邊，揮動時針的鞭子
鞭子卻不緊不慢
讓我有足夠的機會
想像草原上的歌聲
牧羊姑娘的鞭子也曾這般溫柔

死亡，我不是透過刀刃
而是透過刀鞘，約會你

精美的刀鞘，未知的刀鞘
紅蓋頭一般的刀鞘
哭嫁的琴聲，何時繡上了荷包

死亡，我不是憑藉毒藥
而是憑藉蜜糖，約會你
黏性的蜜糖，虛幻的蜜糖
瀰漫墳頭青草味兒的蜜糖
祖先的骨骼，在每一片土地下發出磷光

死亡，我沒有鋪展飢餓
而是端來食物，約會你
植物的屍體
動物的屍體
在盤中低吟美味之食殤

死亡，我不是通過衰老之橋

而是點燃青春的火焰，約會你
紅色的火，紅色的血，紅色的臉頰
我在一陣暈眩中
輕輕地撩起了你的黑袍

死亡，是這麼一個情人
你的專橫因神祕而神聖
你在必經之路等著我
等我去赴那神祕的約會

鑑評

林珂，四川成都人，一九六三年生，四川西昌師範專科中文系畢業，曾在中學、大學任教五年，現任海南省海南出版社海外文化編輯室編輯。著有詩集《啞夜獨語》、《隔紙聽海》、《K型感覺》，詩作曾被譯成英、法、西班牙等國文字。台灣爾雅版《鮮紅的歌唱》（大陸當代女詩人小集），即是以她的詩作為書名，並選入她的作品多首。

一九八九年八月，南京河海大學出版的《當代青年詩人自荐代表作選》，她在詩觀中劈頭就是一棒：「我的詩不期而至，它提供的又將是什麼呢？」而最近她則昂然宣示：「一首真正的詩，是由內在生命力引發的山野中的獨唱。」在大陸第三代的女詩人中，林珂的風格是很鮮明的，同時她展現了頗為陽剛的一面。不信，請看〈鮮紅的歌唱〉其中一節：

在人生的峰巔
不勝寒的頭顱飄滿白旗
但如果
真刀真槍幹上一場
紅色的血就會以傷口為嘴
作一次
最鮮豔的演唱

好一個「以傷口為嘴」的景象，以及「真刀真槍幹上一場」的豪情，它們從林珂的筆下劈出，自是意義非凡。

〈死亡，是這麼一個情人〉，她把「死亡」和「情人」這兩個意象並列糾結在一起，真正的用意何在？人類踏上死亡之路像會晤情人那樣的不可捉摸？作者一再宣達的「死亡，我不是透過刀刃，而是透過刀鞘，約會你」，她是在暗喻「出嫁女兒心」的複雜心情嗎？不然她為何在第六節中有「哭嫁的琴聲，何時繡上了荷包」語詞？當然本詩還有其他的意旨，等待掘發。

楊小濱（一九六三——）

博物館

把亞洲放在罈子裡
醃乾。亞洲就會成為骨董

或者把非洲的骨頭剔開
非洲古色古香，瘦得令人心酸

它的肝臟流著黑色的血
潑在地圖冊上顯得異常枯萎

如果有錢，就能買下整個世界
以及它每一年的戰爭和屍骸

以及酋長們的禱文，鼓點在旱季中止
移到室內樂裡優雅地敲打

那些隨手寫來的敕令，也比牲口貴重
因為它不耕田，只是一味地肝腦塗地

記錄在最隱祕的部分，好像傷口
為了公開而不得癒合

並且這些傷口已經分類，
所有的類別都看不見血跡。

只有疼痛從不提起，被刀鏃鏽住
疼痛懸掛在很久以前，早已一代代地臣服

在我們祖輩的祭典裡

強盜佩戴了女人，成為皇帝
但是活的群眾從來不被收藏
因為他們太不整齊，毫無經典性

那時的青春，那時的勞動！
飢餓在觀賞中變得美麗：

過去的一切都禁止撫摸，一旦觸及
我們就會立刻老去

鑑評

楊小濱，祖籍山東，一九六三年生於上海，復旦大學中文系畢業，美國科羅拉多大學文學碩士，耶魯大學文學博士。曾任密西西比大學教授、北京師範大學客座教授，現任中央研究院文哲所副研究員。著有詩集《穿越陽光地帶》，為台灣現代詩社一九九四年度第一本詩集獲獎作品。

楊小濱於八十年代中期後致力於詩的創作，他是大陸後朦朧詩時代頗具代表性的青年詩人之一。鄭愁予曾經讚譽他的作品：「詩思綿密，表現手法細緻，結構線與立體面兩富變化，兼具學院派之規格與草野派之流暢，允為知性主義之上乘。」而楊澤則認為：「楊小濱是近年來年輕寫手中極突出的一位，其詩絕大部分寫於一九八九年後，有一種『劈劈啪啪』的戲劇性，意象準確，對歷史、記憶有深刻的領悟，從前人繼承來的格言體結晶成一種堅硬的詩風，令人激賞。」譬如他的〈中秋〉一詩的前三句：

畫一個月亮。揉它，扔它
到地球背面。或抱著它睡覺。
月亮是鏡子的影子。

可見作者選用語言的精當，他寫「中秋」不是以傳統詩情出發，而暗喻要畫一個月亮，從而揉它扔它而醞釀一種綿密不盡的詩思，令人激盪。

〈博物館〉曾被選入《八十二年詩選》（梅新、鴻鴻主編），這首詩以亞洲、非洲的苦難，第三世界「落後民族」的災情，不論是醜惡的現實，或是帶血帶病者，經過一番死亡的包紮，把它們分門別類納入「博物館」的典藏系列，充分展示本詩深寓諷刺性和死亡的哲學話題。余光中曾指出：「這是一首感性與知性兼優的好詩，富於悲憫和批評的精神。雙行的詩體發展明快而有力。『如果有錢，就能買下整個世界，以及它每一年的戰爭和屍骸』確是佳句。從這段起，一直到『只有疼痛從不提起，被刀鏃鏽住』那一段，最是沉痛感人」。……

海　子（一九六四——一九八九）

日記

姊姊，今夜我在德令哈，夜色籠罩
姊姊，我今夜只有戈壁

草原盡頭我兩手空空
悲痛時握不住一顆淚滴
姊姊，今夜我在德令哈
這是雨水中一座荒涼的城

除了那些路過的和居住的
德令哈……今夜
這是唯一的，最後的，抒情

這是唯一的，最後的，草原

我把石頭還給石頭
讓勝利的勝利
今夜青稞只屬於她自己
一切都在生長
今夜我只有美麗的戈壁　空空
姊姊，今夜我不關心人類，我只想你

鑑評

海子，原名查海生，一九六四年五月生於安徽懷寧，一九八三年畢業於北京大學法律系，一九八九年三月廿六日黃昏，在山海關與郭家營之間的火車軌道上臥軌自殺。大學讀書期間開始寫詩，著有詩集《河流》、《傳說》。死後並由好友為其編輯《海子、駱一禾詩選》出版。

海子稟賦早慧，十五歲考入北大，畢業後一直在北京附近昌平小縣教書，無視個人生活的貧困，而以火焰般的熱情，詩作一首接一首，一部連一部，以至身體出現幻聽、頭痛、思緒混亂等症狀，而種下他早日了結自己生命的念頭。西川在悼念海子的文章中說：「海子的死將成為我們這個時代的一個神話」。又說：「隨著歲月的流逝，我們將越來越清楚地看到」。

海子的文學觀也與眾不同。他把托爾斯泰、杜思妥也夫斯基……這些文學巨匠形容為「獨眼巨人」。海子認為偉大的詩歌當是他心目中的「大詩」，而這在歷史上只有但丁、歌德、莎士比亞臻此境界。而這些俄國文豪從作品的深度和廣度而言，雖也接近了史詩的水準，卻因作品本身不是詩歌，而被海子視為「盲目的詩」或「獨眼巨人」。

一九八六年十一月十八日，海子在他的日記裡寫道：「我差點自殺了，但那是另一個我，另一具屍體，我曾以多種方式結束了他的生命，但我活了下來，我又生活在聖潔之中。這是真的，你忍不住戰慄起來。這是真的，我死了，又活了。由日到夜，夜以繼日，如蛹之化蝶，我超越了自我，我快樂地跑過馬路，像一隻飛翔歌唱的鳥，而這一切只不過因為我寫了一首詩！」

在海子前後七年的創作歷程，他驚人地寫出二百多首抒情詩，七部以〈太陽〉為總名的長詩（每部約千行）。還有其他文體的稿子多達二百萬字。一個孤獨的王，一個赤子，一個天才，就這樣悄悄的走了，能不令人惋惜。

台灣《創世紀》詩雜誌第八十二期（一九九一年一月）出刊「大陸第三代詩展」，曾於卷首刊出海子〈肉體〉、〈日記〉等九首詩作，出版後備受注目。

〈日記〉為海子於一九八八年七月廿五日夜，乘火車經過德令哈到青海途中留下的詩作，是寫給他的姊姊的。全詩調子低沉，語言親摯，猶之情人般的對話，令人讀後泫然欲泣。這是一篇充滿真情真意真想的好詩。當你讀到——

這是唯一的，最後的，抒情

這是唯一的，最後的，草
今夜我只有美麗的戈壁　空空
姊姊，今夜我不關心人類，我只想你

請問請問，詩人深情的筆透明若此，豈不令人有「歸思欲沾襟」（引杜審言詩句）的感慨。

羅 巴（一九六四——）

履歷

只是一張紙！不比另外的紙張更厚
只是一些文字
寫著年代　事件　我刻下的痕跡

只是一張紙！　它經不起焚燒
它只供閱讀　在幾分鐘之內
它只是一個人短短的歷史

也經不起撕扯　它本來
就由碎片連綴而成　它就是一些碎片
拼湊成我的一生

它經不起雨打風吹

甚至也經不起保存
它只是　一段對我的誣陷
是一張寫了字的紙
經不起時間嚴肅的推敲

鑑　評

羅巴，原名陳壽星，安徽懷寧人，一九六四年生，一九八六年獲安徽省師範大學中文系學士學位，一九八四年開始新詩創作，兼及小說、評論、散文等。一九九一年創辦詩報《詩方式》，曾任編輯、記者、公司經理。

迄今在國內外發表詩作四百餘首，詩作入選多種重要詩選集，獲國內詩歌獎七次，一九八九年以「物質的深度」一組詩，獲台灣第十二屆《時報文學獎》新詩甄選首獎。

羅巴的詩作極富生命力，原創性尤其強烈。他認為：「一首好詩的語言必須是乾淨的，毫無多餘的裝飾，不能增刪任何一個字。」足見他對詩創作的嚴謹態度。

一九九二年春，羅巴在海外發表了一首相當重要的組詩〈扛東西的人〉，茲舉末節如下：

兩端的點正在對接，形成的是圓圈
扛東西的人，人上的東西
就在圓圈之中，終生跋涉
死後依然跋涉，人，東西
那位扛東西的人
那些扛東西的人
從來不拋下，卸下，放下東西

他捕捉那些勞動者艱苦的形象，深刻、樸實、真誠，完全是發自他的內心的素描。他們「從來不拋下、卸下、放下東西」這是多麼親切、明確的詮釋。

〈履歷〉一作，是他的十四行小品，曾發表於中國時報《人間》副刊。他藉那薄薄的一張紙，感歎人生的無奈，其實再怎麼輝煌的一生，到頭來也只不過是那麼淒涼的疏疏落落的幾行罷了。

默　默（一九六四——）

手指的流露

黑夜裡我伸出雙手
雪亮的手指，指著
玫瑰的方向，我低頭無語
指著盛開的，凋落的
柔軟的手指，指著
波浪的方向，我低頭無語
指著掀起的，平靜的
冰冷的手指，指著
懸崖的方向，我低頭無語
指著矗立的，陷落的
我跌足在泉水裡鵝卵石之上三葉草之間

長髮已像麥穗，卻無法收穫

黑夜裡我伸出雙手
粗糙的手指，指著
語言的方向，我低頭無語
指著傾述的，聆聽的
裊娜的手指，指著
奇蹟的方向，我低頭無語
指著有過的，沒有過的
佝僂的手指，指著
夢的方向，我低頭無語
指著美景、惡景
深夜裡，我被夢逼進屠場
死不是祕密，死是凝視
天亮了，手指依然指著什麼
指著歌聲的方向
我曾放歌，如今喑啞

旭日升起了，堅定的手指
指著媽媽的方向
我從那裡誕生，卻離她越來越遠
陽光刺眼了，顫抖的手指
指著城市的方向
它在為我莊嚴地出殯
好像我從來就是一具木偶

沒有擺布就沒有生命笨拙的現象
淚流滿面以後，無法看清
最後一根手指指著什麼方向
指著幻想的方向
就指著時間的方向
也就指著你的方向
有人說逝者如斯夫以後
你就走過來製造漩渦
淹沒我，窒息我

突然又聳出一根手指
指著虛無的方向
面對你我含笑終生

鑑評

默默，本名朱偉國，江蘇阜寧人，一九六四年七月十四日生。上海冶金工業學校畢業，一九八〇年開始詩歌創作。曾獲大陸百萬暢銷雜誌《女友》讀者評選為中國十佳詩人。默默於一九八五年一月，與孟浪、陳東東、劉漫流等在上海組成《海上詩派》，出版油印詩刊，宣達詩歌的新理念。近年來經常在台灣、海外文學刊物發表詩作。據他自編的詩歌書目，計有《全國的瘦少年》、《大騷動》、《無所謂》、《那是在布房子裡》、《中國的眼淚》、《蛇年》、《獨自疼啊》、《布娃娃戰士》、《在中國長大》等多種。

默默為大陸第三代詩人，作品傾向後現代的前衛風格，語言、意象充滿不確定性，或如大陸先鋒詩歌有人所指：「他不是穿著主義和文化服飾的詩人，而是裸體的人，透明的人」。作者強調只謳歌屬於他心靈中的東西，而不附麗於某些特定的文化氛圍。他在〈中途休息〉一詩中開頭就如此寫著：

從狗上，我看見太陽胡思亂想

從貓上，我聽見宇宙得意的呻吟
從此我把自己封為大徹大悟的瘋子

作者的用語非從習慣性的約定俗成開始，而是另創新格，也許會讓某些讀者一時感到不適應，然而人類的語言也是不斷地在生長著，詩人亟欲扭斷語言的頸子，無非多找些新方法，為豐富自己詩作的新感覺而竭力。

基於上述的原則，我們來看〈手指的流露〉，一定會有意外的收穫。本詩應是作者於某一夜晚借雙手的運動，而展開的一連串的意象之探索。作者用「流露」而不用「運動」，顯然他認為前者較具詩意。由此出發，那麼這首詩似可迎刃而解了。但筆者贊成節解，那是以一節為單元，而非句解，相信你每讀一遍之後，一定會有新的發現，並非把它固定在某一個位置上，深信這也就是作者當初寫作它最大的意圖。

南嫫（一九六四——）

箭

沒有一種聲音
和你交談
透明的茶杯正懸落
一滴水
在幾個人影的背後
陰鬱像蒼蠅樣穿梭
幾張嘴陡然開動
窗外的月已滿弦
而你只是
一支瘦削的箭
在夜光裡顯得幽藍

鑑評

南嫫，本名劉三田，四川重慶人，一九六四年生，大學英語專科畢業，曾任職於西安黃河中游治理局。先後在美國、台灣及國內報刊雜誌發表詩作，著有詩集《箭》。詩作被選入多種詩選。

南嫫於八十年代初期開始詩的創作，產量不多，頗有前衛意識，屬大陸第三代的女詩人。引用她的話是：「詩同生命一起尋找，最直接最本質的表達。」誠屬言簡意賅，深得箇中三昧。

南嫫早期的詩，對意象的捕捉比較單純，往往從她極其平淡的語句中，讓人觸及一分寧靜的美。譬如〈圓明園〉的第二節：

拖著鞋的老頭
夜宿在這裡
嘆著世界太繁忙
半裸的青年
夜宿在這裡
因為世界太清閑

對著形同廢墟的圓明園，兩代人的心情完全不同，前者嘆息世界太繁忙，後者覺得世界太清閑，誰對誰錯，端視一個人的觀察角度，作者不經意中安排如此對仗的畫面，你能說她不深諳寫詩的技法嗎？

〈箭〉成於一九九二年八月，是她比較晚近的詩作，顯然與〈圓明園〉大不相同。前者純淨，後者銳利，筆者是指她攫取意象的手法。詩中的「箭」，既是隱喻也是象徵，她以它來詮釋自己的寂寞，彷彿是「一支孤獨的箭，在夜光中閃耀」（朵思語）。自此我們再從前面第一句往後讀，在無人可與之交談的援引意識下，茶杯裡一滴水的懸落，以及後續事件的推演，促使整首詩的調子，詭異、豐富，甚至意象如羊腸小徑般的展開。

一九九五年初版跋：

為新詩寫史記

張默

1.

清明有味的好詩，雅俗共賞的選本。

《新詩三百首》於一年前開始策畫之初，兩位編輯人即秉持此一共識，踏破鐵鞋，夙夜匪懈，到處去尋覓一世紀來中國新詩各個時期各種風貌的精品。

然則，什麼樣的新詩才是好詩呢？好詩究竟含括哪些質素？

概而言之，一首詩是一個茫茫無垠、自成一體的新宇宙。它是思想的海、語言的海、意象的海、感覺的海、生命的海、節奏的海……的綜合展現。

一首詩更是諸多手法、技巧的集大成。它是思與感、情與景、意與象、聲與律、形與色、剛與柔、虛與實、巧與拙、急與緩、疏與密……的自然融會，期能臻至和諧、絕對、統一、完整之美的藝術新境。

中國詩一向尊重抒情傳統，儘管自一九一七年以來，詩潮體質不斷演化，語言風格不斷蛻變，觀念技法不斷創新，不論抒知性、感性之情，或者抒小我、大我以及無我之情，它的本質與基調，絕對脫不了一種浩瀚廣袤抒情的本色。但就純粹藝術的創造而言：「這一代中國詩似應闡幽抉隱，傳達歷史的精神面貌，把詠史作品推進到哲學的層次，重探歷史背後的意義與人性在時間裡發散的光芒，而不僅僅是一種歷史的複製。」（瘂弦語）是以編者對於某些深具歷史意識，充滿磅礴氣勢而又精緻無比的詩篇，豈能輕易放過。

2.

閱讀，唯有孜孜不倦的閱讀，才是從事編輯這部書的不二法門。自去年五月到十一月，我們分別披閱了近八十年來海內外出版的各類新詩大系、詩選本、個集以及有關文學期刊和詩刊近三千種，從數以萬計的詩作中仔細挑選，比較推敲，去蕪存菁，初選工作於十二月初完成，計選出四〇八家的二四二五首詩作，每家入圍三首到十二首不等，再經過複選、準決選、決選三階段，最後選定二二四家三三六首詩作（含組詩）納入本書。同時將本書區分四卷，即大陸篇（前期）、台灣篇、海外篇、大陸篇（近期），如此劃分，旨在便於讀者的閱讀，進而了解本世紀中國新詩萌芽、成長、發展的脈絡。

本書定名為《新詩三百首》，之所以強調「新詩」而不用「現代詩」，蓋新詩為「五四」時期一些前賢所創導，是對舊詩的反動，惟有「新詩」可以含括以後發展的「白話詩」、「新詩」、「現代詩」、「朦朧詩」、「後現代詩」等等。何況本書作者概括二十世紀海內外華文詩作的精華，選用《新詩三百首》為書名，頗有直追《唐詩三百首》的意圖。

本書編輯之初，曾經訂定一些入選扼要的原則，俾利作業——

- 重讀海內外各時期被肯定的佳作名篇，再予認定其詩藝的價值，作為是否入選本書的參考。例如早期聞一多的〈死水〉，徐志摩的〈常州天寧寺聞禮懺聲〉，廢名的〈海〉，戴望舒的〈我思想〉，卞之琳的〈斷章〉，穆木天的〈蒼白的鐘聲〉，蘇金傘的〈頭髮〉，辛笛的〈手掌〉……，均能穿越一甲子時間的沖洗，依然閃爍其一股冷麗、灼灼的光華。
- 原則上以收入百行以內的短詩精品、能代表個人風格為主，特殊例外者選錄一、二首作為範例，方思的〈豎琴與長笛〉，計二〇八行，即是在此種考量的情況下敲定。
- 詩作內容題材不限，特別重視一首詩整體的完美：諸如語言之準確，意象之統一，氣氛之和諧，感覺之犀利等等。
- 不論名家或新秀，凡展現新形式、新觀念、新視角的詩作，本書當作適度之選擇：如紀弦的〈阿富羅底之死〉，昌耀的〈斯人〉，白萩的〈流浪者〉，錦連的〈轢死〉，管管的〈荷〉，羅青的〈吃西瓜的六種方法〉，梁秉鈞的〈靜物〉，黑大春的〈密封的酒罈〉，林彧的〈單身日記〉，夏宇的〈腹語術〉，于堅的〈墜落的聲音〉，林燿德的〈蚵女寫真〉，顏艾琳的〈速度〉……等。
- 對於某些雖有創新企圖，而表現混沌晦澀，令人無法進入、理解的作品，一概放棄。
- 除了上述五者，當然還有其他可述的以及不可述的因素，也作為編輯人思考入選與否的依據。

編者不敢自詡，本書所選詩作每一首都在九十分以上，但絕對肯定它們各自具有個人獨特的風貌，值得愛詩人從各種角度去細讀、剖析與思考。它們的確可以顯現本世紀中國新詩「包羅萬象、川流不息」的風景。

3.

鑑於過去若干詩選本之偏執，以「假大空」的外表取勝，從而確立一種嶄新而富創意的新觀念，那就是「詩質」的朗朗提升。本書強調「精選」、「慎選」與「少選」，即每一詩人入選詩作最多者以五首為上限，通常絕大多數選一首或二首，其實祇要被選入的詩作擲地有聲，能經得起時間嚴酷的考驗，則一首足矣。陳子昂以四句〈登幽州台〉而輝耀千古，就是顯例。

本書設計每家詩後的鑑評，應是一大特色。鑑評採三段式進行，即開端為作者小傳，中段對作者的綜評，其後為入選詩作的鑑賞、詮釋或提示，每篇從八百到千字不等。編者在這項工程上花費時間頗多，參考資料難以統計，每有引用，均註明作者或出處。除「台灣篇」大部分由蕭蕭撰寫，其他各篇均係筆者執筆。我們認為這部「貫穿百載」的詩選本，雖由兩位編輯人執編，但入選全部詩作均係寶貴的文化遺產，更應珍惜。因而歷年流傳下來的評詩文字，似不宜任其在發黃的書冊中荒廢，透過我等適切的運用，為讀者解惑，使人受益匪淺，更能彰顯某些詩人在歷史中留下的各各不同獨立的身影。本擬在卷末列出所有參考書目（約四、五百種），可能更增加本書的製作成本，轉嫁給愛書人，不得已而作罷。但對於歷年為新詩評論默默作出奉獻的先賢、當代詩評家或新秀，我們在此謹致無上的謝意。

當然編者在鑑評中發揮個人的意見亦屬不少，究竟我們如何看視二十、三十、四十年代的詩，抗戰期間的詩，台灣日據下的詩，海外詩人的詩，以及現階段兩岸詩人的詩，本書確為廣大讀者提供了一些真實而有系統的史料資訊，可供參考。

4.

信然，《新詩三百首》這部書，確是一樁相當艱鉅浩大的文學工程，憑著筆者和蕭蕭一年多焚膏繼晷、未敢懈怠的毅力，全書即將呈現在廣大讀者的面前，編者的心情愉悅而又惶恐，自是希望所有的好詩都未遺漏，我們評詩的眼光沒有盲點，然而八十年來一代接一代中國新詩人猶之滿天星斗，僅僅「台灣篇」即有不少詩人未獲選入，但我們自認編選的態度十分客觀公正，理應選擇的好詩多已納入，那麼就讓它放眼向詩的汪洋大海吧。

余光中曾說：一部好的詩選是「傳後之門，不朽之階」。本書是否被他言中，端視其本身所營造的藝術魅力究竟有多大，它能與時間並駕齊驅嗎？

本書在編選期間，九歌出版社發行人蔡文甫的大力支援，動用人力物力不計其數；編輯部更是全力配合，於預定時間內完成；有關大陸新詩資料，西安沈奇代購各種新詩大系、選本、個集、鑑賞辭典達兩百餘部，即時寄達；葉維廉自美返台攜帶二十、三十、四十年代不少絕版選集和史料；陳義芝惠借兩大冊厚厚的《後朦朧詩全集》（大陸版）；尤其余光中撥冗為本書作序，理路清晰，旁徵博引，娓娓帶領愛詩人進入新詩的花圃；《聯合文學》月刊第一二八期（一九九五年六月號），在初安民的主導下，以詩人節特輯方式，抽樣選刊本書作者鑑評廿四家，先期向廣大讀者介紹，引起不小的迴響。所有入選詩作，均經作者簽訂同意轉載書，由九歌出版社永久刊行；以及海內外眾多詩人老友提供必要的協助，俱使編者感激莫名。……

筆者結束本文之時，眼前突然閃現洛夫一段深切動人的話，特引借之：「身為中國詩人，每當面對如此深厚綿長而浩瀚無際的詩傳統，我們時或不免有跨出泛黃的冊頁，站在歷史的封面上睥睨四顧，而後作豪情萬丈的長嘯。」願海內外的新詩讀者，大家何妨一齊燦然以關愛的心情，一傳十，十傳百，百傳千……的高舉著《新詩三百首》，擴大它的優點，發現它的疏失，畢竟它是本世紀海內外中國新詩人共同凝聚的心血。

——一九九五年八月八日於內湖無塵居

附錄：

《新詩三百首》百年新編版總目錄

水蔭萍（一九〇八——一九九四）茉莉花
覃子豪（一九一二——一九六三）追求、過黑髮橋、瓶之存在
紀　弦（一九一三——二〇一三）阿富羅底之死、一片槐樹葉、狼之獨步
鍾鼎文（一九一四——二〇一二）人體素描
吳瀛濤（一九一六——一九七一）空白
彭邦楨（一九一九——二〇〇三）月之故鄉
周夢蝶（一九二一——二〇一四）孤峰頂上、樹、還魂草、九宮鳥的早晨
詹　冰（一九二一——二〇〇四）水牛圖
陳秀喜（一九二一——一九九一）樹的哀樂
桓　夫（一九二二——二〇一二）咀嚼、給蚊子取個榮譽的名稱吧
羊令野（一九二三——一九九四）五衣詞
林亨泰（一九二四——）秋、國畫、風景
方　思（一九二五——）豎琴與長笛
夏　菁（一九二五——）獵鹿的過程

碧　果（一九三二——）人的角色
辛　鬱（一九三三——二〇一五）豹、順興茶館所見、訪嚴子陵釣台有歌
鄭愁予（一九三三——）天窗、雨說、苦力長城、VACLAVSKE廣場之永恆、寂寞的人坐著看花
秀　陶（一九三四——）雪
沈臨彬（一九三六——）黑髮男子
非　馬（一九三六——）電視、蛇
梅　新（一九三七——一九九七）風景、口信
白　萩（一九三七——）流浪者、雁、昨夜、廣場、貓
隱　地（一九三七——）穿桃紅襯衫的男子
李魁賢（一九三七——）弦音
葉維廉（一九三七——）花開的聲音、台灣農村駐足
方　旗（一九三七——）瀑布
岩　上（一九三八——）那些手臂

卷三：台灣篇2（一九二三——二〇一七）

九歌文庫 1244

新詩三百首百年新編（1917-2017）
五四時期、域外篇

主編	張默、蕭蕭
執行編輯	鍾欣純
創辦人	蔡文甫
發行人	蔡澤玉
出版	九歌出版社有限公司 臺北市八德路3段12巷57弄40號 電話／25776564・傳眞／25789205 郵政劃撥／0112295-1
九歌文學網	www.chiuko.com.tw
印刷	晨捷印製股份有限公司
法律顧問	龍躍天律師・蕭雄淋律師・董安丹律師
初版	2017年2月
定價	480元

書號　F1244
ISBN　978-986-450-108-3
（缺頁、破損或裝訂錯誤，請寄回本公司更換）

國家圖書館出版品預行編目(CIP)資料

新詩三百首百年新編. 五四時期、域外篇 /
張默, 蕭蕭主編. -- 初版. -- 臺北市 :
九歌, 2017.02
冊；　公分. -- (九歌文庫 ; 1244)
ISBN 978-986-450-108-3(平裝)

831.86　　105025295